Mareike Milz • Wortrausch

Mareike Milz

WORTRAUSCH

Roman

Für Natalie,
Freunde wie du sind eine wahre Seltenheit.
Danke für dich und die unermüdliche Verbreitung meiner Werke.

Ebenfalls von Mareike Milz:
Emmas Reise ins Unsichtbare - ein Märchenroman

Bibliografische Information der Deutschen Nationalbibliothek:
Die Deutsche Nationalbibliothek verzeichnet diese Publikation in
der Deutschen Nationalbibliografie; detaillierte bibliografische
Daten sind im Internet über dnb.dnb.de abrufbar.

Dieses Buch ist auch als Ebook erhältlich.

Erstausgabe
Herstellung und Verlag: Books on Demand, Norderstedt
Veröffentlicht als Taschenbuch 2021
Alle Rechte vorbehalten
© 2021 Mareike Milz
www.mareike-milz.de
ISBN: 978-3-754-34035-6

*Nicht die Ähnlichkeiten und Regelmäßigkeiten
bringen uns in dieser Welt einen Schritt voran,
sondern die krassen Gegensätze.
Und die Gegensätze des Universums sind allesamt
in jedem von uns vorhanden.*

ELIF SHAFAK

.

PROLOG

Zerrissen blicke ich auf die Tasse lauwarmen Instantkaffee in meiner Hand, deren Inhalt dank meines nervösen Zitterns unter oberflächlichem Wellengang leidet. Seit geschlagenen dreißig Minuten sitze ich nun hier, in mir selbst erstarrt und vollkommen unfähig, mich endlich meiner Heilung zu widmen bzw. dem, was mir dazu aufgetragen wurde.

Ein beträchtlicher Teil meiner Selbst wehrt sich so vehement, dass mir schon bei dem bloßen Gedanken daran der Schweiß ausbricht. Selbstsabotage dringt aus jeder einzelnen meiner Poren und ich fühle mich vollkommen unfähig, etwas dagegen zu unternehmen.

Das hier ist doch sinnlos! Was soll das denn bringen? Als könnte eine so hirnrissige Idee wirklich meine allgegenwärtige Zerrissenheit auflösen. Als könnte das überhaupt irgendetwas…

Das, was schon immer war, wird auch immer sein. So ist das eben.

Doch mitten in diese Überzeugung hinein passiert plötzlich etwas ausgesprochen Seltsames in mir oder vielmehr außerhalb meiner selbst. Von einem Moment auf den anderen dissoziiere ich mich aus meinem zittrigen, gelähmten Körper. Wie der Rauch die Zigarette, verlasse ich meine

Materie und blicke nunmehr ungläubig (wer kann es mir verdenken?) auf sie herab.

Erstaunt, doch groteskerweise ohne jedwedes Unbehagen, beobachte ich nun meinen Körper dabei, wie er sich erst einen Schluck des lauwarmen Kaffees einverleibt und dann wahrhaftig beginnt, was Frau Breitner mir schon so lange ans Herz gelegt hat.

JASPER
Köln, 22. April 2019

Ich lache laut auf, ohne überhaupt zugehört zu haben, was Ralf gesagt hat. Das passiert mir irgendwie recht häufig die letzte Zeit. Das einfältige Lächeln, das darauf folgt, zeigt mir jedoch, dass ich mit meiner Reaktion nicht allzu falsch gelegen habe. Ein Glück, dass Ralfs Gesichtszüge so leicht deutbar sind.

»Gib her, Alter«, lasse ich meinen Gedanken folgen und warte geduldig, bis Ralf mir die Tüte reicht.

Genüsslich inhaliere ich den Qualm, wohlig vergessend, im Sein herumtreibend. Während ich immer tiefer in den Rausch und ebenso in mein Sofa hineinsinke, beschleicht mich plötzlich das unangenehme und doch vertraute Gefühl, etwas Wichtiges vergessen zu haben.

»Meinst du echt, dass es ne gute Idee ist, so dicht zu sein, wenn Milan gleich das Zeug bringt?«, wirft Ralf da schon ein und die Art, wie er mich dabei ansieht, gefällt mir ganz und gar nicht.

»Alter, ich kann bestens selbst entscheiden, was ich für ne gute Idee halte und was nicht, dafür brauch ich dich Vollidioten ganz bestimmt nicht!«

Ralf zieht den Kopf ein, als hätte ich ihm eine verpasst und wendet den Blick ab.

Ja scheiße! Milan kommt gleich. Und der sieht das ganz bestimmt nicht gern, wenn ich hier so dicht mit Ralf rumhänge. Das sieht irgendwie mal so gar nicht nach ner großen Nummer aus, sondern vielmehr nach nem ziemlich winzigen Fisch.

Ich reiche Ralf, der seinen Blick immer noch auf den Parkettboden heftet, den Rest der Tüte, springe auf und verzieh mich ohne ein weiteres Wort ins Badezimmer. Im Spiegel betrachte ich meine eingefallenen Wangen und die geröteten Augen, die aussehen, als wäre ich kurz davor einzuschlafen. Fuck man!

Schnell spritze ich mir kaltes Wasser ins Gesicht und fummele ungelenk die Augentropfen aus der Tasche meiner Anzughose hervor. Gekonnt benetze ich beide Augäpfel vorsichtshalber mit gleich drei Tropfen, was nur zur Folge hat, dass sie mir gleich wieder hinauslaufen und ich nun auch noch aussehe, als würde ich heulen.

»Scheiße!«, entfährt es mir, während ich mir die Wangen trockne und dann etwas zeitverzögert zum eigentlichen Impuls mit der flachen Hand gegen die Fliesen haue.

Jetzt ist es Zeit klarzukommen. Und zwar dringend!

Einen gefühlt langen Moment überlege ich, bevor ich mich dafür entscheide, auf Nummer sicher zu gehen. Milan darf auf keinen Fall ein falsches Bild von mir bekommen! Wenn ich mit den Großen pissen will, muss ich mich nun mal entsprechend verhalten.

Mit flinken Fingern erwische ich den Dosierer, der sich stets in derselben Tasche wie die Augentropfen befindet und gönne mir eine ordentliche Portion Selbstwertgefühl und Energie.

Wie ausgewechselt betrete ich wieder das Wohnzimmer.

Da klingelt es schon. Keinen Moment zu früh. Ich stecke mir mein Hemd in die Hose und durchquere den Flur Richtung Haustüre mit raschen Schritten. Schwungvoll öffne ich Milan die Tür. Dieser beäugt mich kritisch, während ich wiederum das Päckchen unter seinem Arm registriere und den abklingenden Knutschfleck, den sein Kragen nur halbherzig verdeckt. Seine Lippen kräuseln sich, bevor er ohne Gruß an mir vorbeirauscht, wohlwissend, dass ich ihm folgen werde. Es fällt mir schwer diese Art des Miteinanders zu akzeptieren - gerade jetzt - aber was soll ich schon machen? Er sitzt aktuell nun mal am längeren Hebel. Betont lässig schlendere ich ihm also hinterher. Ralf sitzt immer noch genauso da, wie ich ihn eben verlassen habe, nur dass jetzt eine Spur von Unruhe dank seines wippenden Beins zu erkennen ist.

Abschätzig blickt sich Milan im Raum um, bevor er das Päckchen beinahe beiläufig neben Ralf auf das Sofa plumpsen lässt und daraufhin seine linke Hand fordernd in den Raum streckt. Schnell ziehe ich den dafür vorgesehenen, doch leider mittlerweile zerknitterten Briefumschlag aus der Gesäßtasche und überreiche ihn verschämt. Milans Blick verrät mir überdeutlich, dass er kein Interesse an irgendwelchem Gerede oder überhaupt weiterer Zeit mit uns hat - also halte ich einfach die Klappe. Er schnappt sich die Kohle, stößt einen verächtlichen Laut aus, macht dann auf dem Absatz kehrt und verlässt mein Appartement.

Scheiß Snob!

Fahrig und irritiert streife ich im Wohnzimmer nun auf und ab. Ralf beobachtet mich dabei mit offenem Mund. Seine Lippen zittern leicht und er holt immer wieder kurz Luft, als wolle er etwas sagen, sei sich der Worte jedoch nicht gewiss. Und so verharren wir eine Weile einfach - ich schreitend, er einfältig dreinblickend.

Irgendwann durchbricht seine zittrige Stimme die Stille: »Ich mache mir Sorgen um dich man.«

Wie angewurzelt bleibe ich stehen. Den Atem halte ich an, während sich meine Hände unwillkürlich zu Fäusten ballen und mich eine niederreißende Welle der Wut überkommt. Verächtlich schnaube ich und lasse meinen Blick von oben herab über seine knochigen, übereinandergeschlagenen Beine gleiten. Ohne mein Zutun purzeln die Worte einfach aus meinem Mund und schlagen Ralf mit solch einer Wucht ins Gesicht, dass ihm dabei die Kinnlade herunterfällt: »DU Pisser machst dir Sorgen um MICH? Du mickriges Stück Scheiße machst dir also Sorgen um mich? Ich sag dir mal, was ich von deiner verfickten Meinung halte, Alter: Einen Scheiß! Du bist nichts wert, du Loser! Verpiss dich doch wieder in das Drecksloch, aus dem du gekommen bist!«

Mit weit aufgerissenen Augen starrt Ralf mich an, registriert offenbar das Zucken in meinem linken Arm und springt daraufhin alarmiert auf.

Doch als hätte sein Fluchtinstinkt meinen Jagdtrieb nur noch angeheizt, überbrücke ich den Abstand zwischen uns mit nur einem Satz, packe Ralf am Kragen und ziehe in so nah an mich heran, dass ich seinen schalen Bier-Atem riechen kann.

»Willst du mir noch etwas mitteilen?«, flüstere ich bedrohlich.

Ralf schüttelt nur ängstlich den Kopf und sieht dabei noch dümmer aus als sonst.

Einen langen Moment starre ich ihn an, ehe ich ihn angewidert von mir stoße.

»Und jetzt verpiss dich!«, gebe ich das Kommando, woraufhin Ralf flink wie eine Ratte den Raum verlässt.

Regungslos warte ich ab, bis die Wut langsam verebbt. Und dann, als sie nur noch ein blasser Dunst ist, werden auf einmal meine Knie weich. Ich sacke zu Boden, während sich eine einsame Träne ihren Weg über meine Wange bahnt.

ANNA
Köln, 22. April 2019

Ich blicke auf die schmale Armbanduhr, die mit einem Lederband zweifach um mein Handgelenk gebunden ist, beschleunige meine Schritte und versuche zeitgleich den vielen Passanten, die meinen Weg kreuzen, freundlich entgegenzublicken. Auf dem Boden vor dem Eingang sitzt eine Obdachlose mit stecknadelgroßen Pupillen. Ich beuge mich zu ihr herunter: »Hast du Hunger?«

Sie braucht einen ausgedehnten Moment, ehe sie mir ihre entrückte Aufmerksamkeit und daraufhin ein müdes Nicken schenken kann und mir wird klar, dass es wohl leichter für uns beide ist, wenn ich die Essensauswahl übernehme und nicht sie.

»Bin gleich wieder da!«, flöte ich daher, ohne zu wissen, ob meine Worte überhaupt zu ihr durchdringen und verschwinde dann in den Eingangsbereich vom Rewe.

Noch während ich mir einen Korb greife, ziehe ich mein Handy hervor und öffne die Einkaufslisten-App, die ich die vergangenen Tage pflichtbewusst mit nachhaltigen Lebensmitteln versehen habe. Zielsicher steuere ich das unverpackte Obst an, greife nach dem ersten Punkt auf der Liste und rieche an der Orange, die ihr Zitrusaroma wohltuend in meiner Nase entfaltet. Auch für die weiteren drei

Orangen, die auf meiner Liste stehen, wiederhole ich den Vorgang und freue mich schon jetzt auf das neue Smoothie-Rezept, das ich morgen früh ausprobieren werde.

Es dauert seine Zeit, bis ich das frische Obst und Gemüse erlesen habe, sowie die Zutaten für den Kohlrabiauflauf, den ich heute Abend für Sophie und mich zaubern werde. Das Abhaken meiner Checkliste in der App bereitet mir dabei zusätzliche Wonne und ich gerate allmählich so in Vergessenheit, dass mir erst in der Kassenschlange wieder einfällt, dass ich noch etwas Essbares für die Obdachlose besorgen muss. Da ich aber schon die Hälfte meiner Einkäufe auf das Band gelegt habe und hinter mir bereits drei weitere Kunden warten, die ich nicht unnötig aufhalten möchte, entscheide ich mich dafür, ihr etwas in der angrenzenden Bäckerei zu kaufen.

Die zwei großen Einkaufstüten über beide Schultern gehangen, einen Latte Macchiato in der einen und eine Tüte mit zwei belegten Brötchen in der anderen Hand, taumele ich nun wieder aus dem Rewe heraus und zu der Obdachlosen hin. Diese wirkt irgendwie klarer und gleichzeitig gehetzter, während sie dabei ist, ihre Sachen einzupacken. Als ich vor ihr zum Stehen komme, bemerkt sie mich erst gar nicht und es dauert einige Augenblicke, ehe sie mich registriert und wiedererkennt. Dann huscht auf einmal ein breites Lächeln über ihr eben noch angespannt wirkendes Gesicht und sie greift freudig nach meinen Zuwendungen.

»Da hast du dich aber ganz schön beladen für mich!«, kommentiert sie cool, doch ich höre die Rührung in ihrer Stimme deutlich heraus.

»Für dich doch immer gerne«, lächle ich ihr mit einem Augenzwinkern entgegen und frage mich sogleich, ob das

Zwinkern nicht vielleicht ein bisschen übers Ziel hinausgeschossen ist.

Die Obdachlose prostet mir ihren Kaffee entgegen, während ich zügig den Ort des Geschehens verlasse.

Schnaufend öffne ich die Wohnungstür und lasse die zwei Einkaufstüten auf den Boden plumpsen. Vielleicht sollte ich doch besser alle zwei Tage einkaufen gehen, anstatt alle drei... Oder eine Wohnung suchen, die nicht in der fünften Etage eines Wohnhauses liegt, das keinen Aufzug besitzt.

Keuchend schäle ich mich aus der bunt gemusterten Strickjacke und hänge sie sorgsam auf den dafür vorgesehenen zusätzlichen Jackenständer im Flur, der schlicht notwendig ist, dank meinem Fabel für selbstgestrickte Jacken.

Mit dem Handrücken wische ich mir den Schweiß von der Stirn und trete vor den weiß geränderten Spiegel. Meine grünen Augen funkeln mir aus ihm entgegen. Ich versuche tief in sie zu blicken und gleichzeitig meine Affirmationen von den drei grünen Post-its abzulesen, die rechts in der Spiegelfläche kleben. Da ich sie gestern erst ausgetauscht habe und sie noch nicht auswendig kenne, ist das gar nicht mal so leicht. Laut und deutlich sage ich meinem Spiegelbild nun also mit ein paar notwendigen Leseunterbrechungen: »Ich liebe und achte mich! Ich bin wertvoll! Ich habe eine glückliche Beziehung verdient!«

Dann schenke ich mir ein gewinnendes Lächeln, zumindest versuche ich es, bin von dem halbherzigen Zähne-Gefletsche aber selbst wenig überzeugt.

›Das wird mit der Zeit besser werden!‹, sage ich mir (dieses Mal nur innerlich) und versuche den leeren Schmerz in meiner Brustgegend zu spüren, ohne mich von ihm einnehmen zu lassen. Da der traurige Blick meines Spiegelbildes allerdings nicht wirklich hilfreich ist, widme ich meine Aufmerksamkeit nun doch lieber den Einkäufen und beginne sie in den wenigen vorhandenen Küchenregalen einzusortieren. Und obwohl ich wirklich total konzentriert und super aufmerksam im Moment bin, taucht auf einmal wieder das Bild von Jan vor meinem inneren Auge auf.

Messerscharf sehe ich sein amüsiertes Lächeln mit den strahlendweißen Zähnen vor mir und fühle erneut seine Worte tief in meinem Inneren. Seinen beinahe beiläufigen und vor allem emotionslosen Tonfall, als er mir sagte: »Hey Süße, das passt für mich halt einfach nicht. Ich brauche meine Freiheit. Das verstehst du doch oder?«

Ich schlucke schwer, ohne dass der Klos in meinem Hals verschwindet. Eigentlich hätte ich das doch kommen sehen müssen. Ich weiß auch nicht, was ich erwartet habe. Ja doch… das lang ersehnte Happy End…

Ich schüttele meinen Kopf, als könnte ich dadurch die Schwere des Augenblicks einfach wegradieren, sage mir dreimal laut und deutlich, dass ich mich liebe und beginne dann den Auflauf vorzubereiten. Ein ausgiebiges Gespräch mit Sophie heute Abend wird mir bestimmt guttun!

RALF
Köln, 22. April 2019

Mit angehaltenem Atem versuche ich schnellstmöglich die Wohnungstür zwischen mich und Jasper zu bringen. Während meiner Kindheit habe ich mir irgendwie angewöhnt den Atem anzuhalten, sobald eine Situation brenzlig wird. Als wolle ich meinem Gegenüber damit deutlich machen, dass ohnehin kein Lebenszeichen und somit auch keine Gefahr von mir ausgeht. Vollkommen idiotisch, aber Gewohnheit ist eben Gewohnheit.

Erst als die Tür hinter mir ins Schloss fällt, stoße ich den angestauten Atem aus und mit ihm verlässt mich ebenso ein Teil der Anspannung. Das Ganze hätte bedeutend übler für mich ausgehen können. Wäre nicht das erste Mal gewesen.

Ich könnte es mir leicht machen und einfach meine Klappe halten… aber wäre ich dann wirklich noch ein Freund? Wohl kaum.

Bevor ich mir eine Zigarette drehe, eile ich nahezu in die nächste Seitenstraße, aus Angst, Jasper könnte es sich doch nochmal anders überlegen und mir zwecks einer gewaltigen Lektion nachkommen.

Auch das, wäre nicht das erste Mal.

Nachdem ich also etwas Sicherheitsabstand zwischen ihn

und mich gebracht habe, drehe ich mir eine Zigarette und zünde sie genüsslich an. Ich gehöre zu den Rauchern, die das Rauchen lieben. Die Kippe nach dem Aufstehen, nach dem Essen, nach dem Sex (gut, zugegeben gibt es die bei mir eher in seltenen Fällen - nicht, weil ich sie öfter auslasse, sondern weil ich eben nur in Ausnahmefällen Sex habe).

Wo war ich? Ach ja: die Kippe vor dem Schlafen gehen, beim Warten oder die zwischen zwei Tüten. Ich steh einfach drauf und konnte dem Nichtrauchen bislang einfach nichts abgewinnen. Nicht mal für meine Ex. Mit der hatte ich übrigens durchaus Sex. Ab und an zumindest.

Oh, da bin ich aber abgedriftet. Zurück zu Jasper.

Ein Schauer läuft mir über den Rücken beim bloßen Gedanken an ihn. Jasper macht mir irgendwie Angst. Zu Recht könnte man jetzt fragen, warum ich überhaupt mit ihm befreundet bin und so viel Zeit mit ihm verbringe. Die Antwort ist schlicht: aus Gewohnheit.

Jasper und ich sind Freunde seitdem ich denken kann. Es war immer schon so und wird wohl auch immer so sein, selbst wenn mir die Version, zu der er sich entwickelt hat, nicht sonderlich zusagt.

Die Sache ist einfach die, dass ich ihn kenne wie kein anderer. Ich weiß wie er tickt und daher auch, dass selbst seine Wut nur ein Symptom ist, keine Charaktereigenschaft. Was wäre ich also für ein Freund, würde ich ihn hängen lassen, nur weil es ihm scheiße geht? Jeder geht eben unterschiedlich mit Schmerz um und davon haben wir beide, weiß Gott, genug in uns. Jasper kehrt ihn nach außen, ich nach innen. Was davon wirklich besser ist? Wer weiß das schon!

Die dreißig Gehminuten zu meiner Wohnung dehne ich

auf über eine Stunde aus, was wohl dadurch zu erklären ist, dass meine Schritte immer langsamer werden je näher ich ihr komme. Und das wiederum lässt sich wohl dadurch erklären, dass ich eigentlich gar nicht nach Hause will. Zum einen hat dieser Begriff für mich ohnehin niemals eine positive Bedeutung gehabt. Zum anderen kann ich mir im Gegensatz zu Jasper eben keine schicke Bude leisten und diesen Kontrast zu erleben, wenn ich von ihm in mein höchstprivates Loch heimkehre, ist irgendwie jedes Mal total niederschmetternd und frustrierend. Daran scheine ich mich einfach nicht zu gewöhnen.

Während ich nun mit dem Schlüssel in der Hand vor der Haustür verharre, frage ich mich, wie es Jasper jetzt wohl geht. In seinem Blick eben habe ich gesehen, dass ich mit meiner Aussage ziemlich ins Schwarze getroffen habe. Klar. Jasper ist nicht dumm. Er weiß selbst, dass er aktuell und tendenziell steigende Mengen Koks zu sich nimmt. Es mag ja sicherlich sein, dass es Leute gibt deren Charakter das gut tut - Jasper gehört nicht dazu.

Vielleicht liegt es daran, dass er dreißig geworden ist oder so. Da stellt man sich doch langsam mal so Fragen, was man eigentlich mit seinem Leben bislang angefangen hat oder noch anfangen wird. Und das kann man Drehen und Wenden wie man will: Jasper und ich gehören nicht zu den Menschen, die sich solche Fragen stellen sollten. Zumindest nicht gemessen an normalen sozialen Maßstäben.

Ach ja. Der Schlüssel.

Ich stecke ihn ins Schlüsselloch, drehe ihn herum und höre bereits beim Öffnen der Türe die Schreie von Frau Müller, die sie als Erziehungsmittel beinahe inflationär einsetzt. Familie Müller wohnt direkt gegenüber und so bekomme ich eigentlich regelmäßig Einblicke in deren Alltag, für alles andere sind die Wände hier nämlich viel zu dünn. Umgekehrt geht es denen wohl nicht so. Ich bin ja eigentlich kaum zu Hause und wenn, dann bin ich leise. Dummerweise passiert es gelegentlich sogar, wenn Frau Müller mal so richtig die Sau rauslässt, dass ich nicht nur leise in meiner Ein-Zimmer-Wohnung auf dem schäbigen Sofa sitze, sondern gar mit angehaltenem Atem.

Kaum, dass ich die Tür hinter mir geschlossen habe, ziehe ich mir Kopfhörer auf, mache laut Musik an und drehe mir eine fette Tüte. Nach den ersten Zügen angele ich mein Handy aus der Hosentasche und tippe eine Nachricht, lösche sie wieder, tippe sie erneut und schmeiße das Handy dann, ohne die Nachricht abzuschicken, neben mich. Ein paar weitere Male inhaliere ich mein Heilmittel tief in jedes Lungenbläschen hinein, ehe ich das Handy wieder in die Hand nehme und auf ›senden‹ drücke.

Das Leben scheint mir oft nur eine Aneinanderreihung immer gleicher Situationen und Begebenheiten zu sein. Als würde die Zeit nicht linear, sondern kreisförmig verlaufen.

So richtet sich jeder von uns einen Alltag ein, der Sicherheit verspricht oder gar fühlen lässt. Doch eigentlich formen wir damit nur unsere persönlichen Lebenskreise. Gewohnheit, Alltag ist der Tod des Lebens. Und obgleich mir das bewusst ist, habe selbst ich mir Routine zu eigen gemacht, meinen kleinen Kreis geformt aus Beschaffen und Berauschen und zwischendurch ein bisschen Sinnieren - so wie jetzt gerade.

Wann mein Leben begonnen hat, sich nur noch um den Rausch zu drehen, kann ich gar nicht sagen. Der Prozess war viel zu schleichend, als dass ich ihn bewusst hätte wahrnehmen können oder zumindest war meine Wahrnehmung zu dem Zeitpunkt von etwas anderem eingenommen.

Aber mal unabhängig davon, wann es begann, so kann ich zumindest ganz klar das große Problem benennen: Drogen kosten Geld. Und je häufiger man Drogen nimmt, desto toleranter reagiert man auf sie - ergo, braucht man immer mehr Geld. Viel zu viel, als dass man es auf legale Weise verdienen könnte. Eine zerstörerische Zwickmühle, die dich nicht nur zum Junkie, sondern postwendend auch noch zur Kriminellen und Obdachlosen macht.

Ganz großes Kino!

Anstatt Menschen wie mir zu helfen, fickt der Staat uns kräftig in den Arsch. Und ich für meinen Teil steh mal so gar nicht auf anal!

Ach was soll's, im Großen und Ganzen bin ich recht zufrieden - zumindest, wenn ich genug Stoff habe. Drauf fällt es mir nämlich bedeutend leichter zu vergessen, womit ich den Rausch bezahlt habe. Entsprechend unangenehm ist allerdings das Runterkommen… Ein klarer Geist ist für jeden Junkie die Hölle auf Erden!

Zum Glück bin ich ziemlich geschickt darin, diesen Zustand auf Teufel komm raus zu vermeiden. Das bedeutet zwar mehr Arbeit und viel zu wenig Essen, dafür aber ein angenehmes Level an Wohlbefinden. Ein Deal, den ich gerne eingehe!

Oh. Irgendetwas hat sich gerade verändert. Ich bin mir nicht sicher, was es ist. Angestrengt versuche ich meine Wahrnehmung wieder der Außenwelt zuzuwenden, was gar nicht mal so einfach ist. Rein geht immer leichter als raus!

Unscharf erkenne ich eine Person - ich glaube eine Frau, die sich zu mir herunterbeugt. Mit einer Stimme, die klingt als käme sie aus weiter Ferne, fragt diese nun: »Hast du Hunger?«

Ich schwöre, ich versuche echt aufmerksam zu werden und ihr ins Gesicht zu sehen, weil ich das selbst nämlich total scheiße finde, wenn sich jemand aus zwischenmenschlichen Interaktionen so ausklingt. Aber fuck, es klappt einfach nicht so recht. Es fühlt sich an, als wäre ich halb in mir und halb außer mir. Richtig läbsch!

Das Einzige, das ich zustande bringe, ist ein Nicken und selbst das kostet mich schier übermenschliche Anstrengung.

Wenn alle Menschen mal wüssten, wie viel Kraft es kostet ein Junkie zu sein, dann würden sie einen nicht mehr so von oben herab anblicken. Also ich meine damit natürlich im Sinne von überheblich - von oben herab blicken sie natürlich unausweichlich, zumindest jetzt in meinem Fall, wo ich hier auf dem Boden vor dem Rewe kauere.

Ist echt so. Es gibt ja wirklich einiges, was richtig zum Kotzen ist am Junkie-Leben, aber am allerschlimmsten und das mit ganz, ganz weitem Abstand sind diese angeekelten, hochnäsigen ›Ich-bin-besser-als-du‹- oder noch schlimmer die ›Bist-du-selber-schuld‹-Blicke. Als würde auch nur einer von uns gerne so ein Leben führen. Als hätte ich nicht auch mal was anderes für mich im Sinn gehabt. Als würde ich mir nicht auch so ein abgefuckt langweiliges, spießiges Familienleben wünschen. Aber das Leben hat mir eben andere Karten zugedacht. Und diese scheiß asozialen Pisser, die mich so angeekelt anschauen und ihren Blick dann schnell abwenden, scheinen zu meinen, dass es ihr Verdienst ist, welche Karten sie zugespielt bekommen haben, dabei ist es einfach nur verschissenes Glück!

Oh, da war ich wohl doch nochmal kurz weg. Wo ist die Alte denn jetzt hin? Erst Essen versprechen und sich dann verpissen? Drecksfotze!

Ich versuche wieder in mich zu gehen, aber irgendwie fällt mir das auf einmal gar nicht mehr so leicht. Scheiße, ich glaube ich komme langsam runter. Ich sollte mich gleich besser mal auf den Weg zu Malte machen.

Ein paar Momente, vielleicht sind aus Minuten (wer weiß das schon so genau), lasse ich vergehen und registriere dabei aufmerksam, wie ich immer klarer werde. So klar, dass ich jeden der abschätzigen, angeekelten Blicke wieder wahrnehme und jeder einzelne einen Weg in mein Herz findet. Das war immer schon mein Problem. Ich bin einfach viel zu sensibel für diese Welt. Viel zu empfänglich für andere Menschen. Mir fehlt diese Wand, die mich vor der Außenwelt schützt und die ich nur mit Stoff hochzuziehen vermag.

Als wäre jeder dieser Blicke eine Kugel, beginne ich nun wie ein angeschossenes Reh fluchtartig meine Sachen zusammenzupacken. Und da steht auf einmal wieder diese Frau vor mir. Ich erkenne ihre bunte Jacke, die mir eben gar nicht bewusst aufgefallen ist. Vollbeladen mit Einkäufen streckt sie mir einen Kaffee, sowie eine Tüte vom Bäcker entgegen, während sie versucht das Gewicht der Einkaufstaschen auszubalancieren. Das Ganze sieht ziemlich anstrengend aus und eine Welle der Zuneigung überkommt mich, derweil mir klar wird, dass ich ihr eben Unrecht getan habe mit meiner Schlussfolgerung.

Ich merke, wie mir Tränen in die Augen steigen und ich einen Klos im Hals bekomme. Scheiße man. Es ist einfach so selten geworden, dass ein fremder Mensch etwas so Nettes für mich tut. Das verpacke ich einfach nicht, erst recht nicht mit runtergefahrener Mauer.

»Da hast du dich aber ganz schön beladen für mich!«, ist das Einzige, das ich hervorbringe, inständig hoffend, dass sie nicht hört, wie nah mir das gerade geht. Ist ja affig irgendwie.

»Für dich doch immer gerne«, lächelt diese nun und schon einen Moment später bekommt ihr Gesicht auf einmal einen verunsicherten Zug und sie verschwindet so schnell, dass ich ihr nur noch kurz zum Abschied mit dem Kaffee zuprosten kann.

Unfähig zu etwas anderem, starre ich der Frau noch eine Weile hinterher und versuche meine Emotionalität wieder in den Griff zu bekommen. Unfassbar, wie nett manche Menschen in einer Welt wie dieser sein können.

Es scheint, dass sich die Menschheit nur in zwei Gruppen unterteilen lässt. Jene, die sich dieses Gute bewahren und jene, die von der Welt zerstört werden. Leider hat die zweite Gruppe bedeutend mehr Anhänger - mich eingeschlossen.

Ich werfe einen Blick in die Tüte. Gleich zwei belegte Brötchen! Oh man, was für ein lieber Mensch!

So schnell ich kann packe ich meine restlichen Sachen zusammen, ohne eine der Gaben anzurühren. Dann hetze ich los zu Malte, damit der Kaffee noch warm ist, wenn ich bei ihm ankomme.

JASPER
Köln, 22. April 2019

Es ist die erste Träne seit Ewigkeiten. So wahrscheinlich wie Schnee im Sommer. Viel zu prägend die Dogmen meines Vaters. Wahre Männer weinen nicht. Nein keinesfalls. Das Weinen ist ausschließlich dem weiblichen Geschlecht als Emotionsbewältigung und -ausdrucksform vorbehalten.

Mein Vater, der wohl männlichste Mann von allen, hätte selbst dieser schüchternen, einsamen Träne den Weg in die Außenwelt verwehrt. Ja, ein wahrer Mann ist nämlich ein Tränensammler, ein Tränenfesthalter, unfähig auch nur eine von ihnen loszulassen, gar von sich zu geben. Als würde er, ließe Mann es zu, nicht nur die Träne, sondern mit ihr gleich seine ganze Männlichkeit verlieren. Das Mittel zur Wahl darf also niemals das Weinen sein, sondern - wenn überhaupt - eine kostspielige Flasche Rum.

Manchmal frage ich mich, ob in meinem Vater wohl ein Meer aus Tränen existiert. Denn wie sollten sich all diese niemals herausgelassenen Zeichen von Traurigkeit oder Rührung einfach in Luft und Wohlgefallen auflösen?

Ich hasse die Dogmen meines Vaters!

Und noch viel mehr hasse ich, dass sie es mir unmöglich machen, ich selbst zu sein. Dass sie mich jetzt, just in die-

sem Augenblick, dazu bringen, mich selbst und diese ver-
fickte, scheiß Träne auf meiner Wange mit Inbrunst zu
verabscheuen, während mir zugleich die Schwachsinnigkeit
dieser Abscheu auch noch bewusst ist.

Innerlich zerrissen wische ich die Träne mit dem Handrücken fort. Die Feuchte, die noch an sie erinnert, fühlt
sich kalt an. Das, was sie symbolisiert, ist Schwäche und ich
hasse es, schwach zu sein. Mich hilflos oder gar ohnmäch-
tig zu fühlen. Wer steht da schon drauf?

Vielleicht sollte ich meinen Herrn Vater bei Zeiten mal
fragen, wie er es schafft sein Tränenmeer am Auslaufen zu
hindern. Nein, diesen Gefallen werde ich ihm nicht tun.
Denn das Maß an Abscheu, das er mir gegenüber empfindet, ist zu verstehen als eine Art kleines Feuer oder sagen
wir eher ein mittelgroßes Feuer. Das noch so kleinste Zeichen von Schwäche wirkt auf dieses Feuer wie Spiritus.
Zum Glück habe ich dieses Gesetz recht schnell verinner-
licht und eine oberflächliche Kälte im Beisein meines Vaters entwickelt. Und um ganz ehrlich zu sein: Nicht nur im
Beisein meines Vaters.

Das hilft mir jetzt gerade allerdings nicht weiter, denn
wenn es einmal so weit gekommen ist, brauche ich meinen
Vater überhaupt nicht mehr, um mich selbst zu verachten.
Das bekomme ich dann wunderbar selbst hin.

Ich verabscheue mich für meine Schwäche und einen
kurzen Augenblick verabscheue ich mich sogar für meinen
Auftritt eben bei Ralf.

Jetzt reicht es aber. Hier so lächerlich herumzukauern
und im Selbstmitleid zu versinken, hilft auch nicht weiter.
Ich ziehe mein Handy aus der Tasche, öffne mein Telefon-
buch und damit die Auswahl an Optionen, die durchaus

hilfreich sein könnten.

Erst kann ich mich nicht entscheiden, dann wähle ich aber ›Bückstück 3‹ aus und muss passenderweise auch nur drei Freizeichen abwarten, ehe sie aufgeregt dran geht, als hätte sie meinen Anruf sehnlichst erwartet und vermutlich hat sie das sogar.

Die Abneigung, die ich in diesem Augenblick für sie empfinde (weil seien wir mal ehrlich: das ist ja wohl echt billig), verraucht gleich wieder, als ich mir ihren perfekten Körper vorstelle und das, was ich gleich mit ihm anstellen werde.

Wo wir uns treffen? Natürlich bei mir! Wann? Natürlich jetzt sofort. Keine Frage! Ach was soll's… Das bisschen Abscheu geht schon klar, wenn man dafür ne flexibel erreichbare, billige Alte wegrattern kann.

Zwei Stunden später (mit Koks drin bin ich manchmal so gefühlstaub) sitze ich wieder alleine und leer gevögelt in meinem Appartement. Direkt im Anschluss habe ich Nummer Drei rausgeschmissen. Normal. Die soll ja nichts Falsches denken!

Ich fühle mich etwas besser und will gerade unter die Dusche springen, als mir das aufleuchtende Licht an meinem Handy auffällt.

>*Ey Alter, was geht? Bock später zu chilln?*
>**Ralf**

Was für ein Vollidiot! Ich schmeiße das Handy auf mein Bett und verschwinde unwillkürlich lächelnd ins Badezimmer.

Als ich nun frisch geduscht und eingekleidet in einen maßgeschneiderten Brioni Anzug vorm Spiegel stehe, blicke ich zum ersten Mal seit langem auf die Uhr. Schon halb sechs. Verrückt. Mir ist scheinbar jegliches Zeitgefühl abhandengekommen.

Ein letztes gewinnendes Grinsen werfe ich mir im Spiegel zu, ehe ich mich mit dem Handy und nem kleinen Näschen vorweg an die Abendplanung begebe.

»Alter, was geht?«, versuche ich Micha bereits bei meiner Begrüßung mit enthusiastischem Tonfall in Partylaune zu versetzen. Mit scheinbar mäßigem Erfolg.

»Alter. Wir haben Mittwoch! Ich muss morgen arbeiten.«

Micha kennt mich gut. Aber zum Glück ist das ne beidseitige Angelegenheit, daher werfe ich ein: »Ganz genau. Mittwochenende ist heute und ich bezahle zur Feier des Tages.«

Einen ausgiebigen Moment spannt Micha mich auf die Folter, obwohl wir beide wissen, dass er das nur tut, um den Schein zu wahren.

»Na gut. Bin dabei. Was steht an?«

»Vorglühen bei mir und dann Odonien.«

»Kann ich noch wen mitbringen?«

»Zahlen die für sich?«

»Alter, du kennst meine Leute und mich doch…«

Ich gönne mir eine weitere Nase, um das aufkommende Unbehagen gleich im Keim zu ersticken und antworte dann: »Okay, geht klar. Mehr Leute, mehr Spaß!«

Ohne sich zu bedanken, legt Micha und ich daraufhin ne geile Platte auf, um mich schon mal musikalisch in Stimmung zu bringen.

ANNA
Köln, 22. April 2019

B evor ich den Auflauf in den Ofen schiebe, inspiziere ich erneut das ausgedruckte Rezept, auf dem ich jeden Abschnitt mit einem grünen Häkchen versehen habe. Zufrieden justiere ich die Temperatur des Ofens noch einmal nach und beginne dann die Arbeitsfläche aufzuräumen. Anschließend fege ich die Küche und decke den Tisch mit dem guten Porzellan, das ich von meiner Oma geschenkt bekommen habe. Dann bestücke ich noch die zwei Messingständer mit knallroten Kerzen und falte die Servietten zu kleinen Fächern, die ich auf den Tellern positioniere. Zum Schluss vergewissere ich mich der Flasche Crémant im Kühlschrank und betrachte das Gesamtbild des Tisches.

Mir ist es wichtig, dass sich meine Gäste wohl und geschätzt fühlen. Ein liebevoll gedeckter Tisch ist da für mich ein absolutes Muss und eines der Dinge, die ich immer noch am meisten an meinen Besuchen bei Mama liebe.

Zufrieden nicke ich, wie um mich selbst zu bestätigen und werfe dann einen letzten Blick auf die Uhr. Eine halbe Stunde bleibt mir, bis Sophie hier aufschlägt. Eigentlich hatte ich mir vorgenommen noch ein schnelles Bad zu nehmen, bevor sie kommt - daraus wird jetzt wohl nichts mehr. Ich schenke mir ein halbes Glas von dem Rotwein

ein, der schon seit einer geraumen Weile angebrochen auf der Theke herumsteht und genehmige mir einen großen Schluck. Dann verschwinde ich mit dem Glas im Badezimmer, nehme eine kurze Dusche und mache mich fertig. Dabei rezitiere ich immer wieder die drei Affirmationen, die neben meinem Badezimmerspiegelbild kleben: »Das Leben ist leicht! Ich bin genau jetzt, genau da, wo ich sein soll! Ich liebe das Leben und das Leben liebt mich!«

Während ich das tue, huscht mir ein immer breiter werdendes Lächeln ins Gesicht und ich merke, wie mich Vorfreude überkommt. Dass Sophie und ich mal einen ganzen Abend für uns hatten, ist lange her. Irgendwie haben wir uns die letzte Zeit nur noch selten und wenn dann mit Tom und… Unwillkürlich zucke ich bei dem Gedanken an Jan zusammen. Nix da, den Abend lasse ich mir nicht von diesem Arschloch vermiesen!

Ich genehmige mir noch einen Schluck Rotwein, zupfe mir ein paar vereinzelt nachwachsende Augenbrauenhaare und betrachte dann anerkennend das Endprodukt meiner Bemühungen im großen Ankleidespiegel des Schlafzimmers.

Da klingelt es auch schon sowohl an der Tür als auch der Handytimer wegen des Auflaufs. Schnell durchquere ich den Flur, betätige den Summer und öffne die Wohnungstür eine Spur zu beherzt, wodurch sich der Griff mit einem leisen ›Klong‹ ein weiteres Mal in der auf dieser Weise geschaffenen Delle in der Wand versenkt.

Während Sophies Schritte durchs Treppenhaus hallen, überlege ich noch schnell in der Küche den Ofen auszumachen, da es ein Gasofen ist und ich keinesfalls riskieren möchte, dass der Auflauf anbrennt. Allerdings möchte ich ebenso wenig, dass Sophie in der fünften Etage ankommt und eine leere Tür vorfindet, anstelle einer herzlichen Begrüßung. Unschlüssig vergeht die Zeit, bis es zu spät für die Küchenalternative ist und so lehne ich mich gemächlich an den Türrahmen, setze mein breitestes Grinsen auf und begrüße Sophie schließlich mit einer innigen Umarmung: »Wie schön, dass du da bist! Ich freue mich so!«

»Ich mich auch, Sweety! Wurde ja nochmal Zeit!«, entgegnet Sophie und zwinkert dabei schelmisch.

Kurz frage ich mich, ob ich mir das Zwinkern wohl unbewusst von ihr abgeguckt habe, bemerke dann aber selbst, wie irrelevant diese Überlegung ist.

»Wow«, entfährt es Sophie ehrfürchtig, als sie den Küchentisch entdeckt, »du hast dich mal wieder selbst übertroffen, Anna!«

Mit einer wegwerfenden Handbewegung wende ich mich dem Ofen zu, bugsiere den Auflauf hervor und stelle ihn eilig auf den Untersetzer, den ich dafür in der Tischmitte platziert habe.

»Delicious!«, kommentiert Sophie und das selige Funkeln in ihren Augen befriedigt mich auf eine Weise, wie es nur das freudige Nehmen meines Gebens hervorrufen kann.

»Ich hoffe es schmeckt auch!«, grinse ich und bedeute Sophie, Platz zu nehmen.

Keine zwei Minuten später sitzen wir, jeweils mit einem frisch eingeschenkten Crémant vor unseren köstlich duftenden Tellern. Nachdem ich den ersten Bissen gekostet habe, bin ich froh so viel Liebe und Zeit investiert zu haben - denn die schmeckt man auch.

Ich schließe meine Augen, um mich vollkommen auf den Geschmack einzulassen und zur Gänze auszukosten und bin wiedermal beeindruckt davon, wie wirkungsvoll unsere Wahrnehmungskanäle für Genuss genutzt werden können. Das Glück ist eben nicht zu finden in den Großen Dingen dieser Welt, sondern in den kleinen, vermeintlich unscheinbaren Momenten.

»Du bist eine unglaubliche Köchin, Anna!«, lobt Sophie mich in die Höhe.

»Ach quatsch. Jeder kann kochen, wenn er ein Rezept nicht nur lesen, sondern auch befolgen kann«, witzele ich, woraufhin mir ein wenig amüsiertes Lächeln geschenkt wird.

»Erzähl mal! Wie geht es dir?«, versuche ich das Gespräch in eine tiefere Richtung zu lenken.

So unwohl und unbeholfen ich mich in der Oberflächlichkeit fühle, so angezogen und sicher fühle ich mich von und in der Tiefe.

Zum Glück ist Sophie eine der wenigen Menschen, die diese Frage stets wahrheitsgetreu beantwortet, selbst dann, wenn diese Ehrlichkeit bei ihrem Gegenüber zu Unbehagen führt.

»Schwierig«, ist ihre Antwort.

»Was genau?«

»Na Tom.«

»Muss ich dir jetzt alles weitere auch so aus der Nase popeln?«

Sophie lacht, schüttelt den Kopf, steckt sich noch eine volle Gabel in den Mund und kaut gemächlich darauf herum, ehe sie ins Detail geht: »Naja… Es ist irgendwie schwierig zwischen uns im Moment. Ich weiß auch nicht. Mich stören auf einmal Sachen an ihm, die ich bislang nicht mal bemerkt habe. By the way: Ist dir schon mal aufgefallen, dass der manchmal Fragen stellt, die er selber beantwortet? Das ist ja wohl total awkward!«

Dieser erste Dominostein löst einen beinahe wasserfallartigen Monolog über Toms kleine, aber feine Marotten aus, von denen mir in den vergangenen zwei Jahren nicht eine einzige aufgefallen ist.

Nachdenklich kaue ich auf meinem letzten Bissen herum, während Sophie gerade über die Art, wie Tom guckt, wenn er konzentriert ist, herzieht und mich dabei ein äußerst unangenehmes Gefühl beschleicht. Und zwar jenes, dass ein Punkt in unserem Gespräch erreicht ist, an dem es mir schwerfällt die Freundin Anna zu bleiben und nicht die Job-Anna heraushängen zu lassen.

Ich bin eine große Verfechterin davon, Job und Privates voneinander zu trennen. Es gibt nichts schlimmeres als Therapeuten, die ihre Freunde therapieren! Dumm ist es nur, wenn man einen Job hat, bei dem es um etwas so Existenzielles geht, dass man es bei fast jedem Gespräch einbringen könnte…

»Wer putzt sich denn bitte die Zähne unter der Dusche? Mal ehrlich! Was soll das denn?«, hetzt Sophie weiter und ist so in ihre Erzählung vertieft, dass sie darüber das Essen ganz vergisst.

Ich gehe gedanklich meine Optionen durch. Auf keinen Fall werde ich sie in ihrer Kritikwut unterstützen. Also bleiben nur zwei Alternativen: Entweder lenke ich das Thema auf mein Anliegen, nämlich über Jan und unsere Trennung zu sprechen oder aber, ich lasse die professionelle Anna raus und damit schon wieder meinen eigentlichen Kodex los. Ersteres würde mir helfen, zweiteres vermutlich Sophie. Mist.

»Kann es sein, dass du gerade nicht nur kritisch mit Tom, sondern auch mit dir selbst bist, Süße?«, frage ich mit der mitfühlendsten Mimik, die ich mir im vergangenen Jahr hatte aneignen können.

Mit offenem Mund starrt Sophie mich nun an. In ihren Augen erkenne ich Widerwillen und Unschlüssigkeit. Plötzlich bin ich mir fast sicher, dass das Ganze hier gleich gehörig in die Hose geht. Schnell schiebe ich daher noch hinterher: »Wie läuft es auf der Arbeit?«

Das scheint genau den wunden Punkt getroffen zu haben. Tränen sammeln sich in Sophies Augen und sie muss sichtlich um Fassung ringen.

Sofort springe ich auf, um sie in meine Arme zu schließen. Sie beginnt zu Schluchzen und klammert sich dabei an mich, als wäre ich eine Boje, die sie vor dem Ertrinken bewahrt.

Während ich ihr Haar behutsam streichle, bricht es aus ihr heraus: »Ich bin gefeuert worden, Anna!«

Eine ganze Weile muss sich Sophie ausweinen und dann eine ordentliche Menge Crémant und Rotwein vernichten, bis sie ihren traurigen Schub überwunden hat. Und dann verkündet sie auf einmal, nachdem sie mich davon überzeugt hat auch noch einen Kurzen hinunterzukippen: »Anna, wir müssen jetzt sofort tanzen gehen!«

Von ihrer eben noch niederschmetternden Traurigkeit ist jetzt keine Spur mehr zu erkennen.

RALF
Köln, 22. April 2019

Ich versinke in meinem Sofa und mich erfüllt wiedermal das Gefühl, beinahe eins mit ihm zu werden. Dabei stelle ich mir vor, wie sich das alte Blumenmuster langsam über meinem Körper ausbreitet und sich meine Haut immer flauschiger anfühlt.

Mein Handy vibriert.

Endlich!

Es ist immer nur eine Frage der Zeit. Zum Glück.

> *Bock auf Odonien?*
> **Jasper**

> *Du weißt, ich würd gern... bin aber broke.*
> **Ralf**

Ich sehe, dass Jasper tippt, damit wieder aufhört und mich dann geschlagene fünfzehn Minuten weiter mit meiner Couch verschmelzen lässt. Ich kann es ihm nicht verdenken. An seiner Stelle würde mir das ganze Schmarotze der Menschen um ihn herum auch aufn Sack gehen. Schon komisch, dass sein ganzer Bekanntenkreis nur aus so armen Schluckern wie mir besteht.

Macht nichts, ich zahle. Nimm dir ein Taxi!
Jasper

So scheiße Jasper oft ist, so großzügig ist er auch - oder einsam. Ob es da wohl einen Zusammenhang gibt?

Ich kann mir zumindest schon denken, mit wem er gerade unterwegs ist und was ihn dazu bewegt, mich trotz unserer Auseinandersetzung ins Boot zu holen.

Komme. Danke Jas!
Ralf

Erneut werde ich darüber informiert, dass Jasper tippt, aber auch dieses Mal folgt darauf keine eingehende Nachricht.

NELE
Köln, 22. April 2019

Scheiße! Scheiße! Scheiße! Arghhhhh… Warum gebe ich mir das immer wieder? Wieso muss mein Herz denn auch so in die Höhe springen, sobald ich seinen Namen auf dem Bildschirm eingeblendet sehe? Das ist doch einfach nur ätzend!

Wieso bin ich nur so ein naives Dummchen? Ich weiß doch, dass es ihm gar nicht um mich geht. Normal. Welcher Kerl, der wirklich Interesse an mir hat, würde mich schon so behandeln?

Ich stehe unter der Dusche und versuche mir die Schmach der vergangenen Stunden abzuwaschen. Warum hat das denn überhaupt so lange gedauert? Jede Sekunde länger war nur ein weiterer qualvoller Beweis dafür, dass irgendwas mit mir ganz gewaltig falsch läuft. Wer will schon so ein arrogantes Arschloch in sich haben? Wie nötig habe ich es denn bitte? Scheiße…

Ich wünschte, ich wäre mehr wie meine Mutter. Viel zu oft habe ich den Satz ›Achte nicht auf ihre Worte, achte auf ihre Taten‹ von ihr gehört. Als wäre es das einzige Mantra, das wirklich von Bedeutung ist. Doch wie ich von dieser Erkenntnis ins Handeln gelange, hat sie mir leider nicht mit auf den Weg gegeben.

Wenn dieser Wichser mich nimmt, mit diesem abwesenden Blick, mit dieser Härte, die mir jede Selbstachtung raubt, höre ich diesen Satz. Immer und immer wieder. Als wäre es nötig, um meine ohnehin schon omnipräsente Qual noch zu steigern.

›Achte nicht auf ihre Worte, achte auf ihre Taten.
Achte nicht auf ihre Worte, achte auf ihre Taten.
Achte nicht auf ihre Worte, achte auf ihre Taten!‹

Ich greife nach der Badebürste, packe eine übergroße Portion Seife darauf und beginne mich zu schrubben, als hätte ich mich seit Jahren nicht mehr gewaschen. Dabei weiß ich im Grunde, dass es kein Mittel gibt, diesen Schmutz von mir abzuwaschen, denn er befindet sich in meinem Inneren.

Das Duschwasser vermischt sich mit meinen Tränen, während ich immer fester meine Haut mit der Bürste malträtiere. Rote Striemen ziehen sich über meinen Körper und mich überkommt das Gefühl, dass ich das alles verdient habe.

Jasper.

Die brennenden Male der Bürste.

Diese Wertlosigkeit.

JASPER
Köln, 22. April 2019

Die dumpfen Bässe erfassen meinen Körper, der sich rhythmisch und stumpf in immer gleichen Bewegungen dem Techno hingibt. Ebenso wie alle anderen hefte ich meinen Blick auf den DJ und erinnere mich kurz daran, wie ich das, als ich zum ersten Mal im Odonien war, noch sehr befremdlich fand. Auf Techno tanzt man eben mit dem DJ und nicht mit den Leuten, mit denen man gekommen ist. So ist das nun mal.

Die Monotonie, das Schallern der High-Hat und des Mischcocktails an Drogen, den ich intus habe, lassen mich in eine angenehme Trance versinken und ich bemerke dabei gar nicht wie die Zeit vergeht. Der Schweiß rinnt mir in Strömen über die Stirn. Ich habe aufgegeben, ihn wegzuwischen und lasse ihn akzeptierend gewähren. Hin und wieder bemerke ich ein paar schmachtende Blicke dieser Hipster-Ladies mit Dutt, einfarbigen T-Shirts und diesen Hochwasserhosen, die mal in den Neunzigern angesagt waren. Viel schlimmer finde ich an diesem Trend eigentlich, dass die Männer exakt genauso gekleidet sind. Das ist doch irgendwie unheimlich oder nicht? Zumindest muss man mit steigendem Pegel ganz genau hingucken, um das Geschlecht sicher zuordnen zu können.

Während ich gerade überlege, ob ich mir noch ein Näschen gönne, fällt mir ein, dass ich Micha und den Jungs eben den Dosierer mitgegeben habe. Das muss aber schon eine Weile her sein. Ich lasse meinen Blick durch die Menge wandern, kann aber keinen meiner Gruppe ausfindig machen. Wo stecken die nur? Da fällt mir auf einmal auch wieder ein, dass ich Ralf ja angeschrieben habe. Wie lange das wohl her ist?

Etwas desorientiert verlasse ich die Tanzfläche und betrete den Schotter des Außengeländes. Während ich mich auf den Weg zum Eingangsbereich mache, schaue ich das erste Mal seit langem auf mein Handy.

Vierzehn verpasst Anrufe von Ralf.

Scheiße!

Ohne mir die einundzwanzig Nachrichten bei Whats App überhaupt durchzulesen, wähle ich die Rückruffunktion. Bereits beim ersten Klingeln kommt Ralf dran: »Ist das dein Ernst, Alter?«

Fuck. So laut und wütend habe ich ihn schon lange nicht erlebt. Mir graut es ein wenig davor, ihm gegenüberzutreten und ich erwische mich bei der Hoffnung, dass er vielleicht schon wieder nach Hause gegangen ist.

»Scheiße man. Sorry, Alter! Ich hab total die Zeit vergessen… Wo bist du?«, stammele ich und finde meine Worte dabei selbst ziemlich unbefriedigend.

Schweigen.

Fuck.

Das hat mal so gar nichts Gutes zu bedeuten.

Dann höre ich, wie Ralf am anderen Ende der Leitung tief Luft holt, ehe er mit einer eiskalten Tonlage zusammenfasst: »Ich habe dir gesagt, dass ich kein Geld habe.

Den Taxifahrer konnte ich also nicht bezahlen, der hat jetzt meinen Führerschein als Pfand einkassiert. Außerdem stehe ich jetzt seit geschlagenen zwei Stunden hier rum und versuche dich zu erreichen und deine verschissene Ausrede ist, dass du die Zeit vergessen hast?«

Okay, ich muss zugeben, da komme ich tatsächlich nicht sonderlich gut bei weg.

»Bin gleich bei dir, Bro«, sage ich, lege auf und hätte am liebsten kehrt gemacht.

Diese Tonlage habe ich in all den Jahren nur ein einziges Mal bei Ralf gehört und zwar seiner Mutter gegenüber.

Ich passiere den Eingangsbereich und kann ihn schon an der Straße stehen sehen. Wie eine Säule ragt er in die Luft empor, vollkommen starr, den Blick durchbohrend auf mich gerichtet. Scheu und vorsichtig nähere ich mich. Diese neue Rollenverteilung fühlt sich ganz schön ungewohnt, aber vor allem echt unangenehm an.

Einen Sicherheitsabstand bewahrend (man weiß ja nie) bleibe ich vor Ralf stehen. Schweigend schauen wir uns an und dummerweise fällt mir gerade jetzt nichts zu sagen ein, obwohl das vermutlich genau der richtige Zeitpunkt wäre, sich groß und wortgewaltig zu entschuldigen. Leider sind Entschuldigungen nicht meine Stärke und außerdem habe ich ja eigentlich auch schon alles am Telefon gesagt, was es dazu zu sagen gibt. Ralf könnte ja ruhig mal ein bisschen Verständnis zeigen. Das kann halt passieren, wenn man feiern geht…

Als hätte er in meinem Gesicht meine Gedanken gelesen, raunt Ralf nun: »Versuchst du das jetzt runterzuspielen? Dich vor dir selbst zu rechtfertigen?«

Wut flammt in mir auf.

»Was soll das denn heißen, du arroganter Wichser?«, übernehmen meine niederen Impulse die Gesprächskontrolle.

Die Kälte, die in Ralfs Blick liegt, stachelt meine Kampflust nur noch zusätzlich an und ich registriere erregt meine bereits zu Fäusten geballten Hände.

»Jetzt willst du mir wieder auf die Fresse hauen, was? Du bist so lächerlich, Jasper!«, funkelt Ralf finster und schon im nächsten Augenblick springe ich ihm entgegen und verpasse ihm einen harten rechten Haken. Gemeinsam landen wir auf dem Asphalt - ich deutlich weicher, da Ralfs Körper meinen Sturz dämpft.

Schnell richte ich mich auf und schlage erneut zu. Wieder und wieder hageln meine Fäuste in Ralfs Gesicht. Wie benebelt, beinahe mechanisch passiert alles und ich registriere nur am Rande das dunkle Blut, das sein Gesicht mit dem Asphalt verschwimmen lässt.

So plötzlich, wie mich die Wut überkommen hat, lässt sie mich wieder los und ich halte mitten im nächsten Schlag inne. Mein Blick wandert über Ralfs geschwollene, blutüberströmte Gesichtszüge, die kaum wiederzuerkennen sind. Dann betrachte ich sprachlos meine aufgeschürften Hände, von denen ein rhythmisches, anklagendes Pochen ausgeht.

Langsam richte ich mich auf, erwäge kurz Ralf die Hand hinzustrecken, verwerfe diesen Gedanken aber sofort wieder. Das kann ich mir jetzt auch sparen.

Hilflos sehe ich dabei zu, wie Ralf sich nun stöhnend und windend aufrichtet und dann ein Speichel-Blut-Gemisch vor mir auf den Boden rotzt. Er schnauft ein paar Mal laut, ehe er mir fest in die Augen schaut mit einem

Blick, der mir die Eingeweide zusammenziehen lässt. Aufgrund des ganzen Blutes, das sein Gesicht bedeckt, glühen seine grünen Augen förmlich und das, was ich darin lesen kann, erinnert mich tiefgreifend an meinen Vater.

»Du mickriger, kleiner Pisser. Weiß du eigentlich, was du für ein beschissener, abgefuckter Scheißmensch bist? Für dich sind immer die anderen der Abschaum und jeder, der nicht nach deiner Nase tanzt, kriegt auf die Fresse. Dabei bist du das kleinste, mickrigste Würstchen, dass ich kenne, Alter. DU bist der Abschaum von uns beiden! Du bist ein schlechter Mensch und das weißt du. Du scheiß, verkackter Loser man! Erinnerst du dich überhaupt noch daran, wann du das letzte Mal korrekt zu jemandem warst? Du bist ein wandelndes, frauenverachtendes Arschloch und ich check ehrlich gesagt nicht, warum ich überhaupt noch was mit dir zu tun habe. Weißt du was, Alter? Fick dich, du Wichser! Verpiss dich doch zu deinen Lakaien und schieb ihnen dein Geld in den Arsch, damit sie so sind, wie du sie haben willst. Aber glaub mir, irgendwann wachst du auf und realisierst, dass es keinen verschissenen Menschen mehr auf dieser Welt gibt, der dich leiden kann und du nur eine scheiß, abgewichste Hülle von einem Haufen Cash bist. Und wenn dieser Tag gekommen ist, denk bloß nicht daran bei mir angekrochen zu kommen! Ich bin durch mit dir!«

Er streckt mir den Mittelfinger entgegen, macht dann auf dem Absatz kehrt und lässt mich mit seinen Worten und einer bodenlosen Leere vor dem Odonien zurück.

Wie versteinert stehe ich da und starre noch immer meine pochenden Hände an. Unfähig etwas zu empfinden, eingepackt in einem apathischen Nebel, verharre ich in meiner Position. Vielleicht sind es nur zehn Minuten, viel-

leicht dreißig, vielleicht auch eine Stunde, in der ich so gefangen unbeweglich dort stehe.

Und dann passiert plötzlich etwas Eigenartiges. Für den
Bruchteil einer Sekunde fühle ich etwas... Mitten ins Herz
trifft mich die Ahnung, dass gerade jetzt, in diesem Moment, etwas im Gange ist, das mein ganzes Leben vollumfänglich und unwiderruflich verändern wird.

SOPHIE
Köln, 22. April 2019

Kann es sein, dass du gerade nicht nur kritisch mit Tom, sondern auch mit dir selbst bist, Süße?«

Ich habe keine Ahnung, warum und wie sie jetzt darauf kommt und tatsächlich ärgert es mich sogar ein bisschen, dass sie so offensichtlich vom Thema ablenken will, denn hier geht es schließlich um Tom und seine unendlich nervigen, lästigen Angewohnheiten - nicht um mich.

Was hat das also damit zu tun, ob ich kritisch mit mir selbst bin? Wie kommt sie da jetzt drauf?

Irgendwie fühle ich mich leicht unverstanden und das ist wahrlich eine Seltenheit im Zusammensein mit Anna. Unschlüssig, was ich davon nun halten soll, sage ich erst einmal gar nichts und erwidere stattdessen lediglich ihren Blick.

»Wie läuft es auf der Arbeit?«, versucht sie schon wieder das Thema zu wechseln und ich würde mich allzu gerne darüber aufregen, kann es aber nicht, weil mir postwendend Tränen in die Augen steigen.

Keine Ahnung, wie sie das immer wieder hinkriegt, genau die Punkte anzusprechen, die bei mir im Argen liegen oder in diesem Falle sogar ein absoluter Trümmerhaufen sind. Ich beantworte ihre Frage mit zitternder, gequält verzogenen Lippen, ringe um Fassung und komme mir dabei total lächerlich vor.

Anna scheint mich zu lesen, springt dann auf und schließt mich in eine feste Umarmung, die jedes Wort überflüssig macht. Während mir ihr Parfum einnehmend in die Nase steigt, reißt diese freundschaftliche Körperlichkeit zugleich all meine Mauern nieder.

»Ich bin gefeuert worden, Anna«, heule ich wie ein kleines Baby und gönne mir den Trost, wegen dem ich doch eigentlich hergekommen bin.

Hui. Mensch. Das hört ja gar nicht mehr auf mit dem Heulen… Traurig sein suckt! Kaum denkt man das Eine, fallen einem gleich noch massig andere Dinge auf, die traurig sind. Und schwups, bekommt man das Gefühl, dass im Grunde doch das ganze Leben ein einziger Scherbenhaufen ist, der nur von den wiegenden Armen einer besten Freundin aufgekehrt werden kann.

Jede einzelne Träne, die ich in mir ausfindig machen kann, befördere ich also mit einem kräftigen Arschtritt hinaus in Annas Küche oder vielmehr auf ihre Schulter.

Äußerst befreiend!

Eine Flasche Crémant und eine Flasche Rotwein später ist von der Traurigkeit schon nichts mehr übrig. Stattdessen habe ich jetzt richtig gute Laune. Ja mehr noch. Ich hab Bock auf Leichtigkeit!

»Anna, wir müssen tanzen gehen!«, verkünde ich meiner angetrunkenen und damit leicht beeinflussbaren Freundin, die meinen Vorschlag mit einem eher skeptischen Gesichtsausdruck quittiert.

Eine dreiviertel Stunde Fußmarsch und reichlich animatorisches Geschick später, erreichen wir endlich das Odonien. Als wir gerade von der Straße und zum Eingangsbereich abbiegen, bleibt Anna plötzlich wie angewurzelt stehen. Ich folge ihrem Blick, der starr auf einen Mann, etwa zehn Meter von uns entfernt, gerichtet ist.

Wie versteinert steht er da, ganz alleine, mit dem Rücken zu uns. Ziemlich creepy!

»Komm, lass uns reingehen«, raune ich Anna zu, hake mich bei ihr ein und ziehe sie in Richtung der Schlange.

Widerwillig lässt sie sich von mir führen, dreht sich aber immer wieder zu dem unheimlichen Kerl um. Irgendetwas ist da in ihren Augen, das mir eine Gänsehaut über den Rücken jagt.

»Was ist los, Süße?«, versuche ich es zu ergründen. »Kennst du den etwa?«

»Nein«, erwidert Anna, ohne dass sie dieser entrückte Blick verlässt, »ich weiß auch nicht. Das ist irgendwie komisch gerade…«

Warum benimmt die sich denn auf einmal so crazy? Da hab ich jetzt echt keinen Bock drauf. Ich will tanzen und Spaß haben! Oder ist sie vielleicht schon zu betrunken? Anna verträgt ja bekanntlich nicht so viel…

Ja, das wird es sein!

Beherzt drücke ich ihren Arm und ziehe sie in eine freundschaftliche Umarmung und sodann zur Kasse.

GERDA
Köln, 22. April 2019

So schnell es mir eben möglich ist, ohne etwas von dem Kaffee zu verschütten, eile ich durch die Menschenmenge. Im Geiste stelle ich mir vor, wie sich Maltes Gesicht aufhellt, wenn ich mit einem anständigen Frühstück bei ihm auftauche. Dieses Aufhellen ist eines der wenigen Dinge, die mein Herz noch höher springen lassen.

Erst jetzt, wo ich gerade nüchtern werde (oder sagen wir zumindest nüchterner als sonst), fällt mir auf, wie selten ich in der letzten Zeit dieses Aufhellen in Maltes Zügen beobachten konnte.

Ich weiche einem Passanten aus, der den Blick abwesend in seinem Smartphone versenkt, überquere den Bahnhofsvorplatz und steuere zielsicher unser Lager unter der Hohenzollernbrücke an. Ein zu Hause, das wir zugegebenermaßen mit einigen Mitstreitern teilen.

Die Schlaflager, an denen ich vorbeieile sind leer - zu dieser Tageszeit sind die meisten von uns damit beschäftigt Geld und Junk zu beschaffen. Hinter der nächsten Backsteinsäule biege ich links ab in unser Quartier und entdecke Malte sogleich in seinem Schlafsack eingerollt. Beim Näherkommen schwenke ich die Brötchentüte durch die Luft und strecke den Kaffee triumphierend in die Höhe.

»Frühstück ist fertig!«, trällere ich gut gelaunt.

Keine Reaktion.

Während ich mich ihm weiter nähere, flöte ich (was mir übrigens gänzlich untypisch ist): »Guten Mooorgeeeen!«

Und dann bin ich endlich nah genug, um Maltes unnatürlich grau verfärbtes Gesicht sehen zu können.

Vor Schreck lasse ich die Brötchentüte und den Becher auf den Boden fallen. Der lauwarme Kaffee spritzt mir über die Füße. Panisch stürze ich nun ebenfalls zu Boden und schüttele Malte kräftig. Sein erschlaffter Kopf wirbelt dabei grotesk hin und her.

»Malte, hey, wach auf!!!«

Keine Reaktion.

Auch sein Brustkorb scheint bewegungslos.

FUCK!!

Ich beuge mich zu ihm herunter, versuche seinen Atem an meiner Wange zu spüren.

Nichts.

»HILFEEEEE!!!!«, schreie ich nun aus Leibeskräften in Richtung des Rheinufers und hoffe inständig, dass mich einer der Passanten dort hören kann. »HILFEEEEEE, wir brauchen einen Krankenwagen!!! HILFEEEEEE!!!!!«

Nein, nein, nein, nein.

Das darf einfach nicht sein!

»Bitte helft uns! Bitte! Er stirbt! Wir brauchen einen Krankenwagen!!! Sofort!!!!«, brülle ich, so laut es meine Stimmbänder zulassen. »HILFEEEEEE!!!!! Einen Krankenwagen, SOFOOORT! HILFEEEEEEEE!!!!«

Fuck, fuck, fuck fuck.

Das darf einfach nicht passieren!! Scheiße nein!!!

Bitte, bitte, bitte Gott, ich flehe dich an, bitte lass ihn

nicht sterben!! Ich brauche ihn. Bitte!!!! Ich tue alles, was du willst! Aber bitte, lass ihn nicht sterben!!!

»HILFEEEEEEE!!! Wir brauchen einen Krankenwagen!!!!!! HILFEEEEEEE!!!!«, schreie ich hysterisch wieder und wieder bis meine Stimme beginnt zu brechen und mir die Tränen bereits sturzflutartig über die Wangen laufen.

»HILFEEEEE!! So helft uns doch!!!«, wird meine verzerrte Stimme mit dem Hall durch die Unterführung getragen, als ich plötzlich im Augenwinkel einen Mann registriere mit… einem Handy am Ohr!!

»Bitte rufen Sie den Krankenwagen!! Schnell! Mein Freund hat eine Überdosis!«

Der Mann nickt, legt auf und sprintet dann zu uns herüber.

»NEIN! Du musst sofort den Krankenwagen rufen!«, schreie ich schockiert.

»Das habe ich schon. Ist unterwegs. Ich bin Notarzt. Heroin?«, fragt er zeitsparend, während er mich zur Seite schiebt und mit seinem Ohr Maltes Atmung kontrolliert.

Panisch registriere ich, dass dessen Gesicht mittlerweile einen bläulichen Schimmer aufweist.

Scheiße, scheiße, scheiße!!!!

Der Notarzt legt Maltes Kopf in den Nacken, hält ihm die Nase zu und beginnt mit der Beatmung.

Darauf hätte ich auch kommen können!

Fuck, fuck, fuck, fuck. Scheiße! Scheiße! Nein!

Das darf nicht passieren!!!

Wieder und wieder bete ich dieses Mantra in meinem Inneren und verliere dabei jegliches Zeitgefühl.

Und da höre ich auf einmal die Sirene vom Rettungswagen. Immer lauter schwillt sie an, während ich meinen Blick durch den Tränenschleier hinweg hypnotisch auf Malte hefte, dessen Brustkorb sich nur dann hebt, wenn der Notarzt ihn beatmet.

Rettungssanitäter kommen angerannt und scharen sich um ihn, sodass ich mit Ausnahme ihrer Rücken nichts mehr sehen kann.

Just in diesem Moment ist mir auf einmal klar, dass es zu spät ist. Das war´s. Sie sind zu spät gekommen…

»Null Komma zwei Milligramm Naloxon«, ist das Einzige, das ich aus den Wortfetzen heraushören kann.

Zu spät…

Es ist zu spät…

Scheiße…

Und da, mitten in meine resignierende Verzweiflung hinein, höre ich auf einmal, wie jemand lautstark nach Atem ringt.

Fassungslos richte ich mich auf und versuche an den Sanitätern vorbeizuschauen. Tatsächlich! Malte hat die Augen weit aufgerissen und sein Brustkorb hebt und senkt sich wieder - ganz ohne das Zutun des Notarztes.

»Malte!!«, rufe ich, doch er reagiert nicht auf mich.

»Wir müssen sofort ins Krankenhaus. Kommen Sie mit?«, fragt einer der Sanitäter an mich gerichtet, während die anderen damit beschäftigt sind, Malte, dessen Augen schon wieder zufallen, transportfähig zu machen.

Ich nicke.

»Er kommt durch!«, quittiert nun der Notarzt meinen besorgten Blick. »Wären wir nur ein bisschen später dran gewesen, hätte das ganz anders ausgesehen. Ich hoffe, das ist Ihnen klar. Vielleicht ist es an der Zeit sich von diesem Dreckszeug zu verabschieden!«

Wie vom Donner gerührt senke ich beschämt den Blick zu Boden und betrachte meinen Schatten in der Kaffeepfütze, in deren Mitte ich noch immer stehe.

ANNA
Rösrath, 16. Juli 1997

Aufstehen, mein Schatz«, flüstert Mama in mein Ohr und streichelt mir übers Haar.

Ich stehe nicht gerne auf. Nicht, wenn ich geweckt werde. Lieber werde ich von ganz alleine wach. Deswegen bekommt Mama als Antwort von mir ein Grunzen. Klingt mehr nach einem Schwein als nach mir.

Ohne meine Augen zu öffnen, grinse ich und weiß, dass Mama es auch tut.

»Na, hast du gut geschlafen, Große?«, flüstert sie nun ein bisschen lauter als eben noch und fängt an mir den Nacken zu kraulen. Das tut sie, weil sie ganz genau weiß, dass ich das mag - ein ganz schön fieser Trick (also zwar schön, aber auch fies)!

Damit sie bloß nicht denkt, dass das funktioniert, grunze ich noch einmal laut. So laut und schweinisch, dass ich selbst darüber kichern muss.

»Oh, oh, ich glaube ich weiß, was da los ist«, sagt Mama nun und pausiert dabei ihr Kraulen. »Da hat sich wohl irgendwo ein kleiner Miesepeter bei dir versteckt!«

Schon während sie das sagt, klappt sie mein Ohr nach vorne, als würde sie darunter nachschauen.

»Och Mama…«

Da zieht sie schon mit zwei Fingern mein linkes Auge auf und schaut forschend hinein.

»Ne, hier ist er auch nicht«, teilt sie mir mit.

Ich verdrehe das Auge und tue so, als würde mir das Spiel nicht gefallen.

»Oh warte, ich glaube, ich weiß, wo er stecken könnte!«, grinst Mama nun und lässt mein Auge los.

Ich ahne zwar schon, was sie vorhat, öffne zur Sicherheit aber lieber auch das andere Auge. Da streckt sie schon ihre Hände in die Luft und bewegt ihre Finger angriffslustig in meine Richtung.

»Ich glaube, er ist unter deinen Rippen, mein Schatz!«, warnt sie, bevor sie anfängt mich durchzukitzeln.

Das ist ganz schön unfair. Ich bin nämlich total kitzelig. Und das weiß sie! Außerdem kann Mama echt mega gut kitzeln. Halt nicht leicht, sondern so richtig feste. So feste, dass es schon fast weh tut - aber nur fast!

Ich kringele mich vor Lachen und versuche Mama gleichzeitig von mir wegzuschieben, aber sie lässt nicht locker. Erst als mein Bauch schon vom Lachen weh tut (echt vom Lachen, nicht vom Kitzeln! Wie gesagt: Es tut nur fast weh), zieht sie ihre Hände zurück. Der Zeigefinger und Daumen sind dabei zusammengedrückt und zeigen nach unten - als würde da jemand dran baumeln.

Ich verdrehe die Augen.

»Da ist er ja endlich! Der Miesepeter. Mensch, ein Glück, dass wir den gefunden haben!«, lacht Mama.

Ich schaffe es nur halb mein Grinsen zu verstecken.

»Das ist voll peinlich, Mama!«, sage ich, springe auf und gehe grinsend ins Badezimmer.

Die soll bloß nicht meinen, dass ich noch ein kleines

Kind bin und dass mir so was gefällt! Immerhin bin ich schon acht dreiviertel Jahre alt.

Ich glaube übrigens, dass Mama es echt gut mit mir hat. Zumindest was das Trödeln angeht. Und zwar, weil ich eben gar nicht trödele. Im Gegenteil sogar. Im Badezimmer brauche ich morgens nur noch vier Minuten. Ist wirklich so. Das habe ich mit der Eieruhr gemessen. Und so lange brauche ich nur, weil ich ja drei Minuten die Zähne putze. Danach noch eine Minute Haare kämmen und fertig. Das habe ich übrigens gemessen, um Mama (die echt ewig lange im Bad braucht) zu zeigen, was alles so möglich ist. Die hat aber nur gelacht und mir dann einen dicken, feuchten Kuss auf die Backe gedrückt.

Dicke feuchte Küsse mag ich nicht so gerne. Viel lieber mag ich Mamas Kussmarathon. Da bekomme ich ganz, ganz viele Küsschen hintereinander, ganz kleine, schnelle. Das fühlt sich dann ein bisschen so an wie Schmetterlingsküsse, nur ein bisschen doller und auch ein bisschen nasser. Ist ja klar, wenn man sie mit dem Mund macht.

Ich spucke die Zahnpasta ins Waschbecken. Der Fleck sieht aus wie ein Magierhut oder ein Hochhaus. Während dem Kämmen, entscheide ich, dass es doch mehr ein Magierhut ist und weil er mir so gefällt, behalte ich ihn.

»Guten Morgen, Mucki«, begrüßt mich Mama, als ich in die Küche komme und nimmt mich in den Arm.

»Jaja, guten Morgen«, sage ich und schäle mich aus ihrer Umarmung. Dabei stelle ich mir vor, wie wir zusammen eine Mandarine sind und Mama die Schale.

»Es ist so schön, wenn du lachst!«, erwischt sie mich.

Ich tue so, als hätte ich nichts gehört und setze mich an den Frühstückstisch. Dünne Qualmfäden ziehen über meinem Ei in die Luft. Die Zopser hat Mama mir schon mit Butter beschmiert und geschnitten.

»Boa Mama, ich bin doch kein Baby mehr. Ich kann mir selber Zopser machen!«, sage ich und bin dieses Mal wirklich genervt.

»Oh. Entschuldige, Süße«, setzt Mama ein mitfühlendes Gesicht auf und ich würde ihr das fast abkaufen, wenn sie den Fehler nicht jeden Morgen machen würde. Ja genau: JEDEN Morgen. Das ist doch kein Versehen mehr!!

Ich werfe ihr einen bösen Blick zu. Dann schneide ich meinem Ei den Kopf ab und tunke einen der Zopser so tief ins weiche Gelb, dass es überläuft. Da gibt Mama mir schon wieder einen Kuss (dieses Mal auf den Hinterkopf) und sagt: »Ich liebe dich, mein Schatz!«

Was für eine doofe Entschuldigung!

Ich grinse heimlich.

Nachdem Mama und ich fertig gefrühstückt haben und ich mich dabei auch noch mit ihr unterhalten musste, mache ich mich fertig für die Schule. So früh aufstehen muss ich nämlich übrigens nur deshalb, weil Mama mich ja unbedingt in einer Schule in Köln anmelden musste. So eine mit tollem pädogischen Konsep oder so. Keine Ahnung, was das überhaupt heißen soll. Ich meine, die Schule ist zwar ganz okay, aber ich find es echt total blöd, dass ich deswegen eine halbe Stunde früher aufstehen muss als Julia und Nina. Das ist so unfair!

Als ich also endlich (nach einer ewig langen Busfahrt) an meiner ›Superschule‹ auf dem Schulhof ankomme, sehe ich zwei Jungs aus der Zweiten oder so an den Tischtennisplatten. Die beiden schlagen sich oder vielmehr schlägt der eine den anderen. Nicht nur so ein bisschen. Das sieht echt ziemlich wild und fies aus. Der dünnere von beiden weint dabei und ich kann sogar von hier aus sehen, dass der gegen den anderen keine Chance hat.

»Hey!«, rufe ich, während ich zu ihnen gehe.

Aber die beiden bemerken mich gar nicht. Zum Glück bin ich mindestens einen ganzen Kopf größer als der, der die Oberhand hat und mittlerweile auf dem Dünnen drauf sitzt. Ziemlich mutig packe ich ihn also einfach am Kragen und ziehe ihn von dem Schmalen runter.

»Hör sofort auf! Lass ihn in Ruhe!«, herrsche ich ihn an und versuche dabei möglichst erwachsen zu klingen.

Verwirrt schaut mir der Junge direkt in die Augen. Irgendwie kommt der mir bekannt vor.

Eine Weile bleiben wir so stehen und schauen uns verwirrt an. Dann komme ich mir auf einmal total komisch dabei vor, lasse ihn los und mache einen Schritt nach hinten.

Der Junge grinst.

Und ich auch.

JASPER
Köln, 16. Juli 1997

Schrill und laut klingen die Ohren von meinem Wecker, während der kleine Hammer von dem einen zum anderen schnellt. Ich weiß, dass es sieben Uhr ist. Sehen kann ich das aber nicht. Ich kann nämlich gar keine Uhr lesen. Da muss ich irgendwie jeden Morgen dran denken, wenn mein Wecker geht.

Als wir das in der Schule gelernt haben war ich nämlich bei meiner Großtante Gerda, weil Mama und Papa auf einer Kreuzfahrt waren. So heißt das, wenn man auf einem Schiff fährt für eine lange, sehr lange Zeit. Na auf jeden Fall wohnt Tante Gerda in Bayern und das ist ein anderes Land, wo man nicht zur Schule gehen muss.

Ich finde Schule sowieso doof. Vielleicht kann ich Papa und Mama ja überreden, dass wir auch nach Bayern ziehen.

Vor allem heute will ich nicht in die Schule, weil ich immer noch sauer auf Ralle bin. Meinen neuen Rettungswagen habe ich nämlich richtig lange gesucht und dann endlich gefunden… in Ralles Rucksack. Freunde dürfen sich nicht beklauen, finde ich.

Endlich wird der Wecker still. Dem tun bestimmt auch schon die Ohren weh. Weil ich weiß, dass ich ne Menge Ärger kriege, wenn ich gleich nicht fertig angezogen bin, stehe ich auf.

Seitdem ich lesen kann hängt im Badezimmer eine Liste für mich: Zähneputzen, Haare kämmen, Gesicht waschen, Anziehen. Hinter jedem Wort ist ein Ausrufezeichen.

Ganz besonders heute will ich nicht, dass Mama böse wird. Weil ich will sie nämlich fragen, ob wir vielleicht nach der Schule mal was zusammen machen können. Vielleicht das neue Spiel ausprobieren, das Papa mir von der letzten Geschäftsreise mitgebracht hat. Eigentlich weiß ich, dass das nur eine Lüge ist. Weil ich habe das Spiel schon in Mamas Schrank gesehen, bevor Papa wieder da war. Ich gucke öfter da rein, weil ich weiß, dass sie da meine Geschenke versteckt.

Naja, auf jeden Fall hab ich mir überlegt, dass wir das Spiel ja heute mal zusammen spielen können. Das kann man nämlich gar nicht alleine spielen.

Nachdem ich also die Liste fertig habe (mit extra viel Mühe) damit ich ›besonders fein‹ aussehe für Mama, gehe ich runter in die Küche. ›Besonders fein‹ heißt übrigens, dass ich eine Linie in die Mitte von meinen Haaren mache. Das geht normalerweise gar nicht, weil die eher wild sind und kreuz und quer abstehen. Aber mit Wasser klappt das schon und Mama sagt dann immer, dass sie das schön findet, weil ich dann so fein und brav aussehe.

Ich setze ein freundliches Gesicht auf und versuche mich gerade zu halten. Denn auch das ist Mama wichtig. ›Bewahre immer Haltung, mein Junge‹, sagt sie mir nämlich ständig, wenn sie meint, dass ich das nicht tue. Dann soll ich mir vorstellen, wie ein Faden durch mich durchgeht und dann in den Himmel rein und wie von da oben jemand an dem Faden zieht. Ich finde die Vorstellung irgendwie unheimlich. Aber auf jeden Fall streicht Mama mir, wenn ich das dann mache, über die Haare. Und das mag ich sehr gerne.

Weil Mama ist nicht so eine Frau von körperlichen Zuneigungskundung. So hat sie mir erklärt. Das heißt nämlich, dass Mama es nicht so gerne mag, wenn sie mich anfasst. Oder irgendwen sonst. Auch Papa nicht. Und deswegen freue ich mich immer, wenn sie für mich eine Ausnahme macht. Dafür lasse ich mich auch ein bisschen in den Himmel ziehen.

Ich betrete die leere Küche. Auf dem Glastisch steht meine Brotdose und daneben liegt ein gelber Zettel. Ich lasse meine Schultern sinken und verwuschele mir wieder die Haare. Dann lese ich Mamas geschwungene Handschrift: ›Geh rechtzeitig los und viel Spaß in der Schule. Mama‹

Ich würde am liebsten weinen, aber das darf ich nicht. Papa sagt, dass ich sonst ein Waschlappen werde. Ich glaube, weil die eben auch nass sind. Zwar verstehe ich nicht, wie genau er das meint, aber ich verstehe ganz genau, dass ich nicht weinen soll. Und weil Papa irgendwie selbst Sachen weiß, die der eigentlich gar nicht wissen kann, weine ich nicht mal, wenn ich alleine bin.

Papa weiß nämlich echt immer alles. Zum Beispiel wusste der, dass ich letztens doch nochmal ins Bett gemacht habe. Und das kann der eigentlich gar nicht wissen, weil Mama und ich extra alles sauber gemacht haben, damit er es nicht bemerkt. Weil Papa wird nämlich richtig sauer sonst. Besonders schlimm sauer ist er, wenn er vorher von seinem ›Papasaft‹ getrunken hat. Und genau so ein Tag war das. Auf einmal wusste er es einfach. Manchmal frage ich mich, ob da irgendwas in der Flasche ist, das es ihn auf einmal alles wissen lässt. Wie ein Wahrheitstrank oder so.

›Du bist einen Dreck wert!‹ hat er gebrüllt. Das sagt er mir immer, wenn er richtig stinkesauer auf mich ist.

Gehauen hat er mich zwar auch und das tut natürlich weh, aber bei Papa tun seine Worte immer noch ein bisschen mehr weh.

Ich finde den Tag heute auf jeden Fall echt scheiße. Und ich bin richtig schlecht gelaunt. Also so richtig, richtig schlecht gelaunt. Und dann kommt Ralle auch noch auf dem Schulhof zu mir und redet schon wieder von diesem doofen Rettungswagen. Ich weiß auch nicht, aber das macht mich auf einmal so super sauer, dass ich ihn erst schubse und dann auch noch haue. Ich weiß, dass ich das nicht sollte. Aber er hat mich beklaut und das darf er doch nicht.

Irgendwann sitze ich auf Ralle drauf und da packt mich auf einmal jemand an der Jacke und zieht mich weg. Ich bin ein bisschen froh darüber.

Das Mädchen hat blaue Augen. Schöne blaue Augen. Sie ist älter als ich und größer. Viel größer.

»Hör sofort auf! Lass ihn in Ruhe!«, brüllt sie mich an und ihr Gesicht verzieht sich dabei, als hätte sie in eine Zitrone gebissen.

Kenn ich die?

Die hat so lustige Sommersprossen im ganzen Gesicht. Die sieht man aber nur, wenn man genauer hinguckt. Ich gucke genauer hin und sie auch.

So schauen wir gegenseitig eine Weile genauer hin. Und dann ist das genaue Hinschauen auf einmal irgendwie komisch. Das macht man ja sonst nicht.

Nur sich angucken wird irgendwann immer komisch.
Also grinse ich.
Und die auch.

RALF

Vorsichtig ziehe ich an dem Büggel. Seit Jasper mein Gesicht so bearbeitet hat, ist mir das nur noch vorsichtig möglich. Zumindest wenn ich Schmerzen vermeiden will. Und das will ich!

Ich sehe echt scheiße aus seitdem. Vor allem die ersten Tage hat mein Gesicht eher einer aufgedunsenen Dogge geglichen. Einer rotblauen Dogge. Außerdem habe ich (glaube ich zumindest) eine Platzwunde an der Stirn. Ich habe mich aber nicht getraut Mutter anzurufen, die die Einzige ist, die ich wegen Geld fürs Krankenhaus hätte anpumpen können. Also hat die Wunde einfach ganz schön lange geblutet und ich Unmengen Klopapier verbraucht.

Missmutig betrachte ich das nur noch spärlich befüllte Einmachglas. Bei dem Anblick könnte ich echt heulen. Diese Konsequenz des Kontaktabbruchs mit Jasper wird mir jeden Tag schmerzlicher bewusst. Irgendwie ist es, als hätte ich meinem Einkommen die Freundschaft gekündigt und damit zwangsläufig auch meinem Vorrat an Odd.

Dass ich darauf freiwillig verzichte, mag auf den ersten Blick wohl ziemlich bescheuert wirken… Nur dann nicht, wenn man weiß, was dieses Einkommen tatsächlich bedeutet. Nämlich Jaspers schäbige Bitch zu sein, sein Lakaie.

Mein Ausstieg aus diesem erniedrigenden Geschäft erfüllt mich mit einer gewissen Genugtuung, die jedoch von dem seither schwindenden Grasvorrat geschmälert wird. Spätestens Morgen werde ich mir wohl was einfallen lassen müssen. Und das sage ich mir jetzt schon die letzten drei Tage, ohne dem Gedanken Taten folgen zu lassen - eine meiner größten Schwächen wie ich finde.

Mein Magen knurrt, während ich den weißen Qualm tief inhaliere und den Ton vom Fernseher einschalte. Da läuft gerade irgendeine Dokumentation über so nen Typen, der Rumi heißt. Den Namen habe ich schon mal auf einem Plakat an der Rheinbrücke gelesen unter irgendeinem neunmalklugen Zitat.

Eigentlich ist mir nicht nach so einer tiefschürfenden Scheiße. Gleichzeitig bin ich aber so unendlich dicht, dass mir plötzlich jede noch so kleine Bewegung (und sei es nur die meines Daumens auf der Fernbedienung) schlicht illusorisch erscheint.

Ohne hinzusehen, lasse ich mich also von dem Sound der Doku berieseln, während ich mich zurücklehne und an die Decke starre. Nur mit halbem Ohr höre ich, dass jetzt von einem Wams oder Sams oder so die Rede ist. Hingegen mit ganzem Ohr und plötzlich mit voller Aufmerksamkeit höre ich folgende Worte:

»Wie kannst du andere beschuldigen,
sie brächten dir keine Achtung entgegen,
solange du dich selbst
für jede Achtung unwürdig hältst?
Denn ›sie‹ gibt es genauso wenig wie ›ich‹.
Im Universum ist alles und jeder miteinander verbunden.

Wir sind nicht Hunderte und Tausende
von unterschiedlichen Wesen.
Wir sind alle eins.
Wenn du also willst, dass andere dich anders behandeln,
dann musst du dich zuerst selbst anders behandeln.
Wer nicht lernt, sich ganz und aufrichtig selbst zu lieben,
kann nicht geliebt werden.«[3]

Schon während des ersten Satzes läuft mir ein Schauer über den Rücken. Als würde jedes weitere Wort Teil dieses Schauers, beginnt meine Haut flächendeckend zu Kribbeln und wird schließlich von einer Ganzkörpergänsehaut überzogen. Es fühlt sich an, als wolle mir buchstäblich mein ganzer Körper etwas klar machen.

Fuck man. Auch ohne dass ich mir dem Inhalt überhaupt richtig bewusst bin, spüre ich in diesen Worten eine Wahrheit.

Scheiße. Soll das etwa bedeuten, dass ich selbst der Ursprung von all dem hier bin? Verächtlich lasse ich meinen Blick durch den Raum schweifen.

Ich nehme nochmal einen kräftigen und unvorsichtigen Zug am Joint, bin aber unfähig den daraus resultierenden Schmerz wahrzunehmen.

Irgendwie fühle ich mich ertappt und leicht zurückversetzt in einige unangenehme Situationen meiner Jugend, in denen mich ein ähnliches Gefühl beschlichen hat.

Halte ich mich etwa wirklich für achtungsunwürdig? Achte ich mich nicht mal selbst?

Die klare und traurige Erkenntnis trifft mich wie ein Schlag in die Fresse: JA. Sowas wie Selbstachtung existiert tatsächlich nicht in mir.

Und ist es mir jetzt also von dieser Ausgangslage her untersagt über Jasper oder sonst wen zu urteilen? Weil sie mich letztlich ja nur so behandeln, wie ich selbst es tue? Puh. Das fühlt sich ganz schön hart an.

Da fällt mir auf einmal dieser Satz ein, den uns damals diese Sozitante in der Schule eingetrichtert hat ›Was du nicht willst, was man dir tut, das füg auch keinem andern zu‹. Sollte vielleicht der viel treffendere Satz sein: ›Was du willst, was man dir tu, das füg dir erst mal selber zu?‹

Ohne dass die Gänsehaut verschwindet, ergreift mich mehr und mehr dieses unbändige Gefühl, dass ich hier grade dem Kern aller Wahrheiten ins Gesicht sehe. Fasziniert betrachte ich dieses hässliche, fade, faltige Gesicht, das mich mit einem höhnischen Lächeln bedenkt. Fast so, als würde es sich darüber amüsieren, dass ich es jetzt erst bemerke.

Adrenalin pumpt durch meine Adern, während meine Gedanken sich zu überschlagen beginnen. Aus diesem Wirrwarr heraus greife ich nach dem einzig auffindbaren roten Faden.

Wenn also mein Inneres der Ursprung ist…

Dann gibt es nur eine Lösung für meinen Wunsch, geachtet und geliebt zu werden oder?

Ich muss anfangen, mich selbst zu achten und zu lieben!

ANNA
Köln, 4. Mai 2019

Ich trinke den letzten, lauwarmen Schluck aus meinem Kaffeebecher und schließe die Tür zu meinem Büro auf. Wie immer, wenn ich hier ankomme, beschleicht mich ein Gefühl der Genugtuung. Erst seit drei Monaten kann ich mir überhaupt die Miete für ein eigenes Büro leisten und mit diesem hier habe ich einen absoluten Glücksgriff gelandet. Lichtdurchflutet, in der Severinsstraße und vor allem: stilvoll möbliert.

Der Schreibtisch, die Bücherregale, die sich über die gesamte Wand zu meiner Linken erstrecken, als auch die beiden violetten Ledersessel, die zwar leicht in den Raum geneigt und sich doch gegenüberstehen, sind im Mietpreis enthalten. Das einzige Mobiliar, das ich beigesteuert habe, ist der kleine dunkelbraune Holztisch zwischen den Sesseln. Den habe ich im Sperrmüll entdeckt und bestücke die darauf platzierte, knallrote Vase seither wöchentlich mit einem zwanzig Euro Blumenstrauß (so viel Investment muss sein!).

Ich lege meine Tasche hinter dem Schreibtisch ab und wage einen Blick auf die Uhr, die über der Tür hängt. In den noch bleibenden zehn Minuten bis zu meinem ersten Termin setze ich Kaffee auf, lege ein paar selbstgebackene

Plätzchen, mein farbenfrohes Klemmbrett und einen Kuli bereit. Dann angele ich mir Elenas Akte aus der Schublade, überfliege meine Notizen vom letzten Mal und stelle abschließend zwei Tassen und ein Milchkännchen auf den Tisch. Den Zucker lasse ich im Regal stehen, da weder ich noch meine Klientin welchen im Kaffee trinken.

Als es klingelt, eile ich durch den Flur, den ich mir mit einer Suchtberaterin und einem Life-Coach teile - zugegebenermaßen passt das nicht ganz zusammen und führt manchmal (vor allem auf Seiten der Klienten und im gemeinsamen Wartebereich) zu Verwirrung.

Ich warte an der Eingangstür und lausche Elenas Schritten, denen es dieses Mal an dem sonst so typischen Elan fehlt.

»Hey Anna!«, begrüßt sie mich winkend noch ehe sie den Treppenabsatz erreicht.

»Hey, schön dich zu sehen, Elena!«, erwidere ich und deute ihre Körpersprache so, dass ich mir die Umarmung dieses Mal spare.

Ihr voran gehe ich wieder zurück in mein Büro. Anstatt (wie sonst immer) direkt Platz zu nehmen, tigert Elena nun auf und ab und tut dabei so, als würde sie sich die Bilder an der Wand ansehen.

»Kaffee?«, biete ich an, während meine Neugierde ins Unermessliche wächst.

»Gerne.«

Ich schenke uns ein und lasse mich gemächlich in meinem Sessel nieder, in der Hoffnung, dass das irgendwie einladend auf sie wirkt. Unschlüssig taxiert sie mich. Dann scheint sie sich einen Ruck zu geben und nimmt mir gegenüber Platz.

»Wie geht's dir?«, öffne ich die Tür sperrangelweit.

Misstrauisch beäugt sie mich. Dabei glaube ich für einen kurzen Moment Scham in ihrem Blick aufflackern zu sehen. Nur langsam öffnet sich ihr Mund und sie sich mit ihm: »Ich bin wieder mit Anton zusammen.«

Das Lächeln, das sie mir dabei zu schenken versucht, erreicht nicht mal annähernd ihre Augen.

Mir ist vollkommen klar, dass sie die Skepsis, die sie selbst ihren Worten gegenüber empfindet, auf mich projiziert und erwähne daher fast beiläufig: »Ach, da hat sich aber einiges getan bei dir. Wie geht es dir denn damit?«

Gehetzt wandert ihr Blick im Raum umher, während sie darum bemüht scheint, mir nicht direkt in die Augen zu sehen. Doch als würde diese neuartige Mauer zwischen uns urplötzlich niedergerissen, bricht es aus ihr heraus: »Zerrissen. Ja wirklich. Ich bin innerlich total zerrissen!«

Nun ruhen ihre Augen aufrichtig und auffordernd auf den meinen.

»Zwischen was?«, frage ich schlicht.

Während sie überlegt, nehme ich einen Schluck meines Kaffees und tue so, als würde mich die entstandene Stille gar nicht stören.

»Zwischen meinem Kopf und meinem Herz«, antwortet sie endlich.

Dieses Mal schaue ich sie auffordernd an: »Geht das ein bisschen genauer?«

»Ach Anna, du weißt das doch längst. Anton ist im Grunde und ganz tief in seinem Herzen einfach ein Arschloch. Da kann der ja auch nichts für. Aber das ist nun mal so. Ich weiß doch selbst, dass es total dumm von mir ist, ihm noch eine Chance zu geben. Im Ernst. Wer gibt schon jemandem eine zweite Chance, der mit seiner besten Freundin im Bett war und das damit entschuldigt, dass er ›dicke Eier‹ hatte?«, sie hält einen Moment inne, so als würde es ihr selbst Anstrengung bereiten diese Worte von sich zu hören. »Aber… ich liebe ihn einfach so sehr.«

Resigniert senkt sie ihren Blick zu Boden. Die emotionale Hilflosigkeit, die sie ausstrahlt, ist für mich kaum auszuhalten. Vor allem, weil sie sich so schrecklich vertraut anfühlt.

»Ich weiß, dass ich mich wiederhole, aber wenn DU deinen Wert nicht kennst, dann kann ihn auch kein anderer kennen«, haue ich eine oft genutzte Phrase von mir heraus.

Elena schweigt betroffen.

»Hast du deine Affirmationen gemacht?«, setze ich nach einer Weile an.

»Affirmationen. Affirmationen. Mal ganz ehrlich: Was soll dieser Scheiß eigentlich bringen? Dass ich mich selber liebe, nur weil ich es mir sage? Das ist doch Bullshit!!«

Ihre plötzliche Aggression irritiert mich, ehe ich realisiere, dass ich genau auf der richtigen Fährte bin und ihre Abwehr nur eine Bestätigung dessen ist. Seelenruhig erkläre ich daher: »Autosuggestion ist das effektivste Mittel, Elena. Ich weiß, dass es anfangs schwer ist und sich manchmal auch bescheuert anfühlt. Aber ja: Unser Gehirn funktioniert ziemlich plump. Das einzige Mittel, um einen neuen Glaubenssatz zu erschaffen, ist eben der, ihn oft genug bewusst zu wiederholen. Genau auf diesem Wege haben sich ja auch deine negativen Glaubenssätze in dein Unterbewusstsein eingebrannt.«

Sie öffnet den Mund, als wolle sie irgendetwas erwidern, schließt ihn dann aber doch unverrichteter Dinge.

»Die Männer in deinem Leben spiegeln dir nur, wie du selbst mit dir umgehst. Und nur wenn du lernst, dich aufrichtig zu lieben, wird sich daran etwas verändern.«

Scheiße. Das war viel zu konfrontativ. Und fast sogar ein bisschen vorwurfsvoll. Zumindest hat es sich wie ein Vorwurf angefühlt und das ist doch eigentlich so gar nicht meine Art!

Noch während ich diese Direktheit oder vielmehr mein Gefühl dazu bereue, rollt Elena eine Träne über die Wange. Verdammt!

Sie wischt sie weg und faucht: »Da ändert sich aber doch nichts dran, nur weil ich irgendwelche Affirmationen in den Spiegel sage!«

Um meine emotionale Befangenheit zu umgehen, rattere ich Altbekanntes herunter: »Ich weiß, dass das schwer zu glauben ist. Aber ist es nicht wenigstens einen Versuch wert? Du wirst doch selber sehen, ob es dir etwas bringt oder nicht. Da reichen nicht zwei oder drei Wiederholungen. Dafür sitzen Glaubenssätze viel zu tief. Das erfordert eben Arbeit. Tägliche Arbeit und so viele Wiederholungen wie eben möglich.«

Da funkelt sie mich wieder böse an und spuckt mir nahezu entgegen: »Ach und wenn man das macht, dann behandelt man sich also nur noch wertvoll? Dann hat man nur noch tolle Typen? Dann liebt man sich wirklich selbst? Ist das bei dir so, ja? Machst du das Ganze hier deshalb?«

Jans perfektes Grinsen taucht vor meinem inneren Auge auf und ich merke, dass ich meine Professionalität verliere (was Elena hoffentlich nicht bemerkt). Daher sage ich: »Oh okay, du bist scheinbar ziemlich aufgebracht. Das ist verständlich. Ich weiß, dass dieser Prozess nicht leicht ist. Vielleicht ist es besser, wenn du dir jetzt etwas Zeit für dich nimmst und wir beim nächsten Mal weitermachen.«

Elena guckt, als hätte ich ihr ins Gesicht geschlagen. Es ist das erste Mal, dass ich einen Termin abbreche. Dabei war sie schon bedeutend blockierender und dadurch vor allem auch beleidigender.

Fassungslos schaut sie mich an und scheint zu überlegen, ob sie nun einfach Folge leisten oder doch mit einer Entschuldigung den Termin retten soll. Dabei kann sie natürlich nicht wissen, dass hier so oder so nichts mehr zu retten ist. Doch Sie sucht den Fehler bei sich. Und ich fühle mich schrecklich, weil ich sie in diesem Glauben lassen werde.

Irritiert packt sie nun ihre Sachen zusammen und verlässt mein Büro. Ich schaffe es gerade noch die Tür hinter ihr zu schließen, ehe ich den Halt verliere und heulend zusammenbreche.

JASPER
Köln, 6. Mai 2019

Die LED-Lichterkette wechselt von blau zu rot und bescheint damit beinahe mystisch das Päckchen, das ich nicht angerührt habe seit Malte es vorbei gebracht hat. Schon eine geraume Weile sitze ich so da, starre und denke nach.

Es fühlt sich an, als würde ich hier vor einer viel größeren Entscheidung sitzen. Hier geht es nicht nur um das Öffnen dieses Pakets… Nein, dieses Paket, das mittlerweile gelb beleuchtet wird, hat eine stellvertretende Symbolik. Als würde ich vor einer Weggabelung stehen… Die Entscheidung, das Paket zu öffnen, würde ein für alle Mal mein weiteres Leben bestimmen.

Dieses diffuse Gefühl, mich auf einem Scheideweg zu befinden, ist unangenehm gegenwärtig seit dem Zwischenfall und der damit verloren gegangenen Freundschaft zu Ralf.

Schmerzlich flackert die Erinnerung an den blutigen Asphalt auf. Die emotionale Leere, der kurze Moment der gefühlten, anstehenden Veränderung und die Kraft, die dieser mir gegeben hat, um aus diesem Nebel wieder aufzutauchen und zu Fuß die fünfundvierzig Minuten nach Hause zu laufen.

Ich kann nicht behaupten, dass es seitdem bergauf geht... Das Ganze ist jetzt eineinhalb Wochen her und genau genommen, geht es mir mit jedem Tag schlechter (und das obwohl ich echt unendlich viele Rauschzustände herbeiführe, um dem entgegenzuwirken).

Ich weiß, wie schwach das klingt... aber mir war wirklich nicht klar, wie viel Raum Ralf in meinem Leben eingenommen hat und wie leer es sich jetzt ohne ihn anfühlt. Etliche Male habe ich begonnen, ihm zu schreiben, jedoch kein einziges Wort gefunden, das es wert gewesen wären, es abzuschicken. Also begnüge ich mich jetzt damit, mich zu berauschen... So viel wie eben möglich.

Meine Rollläden sind schon seit Tagen heruntergefahren, mein Zeitempfinden kaum vorhanden.

Schon wieder vibriert mein Handy. Das habe ich zwar an die Ladestation gehangen, als ich nach Hause gekommen bin, es seither aber nicht mehr angerührt. Im Grunde hat es ohnehin nur einige wenige Male Lebenszeichen von sich gegeben (und sicherlich keine von Ralf). In den letzten Stunden vibriert es aber verhältnismäßig häufig.

Ach, was soll´s.

Ich erwache aus meiner Päckchentrance und schaue auf das Display. FUCK!

Mein Vater. Und vermutlich nicht zum ersten Mal.

Während mein Puls in die Höhe schnellt, öffne ich den Chatverlauf und überfliege die letzten Nachrichten, die er allesamt heute an mich versendet hat. Dabei bleibe ich vor allem an der letzten hängen:

ICH ERWARTE VON DIR, DASS DU PÜNKTLICH BIST!
Vater

Nein?!!!

Das kann doch nicht heute sein!?

Oder doch?

Ich checke den Startbildschirm: Sechster Mai.

FUCK!

Fuck, fuck, fuck, fuck. FUCK! Nicht jetzt. Nicht so! Scheiße. Warum zur Hölle veranstaltet man so eine ätzende Benefizgala überhaupt an einem Montag? Warum nachmittags und warum ausgerechnet HEUTE???

Ich hechte ins Bad, um mein Innenleben mit der äußeren Erscheinung abzugleichen. Scheiße. Genau wie ich es vermutet habe: vollkommen deckungsgleich!

So kann ich Vater auf keinen Fall gegenübertreten! Aber noch viel weniger kann ich gar nicht erst auftauchen.

Es gibt wirklich nicht viel, was er von mir erwartet (zumindest nicht laut ausgesprochen). Aber das Familiespielen bei irgendwelchen Szene-Events gehört definitiv dazu und ehrlich gesagt, traue ich ihm sogar zu, dass er mir den Geldhahn zudreht, wenn ich nicht erscheine. Es stellt sich im Grunde also gar nicht die Frage OB ich komme, sondern nur WIE.

Ich scrolle im Chatverlauf nach oben, checke den Spielraum für Pünktlichkeit und registriere, dass mir genau eineinhalb Stunden bleiben, um mich halbwegs vorzeigbar zu transformieren und zum anderen Stadtende zu fahren. FUCK! FUCK! FUCK! Und nochmals: FUCK!!!!!

»Da bist du ja endlich«, begrüßt mich Vater kühl mit einem Blick, der mehr sagt als tausend degradierende Worte es je könnten. Mama ist bei ihm eingehakt, trägt ein funkelndes Paillettenkleid und ein Champagnerglas, das (nach ihrem

Blick zu urteilen) vermutlich nicht ihr erstes ist.

Als wäre sie einer Filmszene entsprungen, nähert sie sich mir grazil, haucht mir rechts und links einen Luftkuss auf, ohne mich zu berühren und raunt: »Gut, dass du endlich da bist.«

Voller Verachtung blickt mir mein Vater direkt in die Augen, einmal an mir herunter und wendet sich dann ab, um sich mit jemandem zu unterhalten, der seiner Aufmerksamkeit würdiger ist.

Ich greife nach einem der Champagnergläser, die ein Kellner im weißen Jackett gerade an mir vorbeipräsentiert.

»Du bist sicher auch stolz auf ihn, nicht wahr? Diese Ehre wird nur wenigen zu Teil«, haucht Mama und ich frage mich zum wiederholten Male, wie es möglich ist, dass alle ihrer Sätze einer sanfte Brise ähneln. Als würde ihrer Stimme einfach jedwede Kraft fehlen.

Ich nicke und trinke mein Glas in nur einem Zug leer, während ich vergeblich mein Gehirn nach dieser Ehre durchforste, die meinem herausragenden Vater heute zuteilwird.

Mamas verächtlichen Blick auf mein nun leeres Glas, bemerke ich zwar, weiß aber ohnehin, dass sie nichts dazu sagen wird. Den Schein zu wahren ist ihr eben bedeutend wichtiger, als sonst irgendetwas anderes.

Da dreht sich mein Vater wieder zu uns um, blickt mir durchbohrend in die Augen, dann auf mein leeres Glas und kommentiert: »Schämst du dich nicht, hier so zu erscheinen?«

»Sei doch froh, dass ich überhaupt da bin für dein Heile-Welt-Schauspiel«, rutscht es mir heraus und just in diesem Moment wünschte ich, ich hätte mir die letzten zwei Nasen aber mal sowas von gespart! Der engleisende Blick meines Vaters schnürt mir die Kehle zu.

Seine anfängliche Verwunderung weicht einer Intensität an Verachtung, die seinesgleichen sucht, aber stets nur bei meinem Vater zu finden ist.

»Du arrogantes Arschloch! Verschwinde hier sofort!«, kommandiert er emotionslos und mich überkommt das Gefühl eines chronischen Déjà-vus.

Keine Sekunde schaffe ich es, seinem Blick standzuhalten oder auch nur ein Wort der Rebellion zu entgegnen. Ich hasse diesen verrückten Effekt, der mich im Beisein meiner Eltern wieder zu meinem Kind-Ich transformiert.

So folge ich also seiner Anweisung mit eingezogenem Schwanz - innerlich kochend, unfähig und hilflos.

Während ich Richtung U-Bahn hetze, beschleunige ich meine Schritte zunehmend. Meine Hände sind zu Fäusten geballt und Hass nimmt jede Zelle meines Körpers ein. Gespannt wie ein Flitzebogen warte ich nur darauf, dass sich mir eine Zielscheibe bietet. Ein Ventil, durch das ich diese Ohnmacht endlich abladen kann.

Ich hasse meinen Vater. Keine Frage. Aber noch viel mehr hasse ich MICH dafür, dass ich so nach seiner Pfeife tanze. Dass ich so ein Waschlappen werde, wenn ich in seiner Nähe bin. Dass ich ihn immer enttäusche, obwohl er nur das Lügengerüst kennt, das ich ihm auftische. Als wären selbst meine Lügen unzureichend für ihn. Wie soll mein reales ICH denn dann jemals ausreichen?

Kaum vorstellbar, was wäre, würde er wissen, wie sein einziger Sohn wirklich ist...

Zum Implodieren bereit hetze ich die Treppe zur U-

Bahn herunter und lasse dabei jede zweite Stufe aus. Leise schallend höre ich, dass meine Bahn gerade einfährt, beschleunige mein ohnehin schon schnelles Tempo und schubse dabei einen entgegenkommenden Passanten aus dem Weg, der mir ein lautes »Hey!« hinterherruft. Ich drehe mich nicht mal um - viel zu präsent ist der Wunsch, um jeden Preis und schnellstmöglich so viel Abstand wie möglich zwischen mich und meinen Vater zu bringen.

Ich blättere die Zeitung auf, lehne mich zurück und lege die gekreuzten Beine auf dem gegenüberliegenden Stuhl ab. In meinem Rücken spüre ich den missmutigen Blick der Frau. Das weiß ich, weil ihr Augenblick seit mehr als zehn Jahren nicht mehr ohne diesen tiefen Missmut auskommt. Ich bin ja schon froh, wenn sie es bei diesen Blicken belässt - hauptsache sie hält ihren Mund dabei geschlossen und mich in Ruhe meine Zeitung lesen.

Der Punkt, an dem ich uns aufgegeben habe, ist lange vergangen und ich bin fest davon überzeugt, dass jeder Mann neben so einer nörgelnden, passiv aggressiven Person, irgendwann die Flinte ins Korn geworfen hätte. Bereuen tue ich nur, dass ich das nicht bereits vor unserer überstürzten Hochzeit getan und stattdessen jahrelang versucht habe, es ihr irgendwie Recht und sie glücklich zu machen. Vollkommen erfolglos.

Ich habe sogar ganz im Gegenteil das Gefühl, dass meine Bemühungen die ohnehin schon vorherrschende emotionale Kälte unserer Beziehung sogar tiefgefroren haben. Die Frau ist einfach wie Treibsand. Jeder Akt verhängnisvoll.

Doch vor allem meine Unfähigkeit, ihr die Kinder zu

zeugen, nach denen sie verlangte, hat scheinbar den letzten Funken Wohlwollen, den sie noch für mich übrighatte, erlöschen lassen und es kommt mir seitdem so vor, als hätte sich neben der vorherrschenden Unzufriedenheit noch eine Spur Verachtung in ihre Blicke gesellt.

Ich lecke meinen Zeigefinger an, blättere um und frage mich, wann ich eigentlich so ein Mann geworden bin, der seine Finger vor dem Umblättern anleckt und sich dann auch noch lieber den Finanzteil der Zeitung durchliest, als sich mit seiner Frau zu unterhalten. Und dabei ist mir ja eigentlich ALLES lieber, als mich mit Gesa zu unterhalten. Alles, außer Zahnarzttermine.

»Mein Kaffee?«, murmele ich und tue so, als wäre ich in der Zeitung vertieft.

Ich höre Gesa schnauben, bevor sie meinem Wink folgt und mir alsbald den Kaffee geräuschvoll vor die Nase stellt, ohne dass ich zu ihr aufsehe - immerhin bin ich ja in der Zeitung vertieft.

Eingenommen von meinen täglichen, resignierenden Lebensfazitgedanken, begreife ich mich wieder einmal als Opfer der Umstände und beginne die Frau dafür zu hassen, dass sie mein Leben und mich innerhalb so kurzer Zeit unter sich begraben hat.

Besagte stellt nun mein Frühstück (bestehend aus einem frischen Croissant mit Butter und Himbeermarmelade) auf den Tisch. Schon seit ich denken kann frühstücke ich eintönig, immer gleich und ich weiß nicht, ob es daran liegt, dass Gesa es mir serviert, doch irgendwie kommt es mir so vor, als hätte sich der Geschmack mit den Jahren irgendwie abgenutzt und in jedem Falle enorm verschlechtert.

Ein Blick auf die Uhr verrät mir, dass ich spät dran bin.

»Wie soll ich das denn jetzt bitte noch schaffen, Frau?«, kommentiere ich tadelnd, beiße einmal von dem Croissant ab und verlasse die Küche, ohne sie auch nur eines Blickes zu würdigen (weder Küche, noch Frau).

Die U-Bahn ist überfüllt. Warum lassen die nicht einfach mehr Bahnen fahren? Das ist ja wohl eine pure Zumutung! Ich würde ja gerne zu den Männern gehören, die sich morgens erst mal eine halbe Stunde auf ihr Fahrrad schwingen und zur Arbeit radeln - gehöre ich aber nicht.

Stattdessen sitze ich jetzt hautnah an einen fetten, stinkenden Zocker oder so gepresst und kann meinen Blick kaum schweifen lassen, ohne dass mir weitere abstoßende Persönlichkeiten auffallen. Das schlampig gekleidete Mädchen zu meiner Linken zum Beispiel, die sich irgendwelche stumpfsinnigen Kurzvideos auf Instagram anguckt. Was haben die Leute eigentlich alle mit Instagram? Meiner Ansicht nach ist das alles nur überzogene, in Watte gepackte Selbstdarstellung, die von der inneren Einsamkeit ablenken soll.

Mal im Ernst: Diese ganzen Influencer, die sich ihre Ärsche vollstopfen mit Werbeeinnahmen, die Väter und Mütter, die ihre Kinder verschandeln… Und alle schlingen sie diese Beiträge herunter, als wären sie das erste Brot, das sie seit Wochen hingehalten bekommen.

Diese Welt ist doch einfach nur total im Arsch!

Kein Wunder, dass alle diese Fressen ziehen.

Diese deprimierten, übellaunigen Fressen, hervorgerufen von der schlummernden Erkenntnis, dass sie all diese Fassade, diese Oberflächlichkeit und der Konsum niemals glücklich machen wird. Dass sie Dinge tun, die sie nicht tun wollen, Beziehungen führen, die in ihnen Brechreiz hervorrufen… Ja, die Welt ist im Arsch. Hoffnung hege ich da schon lange keine mehr.

Hups, da hätte ich ja fast meine Station verpasst! Schnell quetsche ich mich gerade noch durch die sich schließende, piepende Tür und trete auf den Bahnsteig. Sofort wird mein Blick angezogen von einem schäbigen, haarigen Obdachlosen, der zusammengekauert und in seinem Erbrochenem neben der Aufzugtüre schläft.

Die Obdachlosen sind die Schlimmsten! In unserem Sozialstaat muss ja wohl keiner auf der Straße leben. Und dann auch noch Mitleid oder gar Almosen wollen? Sollen sie halt arbeiten gehen! Stattdessen muss ich mir diesen erbärmlichen, stinkfaulen Abschaum fast täglich ansehen!

Ich wende mich ab, um die anschwellende Wut in mir in Schach zu halten und eile missmutig die Treppe hinauf. Da rempelt mich auf einmal irgendein Vollidiot an.

»Hey!«, kann ich gerade noch ausrufen, aber da ich selbst so schnell unterwegs bin und dieser Trottel eben auch, wanke ich auf einmal bedächtig nach hinten. Mit meinen fuchtelnden Armen schaffe ich es noch einige Augenblicke irgendwie mein Gleichgewicht zu halten, merke aber schon währenddessen, wie sich mein Gewicht immer mehr nach hinten verlagert. Und da ist er. Der Moment, in dem ich begreife, dass ich kurz davor bin, einen Abgang zu machen und die ganzen Treppenstufen, die ich gerade noch so gehetzt hinaufgeeilt bin, wieder hinunterzusegeln…

Verdammt!

Ich versuche noch ein letztes Mal verzweifelt mich mit den Armen auszubalancieren, bemerke, wie ich jeden Halt und mein Gleichgewicht verliere und dann fast wie in Zeitlupe zu fallen beginne. Kurz schießt noch der Gedanke durch meinen Kopf, dass es vielleicht gar nicht so verkehrt wäre, mir Hier und Jetzt das Genick zu brechen… als ich plötzlich Hände in meinem Rücken spüre. Hände, die mich zurück in meine Ausgangsposition schieben.

Wieder Halt unter meinen Füßen, drehe ich mich verwirrt um und blicke eine dürre Frau an. Dass die mich überhaupt halten konnte, wundert mich ehrlich gesagt.

»Das war aber knapp!«, sagt diese jetzt mit einem freundlichen Lächeln.

Entgeistert starre ich erst sie an und dann in die Richtung, wo dieser Wichser hingelaufen, in der aber keine Spur mehr von ihm zu sehen ist.

»Was für ein Arschloch!«, brülle ich wutentbrannt und gestikuliere dabei wild mit meinen Händen.

»Ist ja nochmal gut gegangen«, versucht mich die Frau zu besänftigen.

»Eine Frechheit! Ich hätte sterben können!«, brülle ich weiter und bemerke jetzt erst, dass die Alte immer noch ihre Hand auf meinem Rücken hat. Impulsiv schüttele ich mich wie ein Bulle, der ein lästiges Insekt loswerden will. Das funktioniert.

»Naja, ich wünsche Ihnen noch einen schönen Tag!«, verabschiedet sie sich jetzt mit einem Gesichtsausdruck, den ich nicht deuten kann und verschwindet in einem Pulk von Menschen, die mit ihr die Station und mich verlassen.

Mist. Das war echt unprofessionell! Egal wie ich es drehe und wende. Mein Urteil wiegt schwer und mir dadurch im Magen.

Noch während der Vorwurf meine Lippen verlassen hat, habe ich bereits geahnt, dass er nicht an Elena, sondern vielmehr an mich selbst adressiert war - ein äußerst unangenehmes Gefühl, das sich immer bedrückender anfühlt je länger und tiefer ich darin eintauche.

Nachdem ich mich also eine ordentliche Weile ausgeheult und realisiert habe, dass ich heute definitiv niemandem mehr eine Hilfe sein werde, sage ich alle weiteren Termine ab und mache mich mit dem Vorhaben, mein Inneres mal gründlich unter die Lupe zu nehmen, auf den Weg nach Hause. Das bin ich mir selbst, aber vor allem meinen Klienten schuldig!

Beinahe mechanisch, von meiner Selbstreflexion vollkommen eingenommen, lasse ich mich leiten und schließlich vom Aufzug in die Erde sinken. Dort warte ich auf die nächste U-Bahn und steige ein, ohne mir einen Platz zu suchen.

Verdammt… Ich habe gar nicht Elena verurteilt. Also doch. Natürlich auch. Aber in erster Linie, habe ich mich selbst verurteilt. Für MEIN Männerding. Für MEINE Nummer mit Jan. ICH habe mich unter Wert verkauft. ICH bin mir offenbar meines Wertes nicht bewusst. Und im Gegensatz zu Elena, sollte ich das aber durchaus sein, solange ich mir selbst noch irgendein coachendes Wort glauben möchte.

Somit hat Jan es also nicht nur geschafft, mir mein Herz herauszureißen, sondern meinen professionellen Selbstwert gleich mit.

Warum passiert das überhaupt immer wieder? Warum wiederholen sich die immer gleichen Szenarien und Rollen - nur mit anderer Besetzung (also bis auf mich, versteht sich)?! Diese Muster scheinen sich tief in meinem Inneren eingebrannt zu haben und mich phasenweise meiner Urteilskraft zu berauben, als nähmen sie mir schlicht mein Augenlicht. Erst im Nachhinein erlange ich dann mein Sehvermögen wieder und erkenne, wie blind ich all die Zeit war und wie offensichtlich meine Trugschlüsse. Dass jeder Enttäuschung eine Selbsttäuschung zugrunde liegt, weiß ich (dank meines Therapeuten) und ich kann nicht sagen, wie oft sich dieser Satz schon in meinem Leben bewahrheitet hat.

Das fiese an tiefverankerten Mustern ist, dass wir sie unbewusst durchlaufen, aus Gewohnheit, ohne jedwede Mühe - im Autopiloten quasi. Und genau so geht es mir mit meinen Männergeschichten. Immer diese hilfebedürftigen Egozentriker, die ich versuche zu retten und die mich dann wieder fallen lassen, weil es ihnen viel zu anstrengend wird, von mir gerettet zu werden.

Ich weiß das. Schon lange.

Ändere ich mein Verhalten?

Nein… Der Sprung vom Unbewussten ins Bewusstsein ist eben doch kein Sprung, sondern ein Prozess. Früher habe ich nichts davon auch nur annähernd erkannt. Immerhin das bekomme ich mittlerweile hin. Aber was bringt mir diese Sichtweite im Nachhinein, wenn ich mittendrin blind bin? Ich wäre gerne bedeutend weiter. Diese ganzen Erkenntnisse zu haben und nicht umsetzen zu können, ist so unglaublich frustrierend und hinterlässt ein Gefühl der Macht- und Hilflosigkeit in mir.

›Ich liebe mich! Ich achte mich! Ich bin herrlich unvollkommen!‹, sage ich mir (lieber nicht laut, denn das könnte die umstehenden Fahrgäste eventuell verstören).

Kurz ist es still in mir.

Als hätte ich just in dieser Stille urplötzlich jedwede Sehschärfe zurückerlangt, die mir in den vergangenen Monaten abhanden gekommen ist, prasseln nun etliche Erinnerungsfetzen voller Warnsignale auf mich ein.

Jan, der mich fragt, ob ich mir eigentlich mal meine Brüste machen lassen will. Jan, der mir sagt, dass ich nicht so hübsch bin, wie ich meine. Jan, der mir sagt, dass Sex ein Leistungssport ist.

Ich schäme mich so. Wie konnte ich daran nur vorbeisehen? Wie konnte ich mir das nur antun, mich selbst so lieblos behandeln und zeitgleich anderen von Selbstliebe erzählen? Das ist ja wohl kaum ernst zu nehmen!

Die Bahn hält. Mit Tränen in den Augen steige ich aus. Am liebsten würde ich an Ort und Stelle losheulen, doch dafür sind mir hier zu viele Menschen. Ich reiße mich zusammen, versuche meine Gefühle herunterzuschlucken und laufe mich selbst umarmend die Treppe zum Ausgang der U-Bahn-Station hinauf.

Plötzlich höre ich ein wütendes »Hey!«, während zeitgleich ein aggressiv wirkender Mann an mir vorbeihetzt. Ich bekomme eine Ganzkörpergänsehaut und meine Sinne sind plötzlich wieder vollkommen im Augenblick.

Da sehe ich auf einmal einen Mann drei Meter vor mir mit den Armen wedeln, als würde er jeden Moment das Gleichgewicht verlieren.

Schnell hechte ich die paar Schritte hinauf und schaffe es gerade noch rechtzeitig und mit erheblichem Krafteinsatz, ihn zurück auf seine Treppenstufe zu schieben. Verdutzt dreht er sich zu mir um, mustert mich mit offenem Mund und weil mir das Schweigen auf einmal viel zu unangenehm wird, sage ich: »Das war aber knapp!«

Anstelle eines Dankes, blickt der Kerl an mir vorbei und brüllt dann: »Was für ein Arschloch!«

Ich schlussfolgere, dass ihn dieser aggressiv wirkende Typ eben angerempelt haben muss und versuche seine Wut zu bändigen: »Ist ja nochmal gut gegangen.«

»Eine Frechheit! Ich hätte sterben können!«, schreit der Kerl so laut, dass mein Ohr zu fiepen beginnt und ich entscheide, dass mir das gerade eine Baustelle zu viel ist.

Während dieser Entscheidung zuckt der Typ auf einmal komisch unter meiner Hand zusammen und mich beschleicht ein extrem unbehagliches Gefühl.

»Naja, ich wünsche Ihnen noch einen schönen Tag!«, verabschiede ich mich und kann es kaum erwarten zu Hause anzukommen und meinen angestauten Gefühlen endlich freien Lauf zu lassen.

Mich innerlich wehrend betrachte ich das skeptische Gesicht meines Spiegelbildes und komme mir dabei saudämlich vor. Ich weiß nicht, was das ist, aber in mir ist ein scheiße großer Teil, der sich gegen alles wehrt, das irgendeine Form von Veränderung beinhaltet. Insbesondere wenn es um dieses Selbstlieben geht. Da scheint einfach alles in mir auf die Barrikaden zu gehen.

Das ist auch der Grund, warum ich über eine Woche dafür gebraucht habe, dieses Louise L. Hay Hörbuch runterzuladen - zugegebenermaßen mit dem alten Paypal Account von Jasper, in den der hoffentlich nie, nie, NIEMALS wieder reinsieht. Wie peinlich wäre das denn? Pinkes Cover und der Titel ›Gesundheit für Körper, Geist und Seele‹.[4]

Ohne Worte man.

Seitdem habe ich auf jeden Fall einige Stunden damit verbracht dieses frauenansprechende Icon zu betrachten, ohne in der Lage zu sein den Play-Button zu drücken. Dafür habe ich mir allerdings etliche Male die Frage gestellt, warum solche Selbstliebewerkzeuge eigentlich nur auf Frauen zugeschnitten werden. Ist es etwa nur für das weiche Geschlecht erstrebenswert sich selbst zu lieben? Hat da noch nie jemand drüber nachgedacht, dass durch solche

Designs die Hürde für einen Mann, sich den Inhalt zu geben, erheblich steigt?

Naja, auf jeden Fall habe ich dann irgendwann den Mut gefunden mir die ersten Kapitel anzuhören und ich muss sagen... das war schon irgendwie... na sagen wir: inspirierend. Diese Frau scheint echt zu glauben, dass jede Krankheit mit Selbstliebe und sogenannten ›Affirmationen‹ zu heilen ist. Das oder mit Fußreflexzonenmassagen. Oder verwechsle ich da jetzt etwas? Na auf jeden Fall ist das ja wohl eine echt abgedrehte Vorstellung!

Das Prinzip hinter diesen Affirmationen ist wohl, dass man sich einfach oft genug was Nettes sagt und das dann irgendwann anfängt selbst zu glauben. Dabei muss man aber auf voll viele Sachen achten. Zum Beispiel soll man nicht ›muss‹ oder ›soll‹ in seinen Affirmationen verwenden und außerdem sollen sie immer gegenwärtig sein (Also BIN statt WERDE).

Ich frage mich, ob das ›soll‹ zumindest in Gedanken noch okay ist oder ob ich mir das auch abgewöhnen muss.

Also ich habe mich auf jeden Fall für die Affirmation ›Ich liebe mich!‹ entschieden. Die gute Louise trägt eine vierhundertfache Wiederholung der Affirmation und zwar täglich auf. Das empfinde ich mit meinem omnipräsenten inneren Widerstand als echt scheiße viel. Und noch dazu soll ich mir das Ganze vor dem Spiegel geben. Das ist ja wohl total lächerlich!

Scheinbar soll das am meisten bringen, weil unsere negativen Glaubenssätze aus unserer Kindheit stammen und man uns die ja auch ins Gesicht gesagt hat. Es scheint also so, dass auch die Liebe etwas ist, das man sich besser ins Gesicht sagt.

Oh man…

Irgendwie schäme ich mich für dieses neugewonnene gedankliche Vokabular. Das kommt mir mal so gar nicht hart und männlich vor und ich bin dankbar, dass ich der einzige Zeuge dieser Peinlichkeit bin.

Nervös fummele ich an meinen Fingern herum, bemerke freudig, dass noch eine angerauchte Tüte sowie ein Feuerzeug dort zu finden ist und nutze die Gunst des Augenblicks.

So.

Jetzt aber!

Konzentriert starre ich mich wieder im Spiegel an und sehe dabei zu, wie sich mein Mund langsam öffnet. Da ich aber immer noch nichts von mir gebe, sehe ich dabei einfach nur unendlich dämlich aus.

Es ist, als würden sich diese liebevollen Worte tief in meinem Inneren verbarrikadieren und es mir damit unmöglich machen, sie aus meinem Mund hinauszubefördern. Vielleicht wäre der Hinterausgang eher eine Option…

Und dann plötzlich, jeder Gegenwehr zum Trotz, ziehe ich die kleinen Wichte gewaltsam aus meinem Inneren und presse sie brüchig zwischen meinen Lippen hervor. Gott, fühlt sich das scheiße an! Lächerlich. Erbärmlich. Und vor allem mal sowas von abgrundtief verlogen… Am liebsten würde ich mein Spiegelbild mit seinem einfältigen Gesichtsausdruck in tausend Teile schlagen.

Diese aufflammende Aggressivität lässt mich überrascht innehalten. Das ist doch sonst mal so gar nicht meine Art. Wieso gerade jetzt? Da erinnere ich mich an das Kapitel, in dem davon die Rede ist, dass der Widerstand nur zeigt, wie stark gegenteilige Glaubenssätze sind.

Und obwohl ich mich nicht daran erinnere, wann ich mich das letzte Mal so unwohl und zerrissen gefühlt habe, öffne ich gleich wieder meine Lippen: »Ich liebe mich.«

Es klingt mehr nach einer Frage als einer Aussage und mein Spiegelbild strahlt mit jeder Pore seine Wehr und allumfassendes Unbehagen aus.

Da liegt wohl noch ein Haufen Arbeit vor mir!

ANNA
Köln, 20. Mai 2019

Gedankenverloren angele ich den Schlüssel aus meiner Tasche hervor und öffne die Tür der ›Lotta‹. Eigentlich bin ich viel zu erschöpft von den vielen Gesprächsterminen heute und wiedermal ersehne ich den Tag, an dem ich hier nicht mehr zusätzlich arbeiten muss. Zum Glück reicht mittlerweile ein einziger Tag in der Woche, um meine Selbstständigkeit so aufzustocken, dass ich über die Runden komme. Das sah vor ein paar Monaten noch anders aus!

Ich lege meine Tasche hinter dem Tresen auf eine leere Beck's Kiste und schäle mich aus meiner blau-gelb gestreiften Strickjacke, die vom Schweiß wie eine zweite Haut an mir klebt. Meines Erachtens nach ist es viel zu heiß für einen Tag im Mai und jeder, der immer noch den Klimawandel bestreitet, Verschwörungstheoretiker.

Bevor ich die Bar auch für etwaige Gäste öffne, bediene ich den Sicherungskasten, schalte die Musik an, spüle die Hinterlassenschaften des Vortages und wische im Anschluss akribisch die Theke ab. Zu meinem Unmut scheinen das nur wenige der anderen Servicekräfte zu tun.

Binnen zwei Stunden trudeln ein paar Gruppen Studenten, drei Pärchen sowie vier Stammgäste ein, die sich an ihre gewohnten Plätze zu mir an der Theke setzen. Ich unterhalte mich in angemessenem Maße mit jedem von ihnen, stelle ihnen ihre Stammgetränke vor die Nase und schenke mein freundlichstes Lächeln, das mir während meiner Arbeit hier nahezu ins Gesicht gemeißelt ist. Zugegeben: Ich arbeite eigentlich gerne hier. Es liegt mir irgendwie. Das Geben (in diesem Falle das reichliche Ausschenken von alkoholischen Getränken).

Meine Gäste müssen nie warten. Leere Gläser, ohne dass ich bereits ein neues Bier zapfe, gibt es bei mir nicht! Das ist wohl auch der Grund, warum mich die Arbeit hier minimal stresst.

Ich stelle gerade vier Kölsch für einen jungen Studenten mit Zahnklammer auf der Theke ab, als ich im Augenwinkel registriere, wie jemand die Bar betritt. Einen Moment habe ich das Gefühl, die Zeit bleibt stehen, während ich mir den attraktiven, fahrig wirkenden Mann dort ansehe, der seinen Blick unstet durch die Bar schweifen lässt. Dann plötzlich treffen sich unsere Blicke und mich überkommt das Gefühl, dass ich ihn irgendwoher kenne. Ich durchforste meine Erinnerungen nach irgendeiner Verbindung und bin dabei über die akute Unfähigkeit, meine Aufmerksamkeit wieder dem Studenten vor mir zu widmen, überrascht.

»Wie viel macht das denn jetzt?«, stammelt dieser und ist damit der unumstößliche Beweis, dass die Zeit eben doch nicht stehen geblieben ist.

Verwirrt muss ich die Biergläser vor mir zählen, bevor ich ihm antworten kann: »Äh… 5,50, bitte.«

Dabei bemerke ich im Augenwinkel, dass der gutaussehende Typ mich immer noch unverwandt anschaut, jetzt aber mit einem leichten Grinsen im Gesicht. Eilig kassiere ich ab und spüre, wie ich zeitgleich rot anlaufe. Das wiederum verunsichert mich so, dass ich mich nicht mehr traue, aufzusehen und stattdessen geschäftig die bereits vor einer halben Stunde polierten Gläser erneut zu polieren beginne - nicht ohne dabei seine verschwommene Silhouette zumindest im Augenwinkel zu visieren.

Was ist denn los mit mir?

Mein Herz beginnt unkontrolliert zu hämmern, während der Typ nun geradewegs auf mich zu und schließlich direkt vor mir zum Stehen kommt. Jetzt kann ich ihn schlecht weiter ignorieren.

Beschämt zeige ich ihm mein gerötetes Gesicht. Ein breites, leicht überhebliches Grinsen strahlt mir entgegen, während meines verdächtig lange auf sich warten lässt.

Wie beiläufig registriere ich seine gebräunten, vom Schweiß stark glänzenden Züge und seine schokoladenbraunen Augen.

Schokoladenbraun? Echt jetzt?

Was ist los mit dir, Anna???

Wie elektrisiert fühle ich mich abermals unfähig, wegzusehen. Irgendetwas passiert da in mir. Etwas, das mir ganz und gar nicht gefällt: Ich verliere die Kontrolle! Über die Situation und noch vielmehr über mein Innenleben. Und das obwohl ich sehr wohl seine verdächtig großen Pupillen und das leichte Zittern seiner Hände wahrnehme.

Urplötzlich und überdeutlich höre ich, wie sämtliche Alarmglocken in mir zu läuten beginnen.

»Bier?«, werfe ich ihm über den Tisch entgegen, um endlich diese schwerwiegende Stille zu durchbrechen.

Ein schiefes Grinsen überdeckt das überhebliche, dann nickt er kaum merklich und Belustigung funkelt in seinen Augen auf.

Ich ermahne mich, den Blick endlich abzuwenden. Wie ich ihm nämlich ein Bier (geschweige denn sonst irgendetwas anderes) machen soll, während ich so in seinem Blick versinke, ist mir nämlich vollkommen schleierhaft. Viel zu einnehmend ist dieser Augenblick. Und viel zu lange jetzt schon wieder die Pause, in der ich wie angewurzelt einfach nur dastehe.

Warum kommen mir diese Augen nur so bekannt vor?

Und warum zur Hölle bringt mich dieser Mann so aus dem Konzept?

»Hey, ich will auch noch was!«, beschwert sich da ein älterer Herr.

Ich drehe mich intuitiv zu ihm um und befreie mich dadurch aus dem Sog des Fremdenblicks.

Schnell nehme ich die Bestellung sowie zwei Weitere auf und konzentriere mich dann - so gut es eben geht - auf meinen Job.

Erst nachdem ich die anderen Kunden bedient habe, zapfe ich das Bier für den Typen, stelle es ihm vor die Nase, ohne zu ihm aufzublicken und will mich gerade wieder umdrehen, als er einfach nach meiner Hand greift: »Jasper. Und wer bist du?«.

Ich zucke zusammen und ziehe meine Hand zurück. Glühend heiß fühlt sich die Stelle an, wo sich unsere Finger gerade eben noch berührt haben.

»Anna. Anna Kant«, stammele ich.

Anna Kant?

Echt jetzt?

Peinlich!!!

»Es ist mir eine Freude, dich kennenzulernen, Anna Kant«, säuselt Jasper und neigt seinen Kopf leicht, als würde er sich vor mir verbeugen. Und da sehe ich auf einmal in seinen Augen, nur für den Bruchteil einer Sekunde, die Fassade bröckeln. Nur für den Hauch eines Augenblicks sehe ich diesen bodenlosen Abgrund vor mir, der mir einen eiskalten Schauer über den Rücken fahren lässt.

Ich halte dieses Appartement einfach nicht mehr aus. Diese Wände, die mich vorwurfsvoll anstarren, anklagend, als hätte ich etwas verbrochen (und das habe ich vermutlich sogar mehrfach).

Jede mit kostspieligen Gemälden behangene Wand dient nur noch der Anklage, der Schuld und mit jedem weiteren Tag, den ich zu Hause verbringe, hat sich eine kleine, aber bedeutende optische Fehlinterpretation eingeschlichen und zwar jene, dass die Wände immer näher zu rücken scheinen.

Am Anfang dachte ich noch, dass ich mir das einbilde. Das denke ich natürlich immer noch. Aber trotzdem kommt es mir mittlerweile so vor, als würde ich in einem winzigen Käfig sitzen. Ein Käfig, ausgelegt mit Zeitungspapier, umringt von schmalen, plastiküberzogenen Gitterstäben und ich frage mich, wer wohl dort draußen sitzt und sich an meiner Gefangenschaft erfreut.

Obgleich ich weiß, dass es sich hier lediglich um eine optische Verzerrung handeln muss, halte ich es einfach nicht länger aus, auf diese eine Wand zu starren, die nunmehr nicht weiter als eineinhalb Meter von mir entfernt scheint.

Diese visuelle Enge erschwert mir mein Atmungsvermögen deutlich und während mir noch die Schweißperlen in den Augen brennen, springe ich wie von der Tarantel gestochen auf und fliehe - getragen von der irrationalen Hoffnung, nie wieder zurückzukehren.

Positiv überrascht stelle ich fest, dass ein Ausbruch aus dem Gefängnis der emotionalen Beklemmung in die wundersame Kölner Nachtwelt wahre Wunder wirkt und ein unbändiges Gefühl der Freiheit in mir hervorruft.

Und so tänzele ich nun teils mitten auf, teils am Rande der Straße, genieße die leicht abgekühlte Luft, die hier im Gegensatz zum Inneren meiner Wohnung in Unmengen vorhanden ist und fühle mich frei. Frei von all der Tiefe, frei von mir selbst und frei von der Leere, die nicht unwesentlich von Ralfs Fehlen hervorgerufen wird.

Ich zünde mir eine Zigarette an, bemerke, dass ich auf der Bonnerstraße bin und dass ja eigentlich die ›Lotta‹ nicht weit ist. Und gerade, weil ich die ganze letzte Zeit so alleine war und mir jegliche menschliche Nähe vom Leibe gehalten habe, bekomme ich auf einmal unglaubliche Lust fremde Menschen um mich zu haben. Menschen, die mich nicht kennen. Flüchtige Bekanntschaften, oberflächliches Gerede und Lachen. Das ist genau das, was ich jetzt brauche!

Keine zehn Minuten später schiebe ich mich an einem extrem stoned wirkenden Jugendlichen vorbei ins Innere der Bar. Während ich mich umsehe, schließt sich die Tür langsam hinter mir. Verdammt viele Studenten sind hier und zwar die Variante, die unheimlich langweilig, eintönig und uninteressant wirkt. An der Bar sitzen ein paar ältere Herren, vermutlich alteingesessene Stammgäste und inmitten von diesem Trubel, sehe ich auf einmal das Einzige in diesem Raum, das wirklich mein Interesse weckt: die Barfrau, die mir selbstbewusst in die Augen sieht. So unscheinbar und schlicht hat sie doch irgendetwas Fesselndes an sich, wovon ich nur noch nicht genau weiß, was es ist.

Ich erwidere ihren forschenden Blick, wage aber dennoch ein kleines Scanning (zumindest von dem, was ich oberhalb der Theke präsentiert bekomme). Sie hat echt heiße Titten - das muss man ihr lassen - die versteckt sie aber leider unter einem Shirt, das bis zum Hals zugeknöpft ist und mich unweigerlich an eine prüde Flötenalte aus meiner Jugend erinnert.

Meinen Röntgenblick habe ich übrigens soweit perfektioniert, dass ich beinahe im Augenwinkel erkenne, was vorhanden ist, ohne dabei meinen Blick wirklich darauf richten zu müssen. Ich habe festgestellt, dass das durchaus von Vorteil ist. Frauen stehen nämlich nicht aufs Offensichtliche. Man könnte also sagen: Ich bin der Meister des Unsichtbaren!

Na jedenfalls, mal ab von den geilen und doch versteckten Titten (wodurch sie für mich nur umso reizvoller werden), kommt mir diese Barfrau auf einmal verdächtig bekannt vor. Hatten wir vielleicht schon mal das Vergnügen? Neeee, an die Titten würde ich mich auf jeden Fall erinnern! Oder?

Erst als sie von einem dieser Nerdloser an der Theke angesprochen wird und sich wegdreht, um ihn zu bedienen, wird mir klar, wie lange wir uns jetzt in die Augen gesehen haben.

Ich hätte ja meinen Arsch darauf verwettet, dass sie im Anschluss wieder zu mir sieht, aber das tut sie nicht. Sie kassiert einfach ab und beginnt dann Gläser zu polieren, ohne mich eines Blickes zu würdigen. Mal ehrlich: Wer bitte braucht denn polierte Kölschgläser?

In ihren Augen habe ich eben doch ganz deutlich Interesse gesehen… Warum ziert sie sich dann jetzt so? Ein Grinsen huscht mir übers Gesicht, denn die einzige Erklärung dafür scheint, dass sie scharf auf mich ist und das zu verbergen versucht. Kein Problem! Ein bisschen Zierde… da stehen wir doch alle drauf!

Ich bahne mir also einen Weg zur Theke und damit zu ihr, nicht ohne mein charmantestes Lächeln aufzusetzen. Knallhart zieht sie das Ignorieren allerdings durch, bis ich direkt vor ihr und nur noch die Theke zwischen uns steht. Erst jetzt wendet sie sich mir zu und ich bemerke die vielen Sommersprossen, die ihr Gesicht sprenkeln, als würde es von einem rotbraunen Universum eingenommen.

Unsere Augen treffen sich und auf einmal durchfährt mich etwas, das ich scheiße lange nicht mehr gefühlt habe. Dieser Blick. Ihre Augen.

Oder vielmehr irgendetwas dahinter verrät mir… dass sie bestimmt richtig versaut im Bett ist!

Sie öffnet ihre herzförmigen Lippen, die in mir gleich einige Phantasien auslösen und fragt: »Bier?«

Ich versuche ein cooles Gesicht zu machen und meine Gedankengänge mit einem unschuldig lächelndem Nicken zu kaschieren. Wir schauen uns an und irgendwie wird mir dieses ganze Ansehen urplötzlich unangenehm. Es fühlt sich an, als könne sie mit jeder weiteren Sekunde nicht nur meine Augen, sondern durch diese hindurch und immer tiefer in mich hineinsehen.

»Hey, ich will auch noch was!«, lenkt sie zum Glück ein alter Sack ab und dann gleich noch ein paar weitere Gäste und ich bin froh, etwas Luft zu haben, meine Selbstsicherheit wiederzufinden, die sich irgendwo unter der Theke versteckt haben muss.

Während das geile Mauerblümchen nun ihre Kunden bedient, beobachte ich sie aufmerksam und stelle mir vor, was ich noch alles so anstellen könnte mit ihr - nachher, bei mir. Einen kurzen Moment schwillt etwas an, bis zu der Vorstellung meines Appartements, das in meiner Optik ja nun nur noch einen Quadratmeter misst und dadurch jede Form der stimulierenden Phantasie schon im Keime erstickt.

Erst nachdem sie allen Gästen ihre Bestellungen hingestellt und abkassiert hat, widmet sie sich der meinen. Das ist für mich ein ganz klares Zeichen. Und weil ich sehe, was ich sehe und damit meine Chancen, heute noch zu landen, greife ich einfach nach ihrer Hand, als sie mir gerade mein Kölsch vor die Nase stellt: »Jasper. Und wer bist du?«

Sie zieht ihre Hand weg und ich würde lügen, würde ich nicht zugeben, dass sich das echt verdammt krass angefühlt hat und ich mir eigentlich wünschen würde, es hätte länger angedauert.

»Anna. Anna Kant.«

Pam. Treffer. In der stecke ich heute auf jeden Fall noch!

»Es ist mir eine Freude, dich kennenzulernen, Anna Kant.«

Ich verbeuge mich leicht, um dem Prinzenklischee zu entsprechen, das sich doch alle so sehr wünschen. Oh ja Baby, lass mich dich retten, lass uns zusammen in den Sonnenuntergang reiten - also du auf mir, versteht sich!

Sie betrachtet mich einen Moment unschlüssig.

Normalerweise beinhaltet meine Abschleppstrategie unter anderem: Interesse heucheln und dabei möglichst einfühlsam sein, geistreiche Gespräche, in denen ich zum Ende hin ein paar traurige (und erfundene) Geschichten aus meiner zerrütteten Kindheit anvertraue und natürlich das Wichtigste: viel Geduld. Just in diesem Moment widerstrebt mir aber jeder einzelne dieser Aspekte und so presche ich stattdessen zum letzten Punkt auf der Liste vor.

Ich lege meine Hand mit der Handinnenfläche zur Decke auf die Theke - so als Einladung quasi - schaue ihr tief in die Augen und raune möglichst selbstsicher: »Wie wäre es, wenn wir nach deinem Feierabend zu dir verschwinden, Anna Kant?«

Und da verändert sich auf einmal ihr Blick. Und zwar elementar. Jegliches Interesse, das vorher noch darin vorhanden war, ist plötzlich wie weggewischt und stattdessen funkelt mir etwas entgegen, das mir Angst macht. Sie mustert mich einmal von oben bis unten (viel zu langsam für meinen Geschmack) und vor allem überhaupt nicht bewundernd, sondern vielmehr verächtlich. Diese Blickwendung gefällt mir aber ganz und gar nicht!

Erst scheint es so, als würde sie innerlich mit sich kämpfen. Dann versteinert ihr Gesicht zu einer Maske, die mich in mein Tiny-Appartement zurückwünschen lässt und mich unangenehm an meinen Vater erinnert.

»Ist das dein Ernst?«, schnaubt sie kühl und ich bin mir sicher, dass ich darauf jetzt besser nicht antworten sollte, setze aber trotzdem ein Grinsen auf und nicke (man kann ja nie wissen).

Sie blickt um sich, als wolle sie sich vergewissern, dass uns niemand zuhört und beugt sich anschließend zu mir: »Das ist deine Art ja? So machst du Frauen an? Und das zieht?«

Mich überkommt die Erkenntnis, dass meine Strategie nicht ohne die ersten drei Punkte auskommt. Schon richtet sich Anna wieder zu ihrer vollen Größe auf und da der Thekenboden den meinen übersteigt, thront sie nun einschüchternd über mir, während sie kaum hörbar hinzufügt: »Du suchst das Falsche.«

Das klingt ganz schön überheblich für so ein sommersprossiges Barmädchen. Und so rutscht es aus mir mit arrogantem Tonfall heraus: »Was soll das heißen?«

Sie beugt sich wieder zu mir herunter, dabei fällt ihr braunes Haar so um ihr Gesicht, als wolle es einen Tunnel zwischen uns bilden und die Außenwelt ausschließen: »Lass mich raten: Dir sind Frauen nichts wert. Dir geht's nur ums Ficken. Schnell und hart. Liebe ist dir fremd, weil du dir selbst fremd bist und dich nicht lieben kannst. Deswegen kommst du her. Brauchst Frauen, die dich anhimmeln, um dich durch ihre Augen zu sehen. Denn du erträgst es nicht, dich durch deine eigenen zu betrachten!«

Fassungslos fühle ich mich plötzlich befreit von jedweder Form des Selbstwertes.

Was meint die eigentlich, wer sie ist? Die hat doch keine Ahnung, diese scheiß Barhure!!! Ich öffne meinen Mund, um ihr irgendetwas Schlagfertiges zu erwidern, schließe ihn aber gleich wieder, weil eine gähnende Leere meinen Wortschatz eingenommen hat.

Wie ein Fisch wiederhole ich diesen Vorgang ein paar Mal und komme mir dann selbst so lächerlich vor, dass ich mich einfach umdrehe und die Bar verlasse, ohne mich noch einmal zu dieser dummen Fotze umzudrehen.

Ach fick dich doch, Anna Kant!

SOPHIE
Köln, 20. Mai 2019

Genervt betrachte ich die kleinen Barthaare, die sich über das gesamte Waschbecken ausbreiten. Mir ist es unvorstellbar, wie man überhaupt diese Masse an Stoppeln auf einer so kleinen Fläche produzieren kann - zumal Toms Bartwuchs echt nicht der Rede wert ist.

Doch noch viel unverständlicher ist es mir, wie man diese Barthaarinvasion dann einfach an Ort und Stelle liegen lassen kann!? Meine benutzten Tampons werfe ich ja auch nicht einfach auf den Badezimmerboden!

Kurz schaue ich auf und in mein Spiegelbild. Meine Wangen sind die letzten Wochen irgendwie eingefallen und ich würde fast behaupten, dass meine übersprudelnde Energie kaum noch zu erkennen oder schlicht nicht mehr vorhanden ist. Und ich weiß auch ganz genau, woran das liegt…

An Tom!

Tom, dessen Marotten meinem Energiehaushalt als Abfluss dienen. Wo find ich nur den fucking Stopfen??

Innerlich brodelnd greife ich nach ein paar Bartstoppeln, zerquetsche sie nahezu zwischen meinen Fingern, durchquere trampelnd den Flur und baue mich im Wohnzimmer vor dem Übeltäter auf. Er sitzt am Arbeitstisch, blickt aber sofort auf, als ich den Raum betrete.

»Willst du mir das erklären?«, fauche ich und halte ihm meine zusammengepressten Finger vors Gesicht.

Tom schaut verdutzt auf meine Präsentation, dann wieder auf mich und seine verwirrten Züge bekommen einen amüsierten Ausdruck, als er mir antwortet: »Klar möchte ich dir das erklären, mein Schatz. Das sind zwei deiner wunderschönen Finger, die eng aneinandergepresst sind.«

Das Grinsen, das sich nun über sein ganzes Gesicht ausbreitet, macht mich nur noch wütender.

»Nein, ich meine das hier!«, quieke ich hysterisch, die Ernsthaftigkeit der Situation untermalend, während ich die Bartstoppeln als Beweis vor ihm auf den Tisch rieseln lasse.

Auffordernd stemme ich demonstrativ die Arme in meine Hüften - nur um ganz sicher zu gehen, dass er begreift.

Tom beugt sich zum Tisch herunter, inspiziert ihn eingehend, schaut dann wieder mit einer leicht verunsicherten, aber immer noch belustigten Miene zu mir auf und sagt: »Oh nein. Fallen dir etwa deine Fingerhaare aus?«

»Toooooooom!!!!«, keife ich und rolle mit den Augen.

»Willst du mal in meinen Arm kommen, Schatz?«, fragt er und bedeutet mir mit der Hand, auf seinem Schoß Platz zu nehmen. Einen kurzen Augenblick überlege ich seinem handfesten Angebot nachzukommen, besinne mich dann aber doch eines Besseren und hole aus: »What the fuck!? Ist das dein Ernst man???? Mir geht diese ganze haarige Scheiße echt auf den Sack!!!!«

Die Erkenntnis huscht über Toms Gesicht, ehe er milde auf mich einredet: »Ach Süße, tut mir leid. Das habe ich echt total vergessen. Ich mach das sofort weg!«

Ungnädig verschränke ich meine Arme vor der Brust.

Und der setzt schon wieder diesen Dackelblick auf. Mit diesen großen, blauen, kindlich wirkenden Augen. Fuck. Immer die gleiche Tour.

»Es tut mir wirklich leid, Schnuffi«, murmelt er anbändelnd.

»Nix da, so musst du mir jetzt auch nicht mehr kommen. Deine Haare sagen genug!«, bleibe ich hart und ärgere mich sogleich über die Belustigung, die Tom schon wieder übers Gesicht huscht.

Dann verändert sich sein Ausdruck auf einmal zu einem anstrengend mitfühlendem und er fragt: »Hast du immer noch keine Antwort auf deine Bewerbungen bekommen?«

Dieser Bastard!!

»FUCK YOU!!!«, schreie ich, drehe mich um und verschwinde innerlich kochend ins Schlafzimmer, bereit mindestens die nächsten zwei Stunden heulend unter der Bettdecke zu verbringen.

ANNA
Köln, 20. Mai 2019

Meine Hände zittern, als ich versuche den Schlüssel in das Schlüsselloch meiner Wohnungstür zu stecken. Angefangen hat dieses Zittern bereits während meines emotionalen Ausbruchs in der ›Lotta‹. Seither hat es nur unerheblich nachgelassen, was die Qualität meiner Arbeitsleistung durchaus vermindert hat.

Schon immer hat mich die Gelassenheit, die buddhistische Mönche an den Tag legen, fasziniert und mein Ziel war es jeher, es Ihnen gleich zu tun. Wie genau diese milde lächelnden, das Leben mit all seinen Fassetten annehmenden Männer wohl ın meiner Situation reagiert hätten? In meiner Vorstellung hätten sie, ohne dabei ihr mildes Lächeln zu unterbrechen, eine herzliche Weisheit von sich gegeben und ihre Gefühle dabei absolut unter Kontrolle gehalten. Oder nein, vielmehr hätte diese Abschätzigkeit in ihnen überhaupt keine Gefühlsregung verursacht und wenn doch, dann ausschließlich Mitgefühl.

Da bin ich wohl weit an meinem hehren Ziel vorbeigerauscht. Und dabei ist Rausch ein recht zutreffender Begriff. Denn die Dreistigkeit von Jasper und der dadurch hervorgerufene plötzliche Wandel in mir, hat mich mit einer berauschenden Wut erfüllt, die ich leider vollkommen unkontrolliert ausgelebt habe, ohne auch nur einen Moment darüber nachzudenken, was ich da gerade sage.

Solche Gefühlsausbrüche sind mir zuwider! Viel mehr noch, wenn sie andere verletzten. Dabei weiß ich, dass ich mit meinen Worten genau ins Schwarze getroffen habe. Aber nur, weil ich Dinge erkenne, heißt das noch lange nicht, dass ich deswegen auch das Recht habe, andere Menschen so zurechtzuweisen. Zumal es ein gravierender Unterschied ist, ob ich meine Erkenntnisse in dieser Form oder aber liebevoll und mitfühlend mitteile. Meine Intention heute war aber definitiv, Jasper zu verletzen und genau dafür schäme ich mich jetzt. Das hätte mir einfach nicht passieren dürfen.

Ich lasse meine Tasche neben die Garderobe fallen, entscheide mich gegen die Spiegelaffirmationen und gieße mir stattdessen in der Küche ein Glas Wein ein. Dann setze ich mich an den Tisch und versinke in meinen Gedanken. Das leise Rauschen des Kühlschranks untermalt die Bedrückung des Augenblicks schmerzlich.

Es ärgert mich, dass jetzt ich diejenige bin, die hier sitzt und sich Vorwürfe macht, während derjenige, der das wirklich tun sollte, vermutlich mit irgendeiner x-beliebigen Frau im Bett ist. Und das alles nur, weil dieser Typ (warum auch immer) meine Kontrollinstanzen einfach außer Kraft zu setzen scheint.

Ein großer Schluck Wein verschwindet aus meinem Glas, als mir ein Artikel über Wut in den Sinn kommt, den ich vor nicht allzu langer Zeit gelesen habe. Darin wurde Wut als eine Sekundäremotion betitelt, in dem Sinne, dass sie nie das erste Gefühl ist, das in einem auftaucht, sondern stets nur die Folge von einem vorangegangenem wie beispielsweise Trauer, Angst oder Verzweiflung.

Bin ich also vielleicht nur so wütend geworden, weil ich eigentlich traurig darüber war, wie sich die Situation entwickelt hat? Und war meine Wut vielleicht im Grunde gegen mich selbst gerichtet, weil ich mich darüber geärgert habe, dass ich in meiner Einschätzung so falsch lag? Weil ich immer und immer wieder auf dieselben Typen reinfalle?

Ich befülle mein Glas erneut und kann plötzlich verstehen, wie kritische Selbstreflexionen eine dämpfende Alkoholisierung nach sich ziehen können.

Die Schwere, die mich umgibt, gepaart mit dieser Stille, ist allmählich kaum noch auszuhalten. Beinahe reflexartig greife ich nach meinem Handy, wähle die Kurzwahltaste Eins und lausche angespannt.

»Was für eine seltene Uhrzeit für dich!«, ertönt Sophies Stimme am anderen Ende der Leitung.

Verunsichert lese ich die übergroße Bahnhofsuhr, die über der Küchentür prangt, kichere dann verlegen und witzele: »Tja, vielleicht wird aus mir ja doch noch eine Nachteule.«

Schweigen.

»Warum bist du denn noch auf?«, durchbreche ich es und bin mir nicht sicher, ob es wirklich eine gute Idee war anzurufen.

Wieder Schweigen.

Ich kann Sophies Atem hören, der irgendwie unregelmäßig und gezwungen wirkt. Fast so, als würde sie sich anstrengen, nicht in Tränen auszubrechen.

»Süße, was ist los??«, hauche ich ins Telefon und würde ihr am liebsten gegenübersitzen.

Sophie zieht lautstark die Nase hoch, ehe sie mir antwortet: »Alles ist einfach scheiße, Anna. Fuck man. Einfach alles!«

Das darauffolgende Schweigen halte ich aufrecht, um ihr die Möglichkeit zu geben diese Feststellung von alleine noch etwas zu erläutern. Das tut sie dann auch nach einer Weile: »Tom ist scheiße. Arbeitslos Sein ist scheiße und ich… Ich bin auch total scheiße!«

Ein leichtes Lallen ist in ihrer Stimme zu hören, ich verzichte aber darauf, es anzusprechen und versuche stattdessen zu beschwichtigen: »Ach Süße, ich kann mir vorstellen, wie ätzend die Situation für dich sein muss. Aber glaub mir: Auch das geht vorbei. Irgendwann wirst du auf diese Zeit jetzt zurückblicken und darüber lachen können.«

»Niemals werde ich darüber lachen, Anna. Dafür ist das alles viel zu crazy. Ich erkenne mich gar nicht mehr wieder!«

Ich höre wie sie ein paar große Schlucke trinkt und tue es ihr gleich. Um ehrlich zu sein, fehlt mir just in diesem Moment nämlich die Kraft für hilfreichen Optimismus und trotzdem versuche ich es nochmal: »Stell dir einfach vor, dass ein Jahr vergangen ist. Dann wird diese Situation gerade gar keine Rolle mehr spielen. Es wird einfach die anstrengende Zeit gewesen sein, bevor du einen tollen Job bekommen hast. Nicht mehr und nicht weniger.«

»Ich bin deine Freundin, Anna, nicht deine Klientin!«, feuert Sophie, bevor sie mir auflegt und ich fassungslos und einsam zurückbleibe.

JEANETTE
Köln, 14. September 2007

Ich habe das Spiel satt. Nein, vielmehr langweilt es mich. Es fehlt die Herausforderung. Jemandem Lügen zu erzählen, der dir ohnehin aus der Hand frisst und einfach alles glauben würde, ist ja wohl reizlos. Und Bubi würde mir sogar glauben, dass ich die Reinkarnation von Jesus bin.

Jede noch so kleine Lüge frisst er mir aus der Hand, als würde er sich davon ernähren. Ich habe mal irgendwo gehört, dass man nur die Lügen glaubt, die man glauben will... Oh ja, Bubi WILL mir glauben. Er will unbedingt glauben, dass ich ihn wirklich liebe, dass wir unser Leben miteinander verbringen werden, dass er endlich die Familie mit mir hat, die er nie hatte...

Was für ein erbärmliches Klischee!!! So grün, wie der hinter den Ohren ist, kann keine Weide sein.

Komisch eigentlich, weil dumm ist der ja nicht. Aber in Sachen Beziehungen und Menschenkenntnis sind seine Augen blauer als jeder noch so klare Himmel.

Kurz stelle ich mir das Bild vor: eine strahlend grüne Wiese unter einem knallblauen, sonnenbeschienenen Himmel. Ja. Genau das ist Bubi. So unschuldig wie naiv, so gutgläubig wie infantil.

Mal ehrlich… Welcher Typ ist heutzutage denn noch mit Siebzehn Jungfrau? Er hat mir gesagt, dass ich seine Erste bin und ich glaube ihm das - da hat das darauffolgende, zwanzigsekündige Erlebnis nämlich eine traurige sowie deutliche Sprache gesprochen.

Na jedenfalls hat das am Anfang noch Spaß gemacht, ihm all diesen Quatsch zu erzählen und wenn ich ganz ehrlich bin, war es sogar ganz schön mal so verliebt angehimmelt zu werden. Die Master Card, die mir seitdem zur Verfügung steht, ist dabei natürlich auch nicht zu verachten und meine Ausstattung könnte man mittlerweile fast schon als ›gehoben‹ bezeichnen.

Ich würde jetzt gerne behaupten, dass mein Gewissen der Grund dafür ist, dass ich aus diesem Spiel aussteigen will, aber tatsächlich habe ich letzten Monat auf der Party bei Jamal einen richtig geilen Kerl kennengelernt. Und damit meine ich einen stinkreichen, erwachsenen Kerl. Also definitiv ein Upgrade zu Bubi. Rein rechtlich mache ich mich aktuell ja beinahe strafbar (glaube ich) und diese zufällige Begegnung scheint ein perfekter Ausweg für die Problematik zu sein.

Da ich ja nicht auf den Kopf gefallen bin und einfach so ins Blaue hinein abhaue, habe ich natürlich erst dafür den Weg geebnet, indem ich eine Weile zweigleisig gefahren bin. So konnte ich das Neue schon mal festigen und meinen bevorstehenden Einzug einzutüten - mit Erfolg.

Ich weiß ja nicht, was mit diesen Goldenen-Löffel-im-Mund-Typen los ist, aber mir scheint es fast so, als wäre dieser Löffel oftmals nur ein Ersatz für etwas bedeutend Wichtigeres. Zum Glück, sonst hätte ich es viel schwerer!

Meiner Ansicht nach haben diese Schnösel das alles genau so auch verdient. Ich meine… mal im Ernst: Solange fünfundachtzig Prozent des Weltvermögens den reichsten zehn Prozent der Menschheit gehören, hat jeder von denen auch jede Scheiße verdient, die man ihnen antut!

Ich nehme mir nur das Stück vom Kuchen, das mir zusteht. Und dazu gehört jetzt, mir die Mastercard von Bubi unter den Nagel zu reißen, seine Cash-Verstecke in meine Taschen zu leeren und dann schnell und grußlos zu verschwinden. Bloß kein Abschied oder gar Tränen. Da habe ich echt keinen Bock drauf!

Genau aus diesem Grund betrete ich gerade jetzt sein Zimmer, während er bei diesem lächerlichen Literatur-Loserclub ist. Weil ich seine Verstecke mittlerweile wie meine eigene Westentasche kenne, dauert es nicht lange, bis ebendiese prall gefüllt ist mit bunten Scheinchen. Auch sein futuristisches iPhone stecke ich ein, nachdem ich die Karte entfernt habe.

Da entdecke ich euphorisch sein Portemonnaie auf dem Schreibtisch, lasse es einfach im Ganzen in meine Hosentasche gleiten und erst als ich mich zum Gehen umdrehe und Bubi vor mir im Türrahmen stehen sehe, erkenne ich den Fehler. Klar. Wer verlässt schon ohne Handy und Portemonnaie das Haus. Scheiße!

Wie angewurzelt steht er da in der Tür mit weit aufgerissenen, tränenschweren Augen. Das lässt wohl darauf schließen, dass er schon eine ganze Weile dort steht. Einen kurzen Moment überlege ich, mich rauszureden. Da die Erfolgschancen aber ohnehin gering sind und es mir auch irgendwie scheiß egal ist, versuche ich es nicht einmal.

»Jetzt guck doch nicht so doof. Das hättest du dir doch denken können!«, fauche ich stattdessen.

Bubi fällt die Kinnlade runter und ich kann beinahe in seinem Gesicht erkennen, wie das Bild, das er von mir hat, in tausend Teile zerbirst. Irgendwie fühlt sich das gut an. Ja, sogar beinahe befreiend.

Bubi hingegen laufen Tränen über die Wangen. Fassungslos macht er einen Schritt auf mich zu und versucht mich zu berühren. Ich weiche angeekelt zurück: »Verpiss dich, man. Raff es endlich. Ich habe dich nie geliebt, du naives Jüngelchen.«

Bubi lässt seine Hand, die er nach mir ausgestreckt hat, sinken, realisierend, dass ich eben nicht der verkackte Strohhalm bin, der ihn retten wird.

»Aber Lena… Ich liebe dich doch. Du bist meine Familie…«, stammelt er und wirkt dabei so mickrig und dumm, dass ich grinsen muss.

»Ich heiße nicht mal Lena, du Vollidiot. Glaubst du echt, dass dich jemand um deiner selbst willen liebt, Jas? So ein mickriges Würstchen? Das Einzige, das man an dir lieben kann, ist dein Geld! Raff das endlich, du Loser!«, spucke ich ihm entgegen, während ich selbstsicher an seiner gebrochenen Gestalt vorbeigehe und für immer aus seinem Leben verschwinde - mit seinem Geld und seinem Handy.

JASPER
Köln, 27. Mai 2019

Zum wiederholten Male heute rolle ich mir nen fetten Joint, innig darauf hoffend, er möge seinen Zweck erfüllen. Bisweilen ärgere ich mich über die Toleranzentwicklung und schwelge in Erinnerungen an Zeiten, in denen mir der weiße Rauch jedwede Emotion zu nehmen vermochte.

Eine Woche ist vergangen seitdem ich so peinlich mit eingezogenem Schwanz das Weite gesucht habe und es vergeht kein Tag, an dem ich mir nicht neue, intellektuelle und abgeklärte Sprüche einfallen lasse, mit denen ich dieser verfickten Anna Kant hätte Paroli bieten können.

Je mehr dieser Sprüche mir dabei einfallen, desto lächerlicher erscheint mir mein tatsächliches Verhalten. Als hätte sie mich mit ihren Worten wirklich getroffen. Und das hat sie ja nun mal nicht. Kein Stück!

Gut, ich gebe zu… sonderlich viel Wert lege ich wirklich nicht auf Frauen. Und ich ficke tatsächlich gerne hart und von mir aus auch unnachgiebig. Aber das ist ja wohl lediglich eine Neigung und nichts, was mit meiner Fähigkeit zu Lieben zu tun hat und erst recht nicht mit der Liebe zu mir selbst.

›Liebe zu mir selbst‹.

Scheiße Alter, wie klingt das denn bitte? So reden ja

wohl echt nur Pussys!

Warum sollte ich es nötig haben, mich anhimmeln zu lassen? Als würde ich das brauchen…

Ich mein, ich bin echt zufrieden mit mir… ja wirklich!

Innerlich ertappt inhaliere ich verzweifelt das Betäubungsmittel meiner Wahl.

Scheiß Anna Kant! Was meint die eigentlich wer sie ist?? Mir so vor den Karren zu pissen und ihre abgefuckten, vermeintlichen Wahrheiten einfach vor allen Leuten auf den Tresen zu kotzen… Die hat doch echt ein Problem, die Alte!

Und da, mit dem langsam einsetzenden Rausch, passiert etwas, das mir lange nicht mehr beim Kiffen passiert ist: Von einem Moment auf den anderen sind meine persönlichen Empfindungen, mein angeknackstes Ego, meine brodelnde Wut und Kränkung einfach wie weggeblasen. Als hätte ich mich von mir als Person entfernt, mich aus meiner Haut begeben, betrachte ich die Situation nun aus unbeteiligten, nahezu objektiven Augen. Augen, die frei von jedweder Blendung sind.

Das, was ich da jetzt zu sehen oder vielmehr zu fühlen bekomme, würde mir, würde ich noch in meiner Haut stecken, garantiert auf den Magen schlagen. Denn just in diesem Augenblick realisiere ich, dass diese Frau seit langer, langer Zeit die erste ist, die mich emotional berührt hat und zwar so sehr, dass ich die letzte Woche unfähig war, sie und ihre Worte aus meinem Inneren zu vertreiben. Genau DAS ist eine absolute Seltenheit bei mir…

Meine abgeklärte, weise Kiffposition, aus der heraus ich nun alles in einer greifbaren Klarheit erkenne, verdeutlicht mir darüber hinaus, dass der Grund, warum Annas Worte noch immer so unerbittlich und standhaft mein Inneres erfüllen, eben jener ist, dass ihnen ein wahrer Kern zugrunde liegt. Ein wahrer Kern, dem ich mich nun schon seit geschlagenen sieben Tagen mit allen mir zur Verfügung stehenden Rauschmitteln zur Wehr setze.

Fuck.

Reagiere ich etwa nur deswegen so andauernd, weil sie wirklich einen sensiblen Punkt getroffen hat?

Wie in einem Kurzfilm laufen auf einmal unzählige Situationen vor mir ab, in denen irgendwelche austauschbaren Tussis mir sonst was an den Kopf geschmissen haben (zugegebenermaßen oft begründet) mit teilweise viel fieserem Inhalt. Keine dieser Auseinandersetzungen hat mir je irgendeine Emotion entlocken können - wenn überhaupt ein müdes Lächeln. Genau das bleibt mir jetzt aber im Halse stecken.

Okay… Wenn ich oder vielmehr ein Teil von mir also Wahrheit in Annas Worten sieht… heißt das dann, dass ich mich Frauen gegenüber wirklich nur so verhalte, weil ich mich selbst nicht liebe?

Eine schwere, erdrückende Stille benebelt den matt beschienen Raum und ich ziehe noch einmal an der Tüte. Mit offenem Mund lasse ich diese Erkenntnisse erneut durch meine Gehirnwindungen wandern, darauf hoffend, dass das Produkt durch die Wiederholung ein anderes wird.

Da driften meine Gedanken plötzlich zu Tomek ab, der mich früher einmal bloßgestellt hat, als ich einer Frau (deren Namen ich nicht mal kannte) noch nach Monaten vollkommen selbstwertlose Nachrichten geschrieben habe, um sie zurückzugewinnen. Mit einem überheblichen Grinsen hat sich Tomek damals zu mir herübergebeugt und laut genug, dass es alle im Raum hören konnten, erklärt, Wahnsinn bedeute, wenn man immer wieder das Gleiche täte, dabei aber ein unterschiedliches Ergebnis erwarten würde.

Einem spontanen Impuls folgend klappe ich den Laptop auf, der vor mir auf dem Couchtisch steht und schalte ihn ein. Dummerweise ist der objektiven Kiffweisheit nun die absolute Vergesslichkeit gefolgt und so brauche ich glatt vier Anläufe, ehe ich das richtige Passwort eingebe und der Desktop vor mir aufleuchtet.

In die Google-Suchleiste tippe ich langsam und doch fest entschlossen ›Anna Kant Köln‹ und ahne dabei nicht, dass diese Suche eine ausgesprochen folgenschwere sein wird.

LISBETH
Köln, 29. Mai 2019

Noch vor wenigen Jahren, ja vielleicht sogar wenigen Wochen, hätte ich das, was ich nun vorhabe, nicht für möglich gehalten. Vermutlich hätte ich sogar beide Hände im Feuer verbrennen lassen, wohlwissend, dass diese irreale Zukunft niemals Gestalt annehmen würde.

Und doch, schleichend, quälend, hat mich eben jene ergriffen, mich umarmt und jeden sich noch wehrenden Teil meiner selbst gelähmt und vereinnahmt. Als wäre ich nur ein Puzzleteil in einem Bild, dessen Größe und Dimension es mir unmöglich macht, auch nur Teile davon zu erkennen.

Tatsächlich fühle ich mich schon seit langem nicht mehr als Herrin meines Hauses, meiner Seele, meiner Welt. Vielmehr hat mich das Gefühl, dass ich nur eine winzige Spielfigur in einem für mich unbegreiflichen Plan bin, erst beschlichen, dann übermannt.

Diese Figur, die so unwichtig und fremdgesteuert ist…

Machtlos, ziellos werde ich getrieben, von einer Position in die nächste versetzt, ohne dass ich je fähig wäre, etwas dagegen zu unternehmen. Jede Einheit durchgeplant und gepresst in Formen, deren Sinn und Nutzen ich bis heute nicht erkennen kann.

Es gab Zeiten, in denen ich mich gewehrt, dagegen rebelliert habe. In denen ich dieser Welt zu strotzen versuchte. Zeiten, in denen man in mir etwas wie Kampfgeist hätte aufblitzen sehen können. Fast vergessen dieser Abschnitt.

Das stetige Ziehen und Bewegen, diesem Druck des großen Spielplans, war ich nie gewachsen. Das habe ich irgendwann eingesehen und jedwede Form der Rebellion losgelassen. Wie eine Fahne am Mast lasse ich mich seither von den Winden des Lebens treiben, ohne Streben, aber vor allem: ohne jedes Gefühl. Vollkommen leer und leblos, obgleich meine Organe noch nicht begreifen wollen.

Tief atme ich ein, als wolle ich mich vergewissern, dass sie ihren Dienst nach wie vor und trotz dieser Stille erfüllen. Trüb betrachte ich die Regentropfen, die das Fenster hinabperlen - machtlos und den Regeln der Physik ebenso unterworfen wie ich dem mir undurchsichtigen Spielfeld.

Vor meinem inneren Auge flackert das Bild von dem wütenden Kunden auf, der mich heute angeschrien hat, weil ich einen seiner Coupons nicht einlösen konnte. Seine Worte habe ich überhaupt nicht wahrgenommen, tatsächlich ist die ganze Situation für mich in einer inbrünstigen Stille abgelaufen, in der ich den Kunden fasziniert betrachtet habe. Seine energische Gestikulation und Mimik. Wie viel Leidenschaft direkt vor mir vorhanden und doch nicht mir galt. Wie viel Intensität, wie viel Energie.

Kleine Spucketröpfchen landeten dabei untermalend in meinem Gesicht, während mir dämmerte, dass es wohl keinen einzigen Moment in meinem bisherigen Leben gab, in dem ich solch eine Leidenschaft empfunden habe. Dass dieser Kunde dazu fähig war und das lediglich aufgrund eines Coupons, ließ mir mein Dasein plötzlich noch unerträglicher erscheinen als ohnehin schon.

So ist der eine eben gesegnet und der andere nicht…

Nachdenklich öffne ich das Fenster vor mir und strecke meine Hände in den prasselnden Regen. Die lauwarmen Tropfen benetzen meine Fingerspitzen und es macht mich plötzlich traurig, dass sie nicht in mich eindringen, nicht Teil von mir werden können. Als wäre meine Haut diese einzig unüberwindbare Grenze zwischen mir und dem Außen. Als wäre nur sie der Grund für diese Leere in mir, die jedem Leiden gewichen ist.

Schon etliche Male habe ich darüber nachgedacht dem ein Ende zu setzen…

Früher einmal hatte ich geglaubt, dass das Schlimmste was in mir geschah der Punkt war, als die Freude zum Leiden wurde. Ja wirklich. Doch damals wusste ich noch nicht, dass der viel schlimmere Punkt jener ist, in dem das Leiden der Leere weicht.

Keine Höhen zu erleben, beraubt dich, aber der Moment, in dem dir das Leben auch noch die Tiefen nimmt, lässt dich deine Menschlichkeit verlieren. Denn was ist ein Mensch ohne Gefühl?

Dieses emotionslose Erleben, dieses stille Dasein, als wäre ich nur ein Statist in meinem Leben, lässt mich meine Existenz als ein dickes, ja unendlich dickes Buch erleben, das mit lauter leeren Seiten versehen ist. Und wer, ja wer bitte, würde diese leeren Seiten jemals betrachten wollen? Ein Buch ohne Worte… ebenso wie ein Mensch ohne Emotion… vollkommen sinnfrei…

Genau das habe ich heute begriffen, während der Speichel schon langsam auf meiner Haut zu trocknen begann und die Aussicht, dieser Leere ein Ende zu setzen, hat mir plötzlich eine lang vergessene Emotion zurückgegeben. Vorfreude.

Während ich jedoch ernstlich recherchierte, mir einen Überblick über die vielfältigen Möglichkeiten verschaffte, schossen meine Gedanken immer wieder (ja nahezu fremdgesteuert) zu genau dem Einzigen, an den ich dabei eben nicht denken wollte: Gott.

An dieser Stelle sollte ich es wohl nicht unerwähnt lassen, dass ich streng christlich erzogen wurde und eben dieser Gott DAS schlagende Argument in jeder Auseinandersetzung mit meinen Eltern war, wenn ich mal den Wunsch äußerte, Einfluss auf mein Leben haben zu wollen. Denn wie konnte ich mir erdreisten, den meinen über den Willen Gottes stellen zu wollen? Schließlich solle nicht mein, sondern sein Wille geschehen.

Woher genau meine Eltern so genau wussten, was Gott für mich wollte, ist mir bis heute schleierhaft - ohne dass ich ihre Argumentation tatsächlich hinterfrage.

Nein, mal ganz im Ernst. Ich glaube an Gott. Und ich glaube auch daran, dass sein Plan viel größer ist und viel mehr Dimensionen durchdringt, als wir je erfassen könnten. Und so werde ich mich auch immer seinem Willen fügen… Nur bin ich mittlerweile einfach verunsichert, was denn nun wirklich sein Wille ist und ob meine Eltern da tatsächlich mehr erkennen als ich.

Jetzt, da ich also tatkräftig plane, meinen Körper Gottes Machenschaften zu entziehen und gleichwohl, meinen Geist auf ewig mit ihm zu verbinden, beginne ich auf einmal seine Präsenz deutlicher zu spüren denn je.

Verloren betrachte ich meine nassen Hände, die vor dem dunklen Nachthimmel zu leuchten scheinen. Und da wird mir auf einmal klar, dass es falsch wäre, solch eine Entscheidung ganz ohne ihn zu fällen. Immerhin ist er ja derjenige, der mir dieses Leben anvertraut hat. Falls er also tatsächlich irgendeinen Plan außerhalb dieser Leere für mich hat, so sollte er doch wenigstens die Chance bekommen, mir das auch zu zeigen. Oder etwa nicht?

So unwichtige Materie wie eine Jacke verdrängend stürme ich aus meiner Wohnung in den Regen hinaus und treffe eine lebenswichtige Entscheidung.

Keine fünf Minuten später sitze ich triefnass und alleine an der U-Bahn-Haltestelle ›Ulrepforte‹ und warte auf ein Zeichen. Genau eine Stunde habe ich für diese letzte Chance veranschlagt.

Eine Stunde wird Gott ja wohl ausreichend Möglichkeit geben, um mich noch umzustimmen (falls ihm denn überhaupt daran liegt).

Eine Stunde, die über mein Ab- oder Leben entscheidet.

Quälende Emotionen sickern für den Bruchteil einer Sekunde an die sonst so monotone Oberfläche und ich genieße ihre Gegenwart wie den Besuch langersehnter Verwandter.

Dann sitze ich wieder leer, nass und alleine da und warte ohne Sehnsucht auf ein Zeichen von Gott.

Die Tür fällt hinter Tom ins Schloss, der dank meiner morgendlichen Zickereien schon wieder zu spät zur Arbeit kommt. Damn it! Dieser ganze, mit meiner Arbeitslosigkeit korrelierende Beziehungsstress geht selbst mir langsam an die Substanz. Anfangs hatte ich noch ein paar vermeintliche Energieschübe daraus ziehen können. Das hat sich mittlerweile aber eher ins Gegenteil umgekehrt.

Mir ist ja selbst klar, dass Tom in diesem ganzen Spiel ne ziemliche Arschkarte hat - neben mir natürlich. Nur der Unterschied zwischen uns beiden ist, dass nicht er der Kern des Problems ist, sondern ich. Und diese Rolle behagt mir mal sowas von gar nicht! Wenn ich da an die Zeit im Büro zurückdenke, in der ich mit hocherhobenem Haupt meine Kollegen herumgescheucht habe, top gestylt und mit einer Haut, die der eines Babypopos glich. Ach fuck!

Wie sehr ich mir diese Zeit jetzt zurückwünsche…

Es ist ja nicht das erste Mal, dass ich gefeuert wurde und mir ist durchaus bewusst, dass das eventuell etwas mit meiner mangelnden Arbeitsmoral in Kombination mit meinem Hang zu überheblicher Klugscheißerei zu tun haben könnte. Die Sache ist die: I hate my job! Und wer ist schon wirklich gut in etwas, das er aus voller Seele verabscheut?

Dummerweise war mir bei meiner Berufswahl einzig und alleine wichtig, etwas zu tun, das meine Eltern verachten und damit sicherzustellen, dass ich auf gar, gar, gar keinen Fall so werde wie sie. Mit ihren gebatikten Shirts und den verkackten Birkenstocks. Ganz ehrlich: Jeder der glaubt, dass Snob-Eltern die Hölle sind, hat einfach keine Ahnung wie strange und verstörend Althippie-Eltern sind.

Kein Cash, Unmengen unnötiger Worte sowie ganzer Gespräche, keine Regeln, keine Routinen, immer nur fucking Campingausflüge und Touren mit dem alten Bus aus dessen Auspuff schon seit geraumer Weile verdächtig dunkle Abgase steigen und zu guter Letzt: Alles ist immer easy!

Mit Hippie-Eltern fehlt es einfach an jedweder Orientierung. Egal, was ich tue, egal, was ich verbreche, egal, wie sehr ich dabei selbst aus der Spur gerate… alles ist immer ›okay‹ und ich persönlich glaube, dass dieser laissez-faire (oder vielmehr vernachlässigende) Erziehungsstil nur ein Vorwand für Eltern ist, die keinen Bock auf Erziehung und die damit zusammenhängende Verantwortung haben. Ich bin mir nämlich ziemlich sicher, dass meine Eltern der Grund dafür sind, dass ich jetzt so scheiße unglücklich bin und im Laufe meiner Reifung mit erschreckend vielen Menschen sexuell aktiv war - und zwar seit ich dreizehn bin. Das wäre einem Snobkind sicher nicht passiert!

Immer noch stehe ich wie angewurzelt im Flur und betrachte die mintfarbene Haustüre. Ich hasse Pastellfarben! Schnaubend schluffe ich ins Wohnzimmer und zucke kurz zusammen, als ich mein Spiegelbild im großen Wandspiegel entdecke. Fuck. Ich sehe echt scheiße aus!

Jogginghose, fettige Haare und so viele Pickel im Ge-

sicht, dass mein Teint schon beinahe rosig wirkt. Die Sophie aus dem Büro muss sich wohl ganz tief in mir und
unter dieser Hülle der Unansehnlichkeit versteckt haben.

Da fällt mir auf einmal wieder ein, dass Tom und ich
ganz schön lange keinen Sex mehr hatten. Nur war ich bisher davon ausgegangen, dass das von mir ausging oder
eben nicht ausging. Jetzt, wo ich so aufmerksam mein neues Erscheinungsbild betrachte, beschleicht mich jedoch der
leise Verdacht, dass es vielleicht doch eher umgekehrt sein
könnte und falls nicht, dass Tom auf jeden Fall irgendwelche ungelösten Mutterkonflikte haben muss. Shit. Also hier
und jetzt ist auf jeden Fall gar nichts mehr okay! Nicht mal
annähernd.

Ich brauche einen neuen Job!

Und zwar einen, den ich mag und hoffentlich sogar so
sehr, dass ich es schaffe mich auf der Arbeit aufzuhalten,
ohne meine Aggression an jedem, der mir in die Quere
kommt, auszulassen.

Von einem kleinen Energieschub motiviert setze ich
mich vor den Rechner und erwecke ihn aus dem Ruhemo-
dus. Ratlos starre ich auf die Google-Suchleiste, scharre wie
ein verschüchtertes Reh mit den Füßen und klicke dann
doch nur den Facebook-Reiter an.

Seit ich arbeitslos bin haben sich meine Facebook-
Aktivitäten so gravierend und unvertretbar potenziert, dass
ich jetzt lieber nicht zugeben möchte, wie viel meiner täglichen Zeit dafür drauf geht, mich an irgendwelchen leiden-
schaftlichen und doch vollkommen sinnlosen Diskussionen
zu beteiligen.

Ich will mich gerade den Reaktionen auf meine letzte
Provokation widmen, da öffnet sich ein Chatfenster und

bugsiert Annas Namen direkt in mein Sichtfeld.

Oh no! Nicht schon wieder irgendwas Hilfreiches!

Nach unserem kleinen Disput letztens hat sich Anna zwar entschuldigt und damit die Wogen schon am nächsten Tag geglättet, ihre Unterstützungsversuche hat sie danach allerdings nicht eingestellt. Diese permanenten Angebote, für mich da zu sein oder mal mit mir gemeinsam Jobperspektiven zu entwickeln, finde ich mega strange und übergriffig. Irgendwie steht da zwischen den Zeilen (und das ist nun mal der Bereich, in dem ich vorrangig lese), dass sie glaubt, ich könne mir nicht mehr selber helfen und wäre auf ihre Unterstützung angewiesen.

Dieses Mal ist es allerdings gar kein hilfreicher Text, der da vor mir im Chatfenster erscheint, sondern ein Video. Auf dem Standbild ist eine Frau mit ner crazy Frisur in schwarz-weiß zu erkennen, die irgendwie mein Interesse weckt. Dass das Profiler Suzanne Grieger sein muss, schlussfolgere ich messerscharf aus der Videobeschreibung und klicke kurzentschlossen den Play-Button. Das Video vergrößert sich auf meinem Bildschirm. Die Profilerin scheint eine Rednerin zu sein, die eine ordentliche Portion Charisma ausstrahlt, während ihre Stimme aus meinen Boxen zu mir spricht: »Steht mein Mann auf dem richtigen Spielfeld? Ist diese Person vom Charakter wirklich dafür gemacht? Hat die Person auch die richtige Spielposition? Es gibt Menschen, die sind für Verteidigung geschaffen und andere eben für den Angriff. Und je mehr ich die Person auf das richtige Feld, auf die richtige Position stelle, läuft alles von ganz alleine und ohne Mühe.«

Kurz frage ich mich, ob es hier wirklich um Fußball geht, dann fällt mir wieder ein, dass Anna mir ja das Video geschickt hat und ich nicht doof bin. Schon geht's weiter: »Aber was machen wir? Wir sagen den Kindern ›Macht was Sicheres‹! Und jetzt mal ganz ehrlich: Wie viel Spaß macht denn Sicherheit?«

In der Pause, die sie den Zuhörern gibt, schleicht mir ein schiefes Grinsen ins Gesicht.

»Und dann kommen wir mit Burnout und solchen Sachen. Ich glaube, die Leute sind nicht ausgeburned, die sind ausgebored! Ja genau, die brennen nicht aus, die langweilen aus!«

Ich lache laut auf.

Oh, I like Suzanne!

»Das macht alles keinen Sinn«, fährt ebendiese fort, »Leidenschaft aber hat einen Sinn und dieser Sinn ist Spaß! Und zwar in dem Sinne, dass das, was ich hier mache mich im Herzen beantwortet. Das passiert, wenn ich meinen Flow spüre, ich also gar nicht merke wie die Zeit vergeht. Hier eine Frage für Sie: Haben Sie schon mal bei kleinen Kindern bemerkt, dass die ausbrennen vom Spielen?

Ich nicht! Ob nun zu Hause oder im Urlaub gehen die Kinderaugen morgens auf und schon wird gemacht und getan und zwar bis die Augen wieder zugehen. Und was passiert ein paar Stunden später?

Genau, Augen wieder auf, Essen, Trinken und Weiterspielen… Es gibt kein Ausbrennen von etwas, das Spaß macht! Denn das, was ich da tue, gibt Energie rein - ins System, während ich es tue. Wenn ich aber etwas mache, das keinen Sinn macht, dann geht immer nur Energie verloren, wenn ich es tue. Das ist dann ein Verbrennungsmotor und ich muss überlegen ›Wo kriege ich die Energie zum Weiterlaufen her?‹ - Das ist doch bescheuert!«[1]

Abrupt endet das Video und hinterlässt mich mit einer offenen Kinnlade.

Als hätte mir jemand eine Bratpfanne übergezogen, starre ich ins Leere, während mir bewusstwird, dass ich mich selbst auf die vollkommen falsche Spielposition gestellt habe und dass mir mein Job immer nur Energie genommen statt gegeben hat.

Doch noch eine viel wichtigere, weitere Sache ist mir auf einmal glasklar… und zwar DIE Tätigkeit, die mich um mein Zeitempfinden erleichtert und mich wirklich und wahrhaftig ›im Herzen beantwortet‹.

Ich bin todmüde. Seit ich die letzten Reste aus meinem Vorrat geplündert habe, sitze ich absolut auf dem Trockenen. Nicht nur grastechnisch, auch psychisch und körperlich. Insbesondere in den ersten Tagen meines kalten Entzuges war ich beinahe erleichtert über meine fehlenden sozialen Kontakte. Denn diese pure Aggression, die plötzlich jeden Teil von mir eingenommen hat, hätte sich sonst sicher nicht nur durch Fausthiebe gegen meine Wand entladen.

Noch viel schlimmer als dieser, mir gänzlich untypische Missbrauch meiner Wand, ist allerdings, dass ich einfach nicht mehr schlafen kann. Jede Nacht wälze ich mich hin und her, während meine Gedanken kreisen, als wären sie Teil eines brausenden Tornados.

Doch nicht nur diese Gedanken an sich machen mich so fertig, sondern die Tatsache, dass sie von Gefühlen begleitet werden, die so übertrieben intensiv sind, dass ich es kaum aushalten kann.

Das, was da offenbar in mir ist, erfordert definitiv der Betäubung. Ohne, ist es nämlich echt nicht zu ertragen!

Fühlen alle Menschen so? Sind Gefühle wirklich so einnehmend und extrem? Das ist doch scheiße! Wer braucht sowas denn? Kein Wunder, dass alle so auf Rausch stehen.

Während ich so in meinem von der Realität ausgelöstem Leid baden musste, wurde mir übrigens (zumindest als die Aggressionsschübe langsam nachgelassen haben) klar, dass ich mir einen Job besorgen muss. Logisch - ich muss mir nämlich dringend neues Odd klar machen!

Außerdem habe ich echt ein Problem, wenn Jasper den Dauerauftrag für meine Miete löscht und schon jetzt habe ich eins, weil meine ganzen Lebensmittelvorräte aufgebraucht sind.

Umso schmerzlicher ist zu erkennen, dass ich also erstens echt im Arsch und zweitens scheiße abhängig von Jaspers Zuwendungen bin.

Da es auf keinen Fall in Frage kommt, Mutter anzubetteln und Hartzen einfach nicht ausreicht für meinen immensen Graskonsum, bleibt mir wohl nichts anderes übrig, als mir schnellstmöglich einen Job zu suchen. Am besten einen, bei dem es direkt Cash auf die Kralle gibt.

Ich gehe ins Badezimmer, betrachte mein ausgezehrtes Gesicht und frage mich, ob wohl die Mangelernährung, die intensiven Gefühle oder doch eher der Schlafmangel mein Spiegelbild so deformiert hat.

Schnell spritze ich kaltes Wasser in mein Gesicht. Wenn ich nen Job haben will, muss ich definitiv fresher aussehen.

Während die Wassertropfen noch meinen Hals herunterperlen, laufe ich zurück ins Zimmer und suche auf dem Boden etwas zum Anziehen, das nicht ganz so abgefuckt aussieht wie der Rest von mir.

Meine Suche ergibt zwei Jogginghosen, eine mit einem Brandloch am Oberschenkel und einem weißen Slogan auf der Seite, die andere schlicht, dafür aber mit einem

Ketchupfleck im Schritt. Unschlüssig lasse ich meinen Blick hin und herwandern, entscheide mich dann für einen anderen Sinn und stecke meine Nase tief in die Stoffe. Ein klarer Gewinner geht daraus hervor: Die Ketchupfleckhose soll es sein!

Am Waschbecken versuche ich den Fleck mit ein bisschen Handseife zu entfernen. Klappt nicht wirklich - dafür ist der Ketchup wohl zu alt. Muss aber reichen.

Bevor ich mich auf den Weg mache, schaue ich nochmal in den Spiegel und sage: »Ich liebe und achte mich!«

Mein Gesicht verzieht sich dabei immer noch, als hätte ich in eine Zitrone gebissen, aber zumindest folgt im Anschluss die Andeutung eines amüsierten Grinsens. Dann drehe ich mich um und verlasse meine Wohnung zum ersten Mal seit einer Woche.

Rückblickend werde ich mich fragen, warum ich genau an diesem Tag, genau zu dieser Zeit so plötzlich den Entschluss gefasst habe, mir einen Job zu suchen - just in diesem Moment tue ich das aber noch ganz und gar nicht. Stattdessen beschäftigt mich die Überlegung, wo ich jetzt eigentlich einen Job herbekomme nur weil ich mir mal was anderes angezogen habe und nach Draußen gegangen bin. So einfach, wie ich mir das vorstelle, scheint die Jobsuche in Köln echt nicht zu sein.

Entmutigt von meinen Gedanken und den damit zusammenhängenden, niedermachenden Gefühlen, schlurfe ich die Straße in Richtung Severinsviertel entlang. Ein Blick auf mein Handy verrät mir, dass ich eine selten dämliche Zeit ausgewählt habe, um mir einen Job zu suchen: Es ist 18 Uhr.

Gut, kommen eben nur Restaurants und Kneipen in

Frage. Dabei könnte ich mir eigentlich auch ganz gut die Arbeit in einer Fabrik vorstellen. Monotonie liegt mir irgendwie. Wo es hier in der Nähe allerdings eine Fabrik mit freien Arbeitsplätzen geben soll, weiß ich nicht.

Alles klar. Also Kellnern. Geht auch. Und das Geld gibt's immer am selben Tag (glaube ich zumindest).

Geschlagene zwei Stunden laufe ich im Severinsviertel herum, betrete jede noch so kleine Spelunke und frage nach Arbeit. Die Reaktionen sind alle gleich: Ein prüfender Blick an mir herunter, dann ein müdes, manchmal auch mitfühlendes Kopfschütteln.

Ich weiß schon, warum ich mir die Mühe früher nicht gemacht habe. Das ist echt total frustrierend… Und ich meine so richtig frustrierend. Mit echten, realen, ungedämpften Emotionen. Das fühlt sich richtig beschissen an!

Jetzt hätte ich gerne ein Bier. Wenigstens irgendetwas zum betäuben… frustriert leere ich den Inhalt meiner Taschen und ergattere dabei tatsächlich ein bisschen Kleingeld, das zusammengenommen sogar ganze siebzig Cent ergibt. Fehlen nur dreißig, um mir bei dem kleinen Kiosk um die Ecke ein Kölsch zu kaufen. Hm… Wo kriege ich die dreißig Cent her?

Eine gefühlte Ewigkeit laufe ich auf dem Chlodwigplatz herum und checke die Passanten nach möglichen Spendern ab, traue mich aber bei keinem noch so freundlichem Augenpaar tatsächlich nach Geld zu fragen. Irgendwann gebe ich schließlich resigniert auf und werde erfüllt von einer Hochachtung für Bettler.

Bevor ich meinen Bierdurst aber gänzlich abschreibe, wage ich einen Versuch und steuere den Kiosk meiner Wahl an. Das Bier stelle ich schon mit unterwürfigem Blick auf dem Tresen ab, ehe ich verlegen die siebzig Cent daneben bette. Dann erst sehe ich zu dem reichlich massigen Typen auf, der da vor mir steht und mich skeptisch ansieht. Zwar hatte ich mir eben noch ein paar Sätze zurechtgelegt, aber irgendwie hat es mir ebenso wie vorhin die Sprache verschlagen und so belasse ich es bei einem deprimierten Schulterzucken.

Der Typ blickt an mir herunter, greift dann zögernd nach meinen Münzen und lächelt milde mit einem kaum merklichen Nicken.

Nicht mal ein ›Danke‹ bekomme ich über die Lippen, wohl aber ins Herz, greife nach dem Bier und verlasse mit gesenktem Kopf den Kiosk.

Einen ausgedehnten Moment stehe ich nun da und überlege, wieder nach Hause zu gehen.

Keine Ahnung warum, aber irgendwie ist mir plötzlich nach einem Spaziergang. Ohne Ziel. Eben einfach so Laufen. Keine Jobsuche. Sich mal treiben lassen, den Kopf frei bekommen…

Und so laufe ich einfach los. Biege mal nach links, mal nach rechts ab. Mal geleitet von meinem Bauchgefühl, mal von einem Schild in Pfeilform oder einem Straßennamen, der mein Interesse weckt - das noch geschlossene Bier in der Hand, auf den richtigen Zeitpunkt wartend. Nachdem ich nun schon zum zweiten Mal an dem Versicherungsgebäude neben der Eifelstraße vorbeikomme, scheint dieser gekommen. Ich fische mein Feuerzeug aus der Hose und trenne den Kronkorken damit geräuschvoll von seiner Flasche.

Dann bleibe ich stehen, schließe die Augen und hebe das Kölsch wie in Zeitlupe an meine trockenen Lippen. Genüsslich trinke ich einen großen Schluck. Und genau in diesem Augenblick beginnt es auf einmal zu regnen.

Erst sind es nur ein paar Tropfen, die mich treffen. Ein Blick in den tiefgrauen Himmel und die donnernde Ankündigung lassen mich allerdings abwägen, mir einen Unterschlupf zu suchen. Doch im nächsten Augenblick prasselt der Regen sintflutartig auf mich nieder, sodass ich schon während weniger Schritte vollkommen durchnässt bin und jeder Unterschlupf dadurch überflüssig wird.

Tatsächlich beginne ich sogar das prasselnde Nass zu genießen, die vielen Tropfen, die an mir hinablaufen und ich stelle mir vor, dass sie all die Sorgen, all die anstrengenden Gefühle einfach mit sich fortspülen.

Keine Ahnung, was mich da gerade reitet, aber irgendwie ist mir einfach danach, mich hinzusetzen. Und ohne groß darüber nachzudenken, lasse ich mich an Ort und Stelle nieder.

So sitze ich da.

Mitten auf dem Bürgersteig, schließe meine Augen und fühle den Regen.

Die Zeit, die ich so versunken dasitze, bleibt unempfunden und ohne, dass es dafür irgendeinen handfesten Grund gibt, fühle ich mich auf einmal frei. Frei von meinen Sorgen, vom Geld, vom Leiden.

Ich bin.

Einfach nur hier. Sitzend. Mitten im Regen.

Rennende Schritte wecken mich aus diesem Bewusstseinszustand. Sie eilen an mir vorbei und ich weiß nicht wieso, aber irgendwie scheint es mir auf einmal notwendig, meine Augen wieder zu öffnen.

Da läuft jemand vor mir zur Bahnhaltestelle. Mitten

durch den Regen, im T-Shirt. Es ist eine schmale Frau, die nun die Straße überquert und sich dann auf einer Bank niederlässt. Mich scheint sie überhaupt nicht zu bemerken, dabei beobachte ich sie ganz genau. Sie und ihre triefnassen braunen Haare, die ihr im Gesicht kleben, ohne dass sie Anstalten macht, sie zu entfernen. Ein kalter Schauer fährt mir über den Rücken.

Eine Weile sitze ich so da und beobachte sie, wie sie dasitzt und sich immer wieder umsieht, als würde sie auf jemanden warten. Bahnen halten und fahren weiter, ohne dass sie Anstalten macht, ihren Platz zu verlassen.

Wie ferngesteuert stehe ich auf und beginne mich zu nähern. Da erst fällt mir wieder mein Bier ein, in das sicherlich schon einiges an Regenwasser geflossen ist, nehme einen beherzten Schluck und überquere die Straße. Immer noch bemerkt sie mich nicht, blickt stattdessen auf den Boden und scheint verunsichert. Ich trete näher und folge ihrem Blick, der auf eine halbausgetretene Zigarette vor uns auf den Boden gerichtet ist.

Noch einen Schritt mache ich auf sie zu, erkenne diesen schmachtenden Blick und kommentiere das Ganze: »Falls du vorhast, was ich glaube: Tu es nicht!«

Dann reiche ich ihr mit einem schiefen Grinsen mein Regenwasserbier.

ANNA

W ann hast du denn das letzte Mal nur etwas für dich getan?«, frage ich mit extra weichen und mitfühlenden Gesichtszügen. In der Vergangenheit hat diese Frage nicht nur zu abwehrenden Rechtfertigungen, sondern durchaus schon zu ablenkenden Angriffsversuchen geführt.

Leonie aber schaut mich lediglich überrascht an und beginnt dann ernstlich über meine Frage nachzudenken. Nach einer Weile murmelt sie: »Ich weiß es nicht.«

Wie immer hat sie ihre Hände im Schoß ineinander gefaltet und spielt an ihren Fingern herum.

»Zu lernen, sich aus tiefstem Herzen zu lieben, braucht Zeit. Dabei bedingt das Innere das Äußere. Liebst du dich innerlich, gehst du automatisch nicht nur liebevoll mit dir, sondern auch mit anderen um. Genauso bedingt das Äußere das Innen. Wenn du dir also schon jetzt Zeit für dich nimmst und dir Gutes tust, beschleunigst du damit auch deine innerlich gefühlte Selbstliebe.«

Leonie nickt seufzend.

»Ich bin mir ganz sicher, dass du das schaffst. Hab Geduld mit dir!«, versuche ich sie aufzubauen. »Wie wäre es, wenn du dir bis zum nächsten Mal vornimmst, dir einfach jeden Tag ein bisschen Zeit für dich zu nehmen?«

Ein Lächeln huscht über ihre Lippen, bevor sie nickt: »Okay.«

»Du kannst dir zum Beispiel jeden Morgen eine Sache vornehmen, die du für dich machen möchtest. Ein heißes Bad oder ein gutes Buch, eine Meditation oder auch etwas Kleines wie eine ausgedehnte Kaffeepause. Falls es dir hilft, schreib dir dein Vorhaben auf oder setz dir täglich einen bestimmten Zeitraum dafür fest.«

Wieder nickt Leonie nur - die Gesprächigste ist sie ja wirklich nicht… Ich notiere die neue Methode und werfe einen Blick auf die Uhr.

»So, unsere Zeit ist leider um«, leite ich den Termin aus. Leonie löst ihre starre Sitzposition, zieht sich ihre Jacke an und kommt dann schüchtern auf mich zu. Dieses Mal warte ich, bis sie selbst ihre Arme nach mir ausstreckt und mich umarmt.

»Danke«, haucht sie kaum hörbar in mein Ohr.

»Ich danke dir«, erwidere ich, »wir sehen uns in zwei Wochen!«

Nachdem die Tür in ihre Angeln fällt, hefte ich meine Notizen in der Akte ab und checke meinen Terminkalender. Als nächstes kommt ein neuer Klient, Kasper Heller. Per E-Mail hat er letzte Woche einen Termin mit mir vereinbart.

In den fünf Minuten, die mir noch bleiben, schenke ich mir einen Kaffee ein und lehne mich in meinem Sessel zurück. Ein paar Mal atme ich bewusst und tief, um mich innerlich zu entspannen, bemerke aber, dass mich sogar ganz im Gegenteil eine subtile Anspannung erfasst. Schnell springe ich auf und drapiere ein paar frische Kekse und eine saubere Tasse auf dem Tisch. Als ich mich gerade wieder hinsetzen will, klingelt es.

Ich durchquere den Flur und betätige den Summer. Da die Gegensprechanlage gestern erst ihren Geist aufgegeben hat, muss ich mir die freundliche Begrüßung heute sparen.

Mir ist es unbegreiflich wieso, aber irgendwie packt mich eine innere Unruhe, die mit jedem zu mir hallenden Schritt intensiver wird. Verwirrt und doch ebenso erwartungsvoll blicke ich dem Neuankömmling entgegen, der nun in mein Blickfeld tritt, dann einfach an Ort und Stelle stehen bleibt und zu mir aufsieht.

Ein kalter Schauer läuft mir über den Rücken, meine Lippen bilden ein stummes O und meinem Verstand fällt es verdächtig schwer die Puzzleteile zusammenzusetzen, die diesen Moment hervorgebracht haben.

Was mich aber am meisten ärgert, ist, dass mein Herz immer schneller schlägt, je länger ich Jaspers verunsicherten Blick erwidere.

Sobald mir das klar wird, erfasst mich eine Welle der Wut und als ich gerade nach Worten ringe, die ich diesem dreisten Mistkerl an den Kopf werfen kann, öffnet Jasper mit reumütiger Miene seinen Mund: »Es tut mir leid, Anna. Wirklich.«

Gähnende Leere hinterlassen seine Worte in mir. Wie erstarrt stehe ich einfach nur da und mustere seine zur Abwechslung mal vollkommen aufrichtig wirkenden Züge.

»Es tut mir wirklich leid. Bitte lass mich reinkommen. Ich glaube, ich brauche deine Hilfe…«

Diese Offenheit kostet ihn sichtlich Überwindung und bringt mich wiederum völlig aus meiner Mitte. Wortlos verharre ich im Augenblick. Erst als Jasper hilfesuchend in Richtung der Tür hinter mir deutet, nicke ich kaum merklich und trete zur Seite. Schweigend durchqueren wir den Flur und betreten mein Büro.

Während ich an der Tür stehen bleibe, tigert Jasper nervös umher und inspiziert jeden noch so unbedeutenden Einrichtungsgegenstand fachmännisch. Erst als er gerade die kleine Statue, die Sophie mir aus ihrem letzten Griechenlandurlaub mitgebracht hat, von meinem Schreibtisch in die Hand und genauer unter die Lupe nimmt, öffnen sich seine Lippen wieder: »Es tut mir wirklich leid, Anna.«

Sein Blick bleibt starr auf die Statue gerichtet, derweil sein Körper ein Höchstmaß an Unwohlsein ausstrahlt. Diese Rolle scheint ihm weder zu liegen, noch vertraut zu sein und weckt damit irgendwie mein Mitgefühl.

Nachdem ich einmal tief in mich gegangen bin und den Mut dafür gefunden habe, setze ich an: »Mir tut es auch leid. Es war nicht in Ordnung von mir, dich so anzufahren. Ich kenne dich ja gar nicht…«

Verdutzt wendet Jasper sich nun doch mir zu. Vollkommen verwirrt mustert er mich, als suche er einen Anflug von Sarkasmus in meinen Zügen. Dann zieht er nachdenklich die Stirn in Falten und murmelt: »Doch. Das tust du.«

Verblüfft zuckt er mit den Schultern, scheinbar selbst überrascht, das gesagt zu haben. Wie ertappt blickt er mich an und strahlt dabei eine Verletzlichkeit aus, die ich bei einem Typen wie ihm nicht für möglich gehalten hätte.

»Ich brauche deine Hilfe«, wiederholt er seine Worte aus dem Treppenhaus und wird mit jedem Wort immer energischer. »Ich habe mir deine Webseite angeguckt. All das, was du über Selbstliebe schreibst. Du hattest Recht, Anna. Mit jedem Wort. Ich will, dass du mir hilfst etwas zu verändern.«

Unfähig einen klaren Gedanken zu fassen, schaue ich in sein eindringliches Gesicht. Die Zeit zwischen uns dehnt sich wie Kaugummi, während ich versuche meine Gedanken zu ordnen.

Doch das Einzige, das ich (immer noch gleichermaßen verwirrt) über die Lippen bekomme, ist: »Du willst meine Hilfe?«

Ein schiefes Grinsen quittiert meinen Einfallsreichtum, gefolgt von einem Nicken.

»Ja. Ich will dein Kunde werden«, erklärt er und starrt mich dann erwartungsvoll an.

Eine miserable Idee! Eine grottenschlechte Idee! Professionelle Distanz? Hallo!?? Ich bin auf jeden Fall die falsche Person, um ihm zu helfen!

Als könnte er meine Gedanken lesen, fährt er fort: »Du bist der einzige Selbstliebe-Coach in ganz Köln! Bitte. Ich bezahle dir das Doppelte oder von mir aus auch das Dreifache!«

Mist. Damit hat er natürlich recht. Das Selbstliebe-Metier ist ein Bereich, an das sich kaum jemand heranwagt. Tatsächlich besteht also nicht mal die Möglichkeit für Jasper, zu einem anderen Coach zu gehen - zumindest nicht hier in Köln.

Ich würde ja jetzt gerne behaupten, dass mich der zweite Aspekt seiner Aussage nicht zum Nachdenken bringt… Aber zu meiner Schande: Das Dreifache?! Das würde bedeuten, dass ich meinen Zweitjob an den Nagel hängen könnte - gesetzt den Fall, Jasper kommt wöchentlich zu Terminen.

Anna! So darfst du nicht denken! Bleib professionell!!

Die Tatsache, dass mein Puls sich immer noch nicht beruhigt hat und mich bei der Aussicht, Jasper regelmäßig zu sehen, freudige Nervosität überkommt, sind zwei weitere, schlagende Gegenargumente.

Die Sache ist glasklar! Gar keine Frage! Unmöglich, kann ich sein Selbstliebe-Coach werden!

»Okay«, antworte ich inkongruent.

Ja. Ich will dein Kunde werden!«, unterstreiche ich, obwohl das eigentlich mittlerweile klar sein sollte.

Dieses Gekrieche geht mir echt auf den Sack! Noch viel mehr das ganze ehrliche Gerede. Ich bewege mich hier auf absolutem Glatteis und ebenso vollkommenem Neuland. Meine Maske niederzulegen, mich vor dieser fremden Frau so klein zu machen, fühlt sich grausam und mickrig an. Als würde ich meine ganze Männlichkeit vor ihr abstreifen.

Ist das etwa Mitleid, das da in ihren Augen aufflackert?

Am liebsten würde ich auf dem Absatz kehrt machen! Doch exakt in dem Moment, in dem ich genau das tun möchte, erkenne ich die Skepsis in Annas Gesicht und mir wird klar, dass sie ablehnen wird, wenn ich jetzt nicht irgendetwas sage, das sie umstimmt. Komischerweise verleitet mich ebendiese voraussehbare Ablehnung erneut vor ihr zu kriechen: »Du bist der einzige Selbstliebe-Coach in ganz Köln… Bitte. Ich bezahle dir das Doppelte oder von mir aus auch das Dreifache.«

Ich kann sehen, wie meine Worte in ihr arbeiten. Geld arbeitet immer in Menschen. Ein kleiner Teil von mir hatte gehofft, dass es bei Anna anders wäre…

Misstrauisch beäuge ich sie. Bei ihrer unscheinbaren,

steifen Ausstrahlung, fällt es mir schwer zu verstehen, warum gerade sie es ist, die mir nicht mehr aus dem Kopf geht. Mir würden da massig Weiber einfallen, die bedeutend geiler sind!

Die Sache ist die: Wenn man so viele Jahre emotional taub gegenüber anderen Menschen war, dann ist es ein verdammtes Wunder, wenn man wieder hören kann. Und so langweilig diese Anna auch sein mag… jedes ihrer Worte hallt laut und deutlich in mir wider.

Nur warum das so ist, weiß ich nicht - dafür weiß ich aber ganz genau, dass das hier der einzige Weg ist, mehr Zeit mit ihr zu verbringen und Ersterem auf den Grund zu gehen. Mit der Nummer in der Kneipe habe ich mir nämlich jede andere Option verbaut. Wenn dafür jetzt also mein Geld spielen muss, dann ist das eben so - ist ja nicht das erste Mal…

»Okay«, katapultiert mich Anna zurück ins Jetzt.

Ich erwische mich dabei, wie meine Wangen sich nach oben und meine Lippen zu einem breiten Grinsen verziehen.

Nice man. Richtig nice!

Euphorisch schmeiße ich mich auf einen der Sessel, gewinne meine Selbstsicherheit zurück und flöte möglichst locker, sowie in Annas Richtung: »Auf geht's!«

Verdutzt und mit offenem Mund starrt sie mich an (nicht zum ersten Mal heute) und ich stelle fest, dass sie ganz schön perfekte, strahlendweiße Zähne hat. Gleich danach bemerke ich, dass ihre Wangen rot werden und versuche meine Freude darüber nicht durchsickern zu lassen.

»Jetzt sofort?«, fragt sie entgeistert und fixiert dabei erst mich, dann den leeren Sessel vor mir.

»Klar. Oder hast du was Besseres vor?«, grinse ich, richte mich dabei wieder auf und bedeute ihr, Platz zu nehmen.

Augenscheinlich unangenehm berührt, lässt sie sich auf dem Sessel nieder, nicht ohne einige Male nervös hin und her zu rutschen. Dann besinnt sie sich scheinbar eines Besseren, bietet mir einen Kaffee an, den ich ablehne und greift nach dem Klemmbrett, das auf dem Tisch zwischen uns bereitliegt.

Sie betrachtet es eine Weile und ich sie, weshalb ich sofort bemerke, dass sich etwas in ihrer Haltung und Mimik verändert. Die Röte und Nervosität verschwinden. Stattdessen strahlt sie plötzlich eine mir vollkommen unbekannte und ebenso anziehende Form der Selbstsicherheit aus. Wie ausgewechselt richtet sie ihren Blick wieder zu mir auf und beginnt: »Also Jasper. Warum genau bist du hier?«

Verwirrt erwidere ich ihren Blick.

»Ähh. Weil ich an meiner Selbstliebe arbeiten will?!«, lüge ich.

»Das klingt nach einer Frage.«

»Ist es aber nicht!«, fahre ich sie ertappt an.

»Okay«, beschwichtigt sie, »also… Mein Coaching kann dir einen Weg aufzeigen, mehr Selbstliebe zu entwickeln. Aber nur und ausschließlich, wenn du bereit bist, aktiv etwas dafür zu tun.«

Einen Moment wartet sie auffordernd. Ich nicke bestätigend und sie fährt fort: »Ich werde dir gleich einen Fragebogen geben, um die aktuelle Qualität deiner Selbstliebe zu erfassen. Diesen Bogen machen wir bei jedem unserer Termine, um deine Entwicklung zu dokumentieren und die Effektivität des Coachings zu gewährleisten. Danach wirst du dir eine oder gleich ein paar Methoden auswählen, die du in deinem Alltag versuchst umzusetzen. Ich würde vorschlagen, wir treffen uns dann wöchentlich, reflektieren und finden heraus, welche neuen Gewohnheiten deiner Selbstliebe zuträglich sind.«

Wieder dieser auffordernde Blick. Ich nicke perplex und frage mich, ob das hier wirklich eine gute Strategie ist, um ihr näherzukommen. Diese professionelle Betonmauer könnte ein bedeutendes Hindernis werden.

Sie reicht mir einen Kuli und dann ein weiteres Klemmbrett aus dem Regal neben uns. Kurz überfliege ich den Bogen. Scheiße man! Alles so ätzende Ankreuzfragen - zu beantworten auf einer Skala von eins bis zehn. ›Ich liebe mich aus tiefstem Herzen‹ (WAS FÜR EIN FUCKING BULLSHIT!!), ›Ich nehme mir täglich Zeit, um mir etwas Gutes zu tun‹, ›Ich gehe achtsam mit mir um‹ etc.

Alter.

Dein Ernst?

Was ist das denn bitte für eine gequirlte Scheiße?!

Hups. Da hat sich ein verächtliches Schnauben aus meiner Nase gelöst und ich bekomme prompt Bock, sie berauschend zu nutzen.

Lieber blicke ich jetzt nicht zu Anna auf, sondern spiele mit dem Kuli in meiner Hand herum, ohne auch nur ein Kreuzchen auf dem Bogen zu setzen.

Dann beschließe ich kurzerhand zu lügen und binnen einer Minute habe ich alle zwanzig Kreuzchen gesetzt und etwa die Hälfte der dazugehörigen Fragen gelesen. Stolz reiche ich Anna das Klemmbrett.

Misstrauisch beäugt sie erst mich und dann den Bogen, wobei die Skepsis beim Lesen meiner Antworten sichtlich zunimmt und schließlich in Verärgerung umschlägt.

»Alles klar. Da ist die Tür«, ist das Einzige, was sie dazu sagt, während sie mir mit der Hand den Weg weist.

»Ach komm schon. Was willst du denn von mir?«, ranze ich wütend und stehe auf.

»Es ist nicht die Frage, was ich will, sondern was du willst, Jasper. Entweder willst du das hier wirklich und bist ehrlich oder du lässt es eben sein. Meine Zeit ist mir zu schade für dein Versteckspiel.«

Pam. Der sitzt… und ich mich auch gleich wieder hin.

Dumme Zwickmühle. Also entweder war's das oder aber ich muss ehrlich antworten und damit wieder vor ihr kriechen.

Was für eine beschissene Wahl!

Keine Ahnung warum, aber irgendwie ist die Alternative, Anna nicht mehr wiederzusehen, doch noch bedeutend unattraktiver. Reumütig nehme ich ihr also den Bogen wieder aus der Hand und fange nochmal von vorne an, nicht ohne mich dabei hundsmiserabel und elend zu fühlen.

Scheiße man, wer liebt sich denn schon wirklich selbst?

TOM
Köln, 6. Juni 2019

Zuerst traue ich meinen Ohren nicht, denn tatsächlich höre ich aus dem Wohnungsinneren Musik. Und nicht nur irgendwelche stimmungsniederschmetternden Schnulzen oder diesen scheußlichen Gangster-Rap, sondern Sophies Gute-Laune-Playlist. Ich erinnere mich nicht daran, wann sie die das letzte Mal gehört, geschweige denn entsprechend drauf war.

Verwirrt folge ich den Klängen ins Arbeitszimmer. Dort steht Sophie mit einer (und das muss ich jetzt leider so betonen) JEANS an - umgeben von Bergen verschiedener Stoffe in denen sie mit hochrotem Kopf herumwühlt. Sie ist so vertieft, dass ihr weder mein Ankommen noch mein belustigtes Grinsen auffällt.

»YEAHHH!!!«, findet sie stattdessen gerade die Nadel in ihrem Heuhaufen und trampelt dann einfach über die anderen Stoffe hinweg zum Schreibtisch, auf dem ich erst jetzt ihre alte Nähmaschine entdecke. Dass die noch existiert, wusste ich gar nicht.

Ungläubig beäuge ich das Schauspiel vor mir, während ich darüber sinniere, ob es wirklich eines ist oder doch eher der lang ersehnte Moment, in dem Sophie endlich wieder zu sich findet.

Als ebendiese sich nun auf dem blauen Hocker niederlässt und den Stoff vor sich ausbreitet, erfasst sie plötzlich
eine seltsame Ruhe. Ich weiß nicht, wie ich das anders beschreiben soll, aber irgendwie strahlen ihre Gesichtszüge
plötzlich eine ihr völlig untypische Friedfertigkeit aus und
ihre Augen bekommen einen Glanz, den ich nur wenige
(sehr wenige Male) in ihnen entdecken durfte.

»Wow!«, entfährt es mir, woraufhin Sophie ihren Blick
mir zuwendet.

Ein freudiges Lächeln huscht ihr übers Gesicht und damit eine emotionale Reaktion, die ich in der letzten Zeit
eher selten zu spüren bekommen habe. Mal ganz im Ernst:
Ich bin ja wirklich ein geduldiger Mensch und natürlich war
mir die ganze Zeit klar, warum Sophie so zu mir war und
dass das irgendwann ein Ende haben wird, aber über so
einen langen Zeitraum hinweg ist es selbst mir schwer gefallen mein liebevolles Verständnis aufrechtzuerhalten!

Jetzt, wo ich sie so vor mir sehe mit diesem untrüglichen
Leuchten in den Augen, fühlt es sich an, als würde sich die
Last der letzten Monate (entgegengesetzt zu ihrer eher
schleichend ansteigenden Schwere) urplötzlich einfach in
Luft auflösen. Ich registriere wie meine Schultern auch
physisch entspannen und kann nicht umhin meine Gefühle
auszudrücken, in dem ich lautstark und erleichtert aufseuf-
ze.

»Was?«, quittiert Sophie postwendend.

Mein Grinsen wächst, während ich mir ebenfalls einen
Weg durch den Stoffberg bahne, mich dann vor Sophie auf
die Knie begebe, ihren Kopf in meine Hände nehme und
nahezu euphorisch erkläre: »Ich liebe dich unermesslich,
meine Sophie!«

Sie lächelt gespielt verschämt, gibt mir einen Kuss und springt dann ruckartig auf.

»Guck mal«, sie deutet auf die weiße Kommode neben der Tür, »drei Stück sind schon fertig!«

Neugierig versuche ich zu erkennen, was genau dort liegen soll, entdecke aber nur drei gemusterte Vierecke.

»Äh… Wow! Was für schöne Vierecke, mein Schatz!«, witzele ich.

Sie grinst, nimmt dann eines dieser Schmuckstücke von der Kommode und zieht es demonstrativ an. Verwirrt frage ich (leider mit skeptischem Unterton): »Ein Mundschutz?«

Sophie nickt begeistert und ich schäme mich, dass es mir just in diesem Augenblick so schwerfällt, ihre Euphorie zu teilen.

»Ganz genau! Ich nähe noch ein paar davon und dann verkaufe ich sie!«, erklärt sie enthusiastisch unter dem Mundschutz hervor und sieht dabei ehrlich gesagt richtig bescheuert aus.

»Du glaubst wirklich, jemand kauft dir die ab?«, rutscht es mir heraus.

Noch während der ersten Worte hebt sich meine rechte Hand in Richtung Mund, als wolle sie ihn davon abhalten so einen Scheiß von sich zu geben. Aber zu spät.

Reumütig und doch rechtschaffen mache ich mich bereit, Sophies Wutausbruch über mich ergehen zu lassen.

Ohne dass diese aber überhaupt eine Miene verzieht, antwortet sie auf meine Frage: »Ja klar. Ärzte und Krankenschwestern zum Beispiel oder wer weiß, vielleicht brauchen irgendwann ja viel mehr Menschen so Masken!«

Gerade will ich sie darauf aufmerksam machen, wie perspektivlos ihre Idee ist, da fällt mir zum Glück noch rechtzeitig ein, dass es in einer Beziehung nicht ums Recht Haben geht und dass das Einzige, das gerade zählt, die Tatsache ist, dass Sophie wieder zu sich findet.

Das und dass sie wieder eine richtige Hose anhat!

Mit gesenktem Blick und in sich zusammengesackter Körperhaltung reicht Jasper mir das Klemmbrett. Betont geräuschvoll lege ich es im Regal ab und setze dann an: »Ich möchte dir gerne etwas über innere Widerstände erzählen.«

Kurz warte ich. Da sein Blick aber weiterhin auf den Boden geheftet ist, fahre ich fort: »Wir alle sind bedeutend unfreier als wir glauben... Leben und verhalten uns in den immer gleichen Spiralen und Mustern. Wiederholen ein ums andere Mal das, was wir kennen und gewohnt sind - gesteuert von unserem Unterbewusstsein. Insbesondere mit der Selbstliebe verhält es sich meist so, dass wir in unserer Kindheit verschiedene negative Glaubenssätze über uns erlernt haben, die fortan der Autopilot für unseren Selbstwert sind. Diese Glaubenssätze zu durchbrechen ist ein hartes Stück Arbeit. Denn dafür müssen wir unser Unterbewusstsein umprogrammieren. Sobald wir aber damit anfangen, beginnt sich das Unterbewusstsein dagegen zu wehren, denn es wird immer versuchen den leichtesten oder vielmehr den gewohnten Weg einzuschlagen.«

Ich mache eine Pause, abwägend, ob das Maß an Input gerade hilfreich und Jasper überhaupt offen dafür ist. Nach

154

einer kurzen Stille richtet dieser sich nun auf, blickt mir neugierig in die Augen und nickt auffordernd. Also ergänze ich: »Das, was du gerade erlebst, sind deine inneren Widerstände gegen die Veränderung. Wir Menschen sind eben Gewohnheitstiere. Neues verunsichert uns. Das geht jedem so, der zu mir kommt. Je größer dieser Widerstand ist, desto notwendiger ist meist die Veränderung. Kennst du das Zitat, dass der, der tut, was er immer tut, auch bekommt, was er immer bekommen hat?«

Mit einem schiefen Grinsen und frechem Unterton fragt er: »Je größer der Widerstand, desto wichtiger ist es also, sich damit auseinanderzusetzen?«

Ich nicke und bin gleichzeitig irritiert, dass seine Worte nicht zu seinem Grinsen und dem Unterton passen. Dann setzt er an: »Was sagt das also über deinen Widerstand mir gegenüber aus?«

Seine Augen funkeln amüsiert, während mir die Röte in die Wangen schießt.

So unsicher Jasper und so sicher ich eben noch war, scheinen sich mit dieser einen Frage plötzlich die Rollen vertauscht zu haben. Jetzt bin ich es, die ihren Blick neigt und um Fassung ringt. Und da mir einfach nichts Eloquentes, Schlagfertiges oder sonst irgendeine angebrachte Reaktion einfällt, ignoriere ich sein Vorpreschen einfach und fahre mit meinem Ablaufplan fort: »Gut, ich möchte dich gerne erst einmal kennen lernen und ein paar Dinge von dir erfahren.«

Dann erst fällt mir auf, dass ich meine Worte nicht sonderlich clever gewählt habe und sie durchaus auch als Antwort auf die Frage verstanden werden könnten. Daher füge ich schnell hinzu: »Also für das Coaching, versteht sich.«

Belustigt grinst Jasper mir entgegen: »Das möchte ich auch, Anna.«

Ich bekomme Gänsehaut.

»Also gut. Erzähl mir doch einfach mal ein bisschen über dich!«, schlage ich vor, lehne mich in meinem Sessel zurück und bin froh, den Ball für eine Weile zurückgespielt zu haben.

»Was genau willst du wissen?«

»Mich interessiert, was du für ein Mensch bist!«, entgegne ich und bin selbst überrascht, wie ehrlich ich das meine.

Einen Moment blickt er mich ernst an, dann legt er seine Stirn in Falten und lässt uns von der Stille einnehmen. Geduldig warte ich und warte und warte und warte. Da er immer noch keine Anstalten macht, mir zu antworten, gebe ich ihm eine Hilfestellung: »Was sind beispielsweise deine drei größten Stärken?«

Er lächelt spitzbübisch auf und überlegt dann wieder. Mir fällt es schwer, Schweigen auszuhalten. Das ist wohl eine Eigenschaft, die wir nicht teilen, denn Jasper scheint es augenscheinlich überhaupt nichts auszumachen.

Nach einer gefühlten, für mich unangenehmen Ewigkeit, holt er endlich tief Luft und antwortet: »Intelligenz, Spaß und Worte!«

»Nur wenig Menschen stehen zu ihrem Intellekt. Das gefällt mir. Aber welche Eigenschaften meinst du mit Spaß und Worten?«

Mit dem Schalk im Nacken antwortet er großspurig: »Mit mir kann man ne Menge Spaß haben, Anna.«

Erst nachdem er mein erneutes Erröten genüsslich beobachtet hat, fügt er beiläufig hinzu: »Naja… und ich kann eben gut mit Worten.«

Dabei macht er eine so offensichtlich wegwerfende Handbewegung, dass ich erahne, wie viel Bedeutung Worte tatsächlich für ihn haben müssen.

Dann beugt er sich plötzlich vor, durchbohrt mich mit seinem Blick und sagt: »So, jetzt du!«

Ich schüttele langsam den Kopf: »Hier geht es doch nicht um mich.«

Tadelnd erwidert er: »Du willst mich kennenlernen - ich dich auch. So ein Thema wie Selbstliebe erfordert doch sicher Vertrauen oder etwa nicht? Das baue ich aber garantiert nicht auf, wenn nur ich die ganze Zeit auspacken muss. So ein bisschen kannst du mir ja wohl entgegenkommen.«

Dann zwinkert er schelmisch.

Mir ist wirklich bewusst, wie fragwürdig das ist, was dann passiert, aber ich versuche es damit zu rechtfertigen, dass Jasper eben jemand ist, der meine Offenheit braucht, um sich selbst zu öffnen. Und so überlege ich ernstlich eine Weile und antworte ihm dann wahrheitsgetreu: »Verantwortung, Selbstreflexion und Verlässlichkeit.«

Interessiert mustert er mich und kommentiert dann: »Klingt irgendwie anstrengend.«

Dann lehnt er sich wieder grinsend in seinem Sessel zurück und ich bereue meine Ehrlichkeit.

Die nächste Viertelstunde achte ich konzentriert darauf, meinen Fehler nicht zu wiederholen und stelle (mir völlig untypisch) ausschließlich oberflächliche Fragen, bei denen keine von Jaspers Antworten lange auf sich warten lässt. In Erfahrung bringe ich dabei, dass er aus einem wohlhabenden Elternhaus stammt, Wirtschaftswissenschaften studiert, leidenschaftlich gerne Schach spielt, mit siebzehn den

Blinddarm rausoperiert bekommen hat und in Zollstock wohnt.

Oh man… Da bin ich wohl etwas übers Ziel hinausgeschossen.

Endlich stelle ich erleichtert fest, dass unsere Zeit um ist, teile das Jasper mit und schlage vor, dass wir uns nächste Woche zur selben Uhrzeit wiedersehen.

»Geht das nicht früher?«, grinst dieser.

»Nein«, antworte ich etwas zu harsch.

Gespielt traurig seufzt er und steht auf. Ich drehe mich zur Tür, öffne sie und wende mich dann wieder Jasper zu, der in der Zwischenzeit jedoch den Abstand zwischen uns überbrückt hat und nun keine dreißig Zentimeter mehr von mir entfernt steht. Intuitiv halte ich die Luft an, während mir mein Herz nahezu zum Hals herausschlägt, wovon er hoffentlich nichts mitbekommt.

Jeden, ja wirklich jeden meiner Klienten begrüße und verabschiede ich mit einer herzlichen Umarmung…

»Bis nächste Woche«, stammele ich und strecke ihm meine Hand entgegen, was aufgrund der Nähe gar nicht mal so leicht ist.

Grinsend mustert er mich, tritt dann einen Schritt zurück und greift die ihm gereichte Hand. Eine heiße Welle durchfährt meinen Körper wie ein elektrischer unaufhaltsamer Impuls, der von unserer Berührung ausgeht. Ruckartig ziehe ich die Hand zurück.

Meine Irritation spiegelt sich in Jaspers Blick, ehe er sich umdreht und mich mit dem innerlichen Chaos zurücklässt, das er in mir angerichtet hat.

Ich stehe unter der Dusche und genieße das heiße Wasser, das mir auf den Kopf prasselt. Es klopft an der Badezimmertür und ich zucke instant zusammen, als hätte mich irgendwas gestochen. Nicht mehr alleine zu sein, ist gelinde gesagt recht gewöhnungsbedürftig für mich. Erst recht in meiner winzigen Bude (oder sollte ich besser Höhle sagen?). Vielleicht doch mehr so ne Art Grotte oder so… Äh, wo war ich?

»Ralf? Ist alles in Ordnung bei dir?«, ertönt Lisbeths dünnes Stimmchen hinter der Tür.

Wir Menschen scheinen irgendwie immer zu glauben, dass alle genauso sind wie wir. Das ist natürlich totaler Quatsch, aber irgendwie ist das einfach so und deswegen fragt mich Lisbeth eben andauernd, ob alles okay ist, wenn ich dusche oder mal länger auf der Toilette sitze.

»Jaja, alles bestens«, beschwichtige ich ihre projizierten Sorgen.

›Projektionen‹.

Das Wort gefällt mir richtig gut. Okay, an dieser Stelle muss ich wohl zugeben, dass ich mir noch ein paar weitere Hörbücher auf Jaspers Kosten gegönnt habe.

Also zu den Projektionen: Das ist so, als wäre man ein

Projektor und unser Gegenüber die Leinwand. Man könnte natürlich meinen, dass die Bilder, die da zu sehen sind, von der Leinwand selbst stammen… Dem ist natürlich nicht so. Denn sie entstehen nur durch uns und dadurch eben auch in uns.

Also das ist logischerweise nicht immer und ausschließlich so. Aber manchmal kommt es eben vor, dass wir etwas von unserem Inneren auf jemand Äußeres projizieren. Ich glaube, weil das dann leichter für uns zu verstehen ist. Letztlich sind die Bilder im Projektor doch echt super winzig, auf der Leinwand aber sind die riesig und man kann halt viel mehr darauf erkennen. Also so erkläre ich mir das zumindest.

Naja auf jeden Fall ist das echt ne krasse Sache mit Lisbeth. Generell kriegt man mich ja nicht unbedingt damit rum, dass man mich die ganze Zeit zulabert, ich sei ein Zeichen von Gott. Das ist doch echt en bisschen dick aufgetragen oder etwa nicht?

Aber irgendwie tat sie mir einfach leid, wie sie da so nass und verloren im Regen saß und außerdem war ich ja auch nass und verloren und manchmal ist es vielleicht schöner, wenn man zusammen nass und verloren ist.

Ach keine Ahnung. Ich habe sie jedenfalls mit nach Hause genommen - nicht, weil ich das wollte, sondern sie. Warum sie sich so vehement wehrt wieder nach Hause zu gehen, ist mir nicht ganz klar, aber auf jeden Fall hat sie diese Verweigerung knallhart durchgezogen. Seitdem sind wir also quasi WG-Mitbewohner. Also welche, die auch Sex miteinander haben. Und das wiederum hat drei verdammt große Vorteile: erstens ist meine Miete jetzt safe, zweitens gibt es wieder was zu essen und drittens… versteht sich von selbst: Ich habe Sex! Und das sogar ziemlich regelmäßig! Man könnte also behaupten, dass nicht nur ich so was wie ein Wunder für Lisbeth bin, sondern eben auch umgekehrt.

Der einzige Streitpunkt zwischen uns beiden besteht eigentlich ausschließlich darin, dass Lisbeth mir bislang kein Geld für Odd geben will. Sie ist diesbezüglich eine totale Heilige und meint irgendwie, dass mich das von Gott wegbringt. Dabei will sie einfach nicht verstehen, dass man doch niemanden von etwas entfernen kann, von dem man ohnehin schon äußerst distanziert ist. Das ist doch total unlogisch!

Das Shampoo gibt ein furzendes Geräusch von sich und ich betrachte den kleinen Haufen in meiner Hand eine Weile, ehe ich ihn akribisch an jeden Winkel meines Körpers bugsiere.

Also in Sachen Kiffen muss ich wohl zugeben, dass es mir eigentlich gar nicht so schlecht tut. Klar... die erste Woche hat mir Lisbeth noch recht oft als Punchingball gedient und das war sicher nicht ganz fair so, aber mittlerweile ist diese unkontrollierbare Wut fast gänzlich verschwunden und irgendwie habe ich das Gefühl, als wäre ich viel klarer.

Lisbeth meint, dass klar Sein wichtig ist, um mit Gott in Kontakt zu kommen. Dann redet sie immer davon, dass mein Herz ein Fenster hätte und wenn das Fenster total dicht ist, dann kommt halt auch nichts mehr rein oder raus. Je klarer es ist, desto besser ist die Sicht und das ist ja wohl nötig, um rein oder raus sehen zu können. Normal. Das ist ja total logisch. Aber dass vielleicht nicht jeder Mensch will, dass alle von draußen reingucken können, kommt ihr dabei gar nicht in den Sinn.

Ich muss ehrlich zugeben, dass ich dieses ganze Gerede von Gott ziemlich befremdlich finde. Und wenn Lisbeth anfängt vor dem Essen zu beten oder vor dem Schlafen kniend mit ihrem Schöpfer redet, dann bekomme ich irgendwie ein beklemmendes Gefühl in der Brust.

Aber gut. Sie ist halt so und das ist okay für mich. Dafür beschwert sie sich auch nicht, wenn ich meine Affirmationen vor dem Spiegel aufsage und was noch viel wichtiger ist: Es scheint ihre Lust auf Sex nicht zu schmälern!

In den letzten Tagen hat sie meine Affirmationen sogar mitgesprochen und keine Ahnung warum, aber irgendwie war das echt ganz angenehm und wir haben uns dabei im Spiegel angegrinst.

Ich drehe den Hahn aus, steige aus der Dusche und trockne mich ab. Dann betrete ich das Wohnzimmer, in dem Lisbeth gerade unruhig auf und abgeht. Das hat sie manchmal einfach von jetzt auf gleich. Als würde sie urplötzlich so ne innere Unruhe packen.

»Rausgehen?«, schlage ich vor.

Lisbeth nickt dankbar und greift nach ihrer Jacke.

»Ähhh«, ich deute auf das Handtuch, das mir um die Hüften gewickelt ist und ziehe eine Augenbraue hoch.

»Oh, ja klar. Mach dich erst mal fertig«, murmelt sie verlegen und setzt sich aufs Sofa.

Ich schnappe mir eine Jogginghose vom Boden, den blauen Pulli von der Stuhllehne und meine Adiletten, lege eine Anziehrekordzeit hin und stelle mich dann wie ein Portier an der Tür auf.

»Die Dame«, grinse ich.

Sie auch und wir gehen los.

Schon nach der dritten Kreuzung rückt sie heraus mit der Sprache: »Also… Ich will dich damit jetzt echt nicht überfahren oder bevormunden oder so. Wirklich…«

Ich bleibe stehen und schaue sie erwartungsvoll an, aber anstatt weiterzureden kaut sie unbehaglich auf ihrer Lippe herum.

»Und weiter…?«, frage ich.

»Also… naja… Mein Onkel hat einen Buchladen in der Südstadt und er wäre bereit dich als Aushilfe einzustellen«, flüstert sie mehr, als dass sie es sagt und schaut danach verschämt weg.

»Alter waaaas?«, platzt es euphorisch aus mir heraus. Lisbeth scheint allerdings nur das Platzen, nicht die Euphorie zu bemerken und zuckt daher unterwürfig zusammen.

Ich packe sie an beiden Schultern und jubele: »Lis, das ist der absolute Wahnsinn!!!! Du bist, scheiße man, die aller, aller, aller Beste!!!! Danke, danke, danke, danke!!!!!«

Überrascht erwidert sie meinen Blick und ich kann sehen, wie es in ihr arbeitet. Scheinbar um sich zu vergewissern fragt sie: »Du… findest das gut?«

»Scheiße ja man!! Das ist mehr als gut!!!«, bekräftige ich.

»Warum sagst du dann so oft ›Scheiße‹?«

Ich lache laut auf und nehme sie, ohne ihr eine Antwort zu geben, in den Arm.

Und obwohl ich so enthusiastisch benebelt bin, fällt mir auf, dass es unsere erste Umarmung ist.

SOPHIE
Köln, 12. Juni 2019

Die unangenehme Stille seit Anna fluchtartig unsere Wohnung verlassen hat hält immer noch an, während Tom mich mit einer hochgezogenen Augenbraue mustert. Es gibt sicherlich Momente, in denen ich gerne wüsste, was in ihm vorgeht - dieser hier gehört nicht dazu.

Immer noch brodelt mein Blut nahezu und ich kann meine zu Fäusten geballten Hände selbst mit all der noch vorhandenen Willenskraft nicht zum Entspannen zwingen.

Fuck! Fuck! Fuck!

Das war ja wohl das Allerletzte und gleichzeitig das Allererste. Noch nie habe ich Anna so die Fassung verlieren sehen. Kein einziges Mal in den zehn Jahren, die wir uns jetzt kennen. Und ich kann nicht behaupten, dass mir diese Version von ihr zusagt oder ich ihr überhaupt irgendetwas abgewinnen kann.

Mir einfach so vor den Bug zu hauen, was ich doch für ein faules, arbeitsloses Stück bin und mich dann so überheblichen anzugrinsen als wäre sie etwas Besseres... Einfach bodenlos!

Und doch habe ich insgeheim immer schon geglaubt, dass sie so denkt. Bitch!

Dann noch diese haltlose, anmaßende Behauptung, wie

egoistisch und rücksichtslos ich doch wäre und wie sehr Tom darunter leiden würde… No way! Die hat doch echt ein Problem!

Ich glaube ja, dass es genau umgekehrt ist: Anna ist unzufrieden mit ihrem Leben und das lässt sie jetzt an mir raus. Dabei bin ich überhaupt nicht die richtige Adresse für ihre Wut. Die ist nämlich sie selbst! Kein Wunder, so unprofessionell, wie sie sich grade verhält.

Die letzte Zeit hatte ich ohnehin das Gefühl, dass Anna sich irgendwie selbst verliert. Sie hat sich verändert - ganz klar. Aber, dass das jetzt in so einem asozialen Shitstorm gipfelt, hätte ich nicht gedacht.

»Sophie?«, weckt Tom mich aus meinem Inneren.

Kühl entgegne ich seinem vorwurfsvollen Blick.

»Lass mich in Ruhe!«, keife ich, springe von meinem Stuhl auf und verschwinde ins Nähzimmer.

Stinksauer stürme ich in die drückende Kölner Nacht hinaus. Erst jetzt bemerke ich, dass ich meine Jacke vergessen habe, bin aber unter keinen Umständen bereit, nochmal da rein zu gehen.

Das war ja wohl das Schlimmste, das Sophie sich jemals mir gegenüber geleistet hat. Erst redet sie die ganze Zeit nur von ihren Nähplänen - was ja schön und gut ist - aber eigentlich bin ICH zu ihr gekommen, um mit ihr über MICH zu reden. Das scheint für Sophie aber einfach ein Themengebiet zu sein, das sie generell ablehnt. Immer geht alles nur um sie. Das nervt unendlich! Und nur weil ich sie höflich versuche darauf hinzuweisen, öffnet sie gleich die Dose der Pandora, obwohl sie ganz genau weiß, dass das mein wunder Punkt ist. Nur um mir weh zu tun. Das ist das mieseste Verhalten, das mir je untergekommen ist!

Vor Wut schnaubend marschiere ich die Treppe zur U-Bahn-Station herunter und bemerke, wie energetisierend dieser Moment doch ist. Genau genommen fühle ich mich gerade lebendiger, als die ganzen letzten Wochen zusammengenommen. Auf eine hauptsächlich unangenehme Art und Weise versteht sich. Hauptsächlich…

Ja gut. Zugegeben. Es hat schon irgendwie gutgetan, ihr

mal die Stirn zu bieten und Contra zu geben. Das ist ja eigentlich nicht so meine Art und Sophie eigentlich ein Mensch, der genau das braucht.

Diesen positiv energetischen Nebeneffekt mal Beiseite gelassen, kann ich aber immer noch nicht fassen, zu was für einem Menschen sich meine beste Freundin da eben entpuppt hat.

Die Bahn kommt und ich steige ein.

Ob das hier der Moment ist, der Sophies und meine Wege auf immer trennen wird?

Köln, 12. Juni 2019

Ich bin nicht verwundert, als ich Stimmen aus der Küche höre. Sophie hat mir bereits heute Nachmittag angekündigt, dass Anna vorbeischauen möchte.

Was mich allerdings sehr wohl verwundert ist, dass sich mein Magen irgendwie mit jedem Schritt, den ich auf die Küche zumache, mehr zusammenzieht. Ich war schon immer ziemlich anfällig für Atmosphären und diese hier, obwohl ich mich ihr nur nähere, hat irgendetwas an sich, das mich kurz überlegen lässt, auf dem Absatz kehrt zu machen.

»So, jetzt will ICH dir mal was erzählen!«, ertönt Annas Stimme eine Spur zu laut und mit einem Unterton, der mich stutzig macht. »Also ich habe dir doch von diesem Typen erzählt. Der in der Bar…«

Ich traue mich irgendwie nicht einzutreten und bleibe, obwohl ich weiß, dass ich es nicht tun sollte, regungslos im Flur stehen.

»Dieser Typ ist jetzt bei mir im Coaching«, fährt sie fort und die Stille, die darauf folgt, sagt mehr als tausend Worte.

»Anna…«, entfährt es Sophie vorwurfsvoll.

»Was denn?? Der braucht wirklich Hilfe! Das hast du doch selber gesagt. Und es gibt eben nur mich auf diesem

Gebiet!«

»Anna...«, höre ich jetzt sehr wohl Sophies liebevollen Unterton heraus.

»Ich kann ihn doch nicht einfach wegschicken, Sophie!«

»Anna... ich weiß, dass du das jetzt nicht hören willst, aber... kann es sein, dass dein Hang, Menschen zu helfen, vielleicht etwas übers Ziel hinausschießt?«

Die folgende Stille ist noch unangenehmer als die vorherige.

»Was willst du damit sagen?«, gewinnt Annas Stimme eine eiskalte Nuance.

»Damit will ich sagen, dass du vielleicht versuchst, alle Männer zu retten, weil du den einen, den du so sehr geliebt hast, nicht retten konntest«, sagt Sophie sanft aber genau das, was ich befürchtet habe. Scheiße!

Ich kann hören wie Anna nach Luft ringt. Mit zitternder Stimme meldet diese sich dann zu Wort: »Weißt du was, Sophie? Dass du DAS jetzt auspackst ist so was von daneben! Nur weil es dir mies geht, musst du das nicht an mir rauslassen!«

»Was soll das denn heißen??«, entgegnet Sophie nun ebenso lautstark.

»Das soll heißen, dass es dir die letzte Zeit nicht gut ging und das ist ja auch okay. Aber das hast du uns alle spüren lassen. Insbesondere Tom...«, spricht Anna ihre Wahrheit aus (gut, ich gebe zu: auch meine).

Einen Moment ist es wieder still. Dieses Mal so drückend, dass ich mich am liebsten setzen würde.

»Ein Glück, dass du immer alles besser weißt! Hau doch ab und hilf wieder jemandem!«, zischt Sophie da bockig.

Es rumpelt und schon öffnet sich die Tür vor meinen

Augen. Zum Glück blickt Anna noch in Sophies Richtung und bemerkt mein Lauschen daher nicht.

Ich ergreife die Gunst der Stunde: »Hey Mädels!«

Beide blicken mich mit funkelnden Augen an.

»Mach's gut Tom«, reagiert Anna als Einzige und rauscht stampfend an mir vorbei.

Die Tür knallt geräuschvoll in ihre Angeln, während ich mich zu Sophie an den Tisch setze und ihr wutverzerrtes Gesicht mustere.

»Sophie?«

Das genügt schon, um den Rest des Abends mit mir alleine zu sein.

JASPER
Köln, 13. Juni 2019

Noch während ich die letzten Stufen zur Praxis erklimme, registriere ich, dass etwas anders an Anna ist. Mit verschränkten Armen und verhärteten Gesichtszügen begrüßt sie mich so emotionslos und monoton wie eine Mailboxansage: »Guten Tag, Jasper.«

Alles an ihr strahlt eine mir unangenehme Distanz aus, die sie mit einem knallharten Mindestabstand von einein-halb Metern untermalt.

Was ist der denn bitte über die Leber gelaufen?

»Hey«, murmele ich verwundert und folge ihr ins Büro.

Dann nehme ich Platz und rutsche unbehaglich auf meinem Sessel hin und her. Diese Veränderung an Anna gefällt mir ganz und gar nicht. Es ist, als wäre sie plötzlich eine völlig andere oder vielmehr, als wäre jegliche Verbindung zwischen uns wie weggeblasen. Zumindest von ihrer Seite aus…

Anna setzt sich, greift nach ihrem Notizblock und durchbohrt mich dann mit kühlem Blick: »Wie geht es dir?«

Mir läuft ein kalter Schauer über den Rücken. Von der Situation überfordert und dominiert, antworte ich wahrheitsgemäß: »Ganz okay.«

Das ›Und dir?‹ spare ich mir lieber.

»Möchtest du mir erzählen, warum?«, bei der Frage schleicht sich für den Bruchteil einer Sekunde so etwas wie Mitgefühl in ihre Züge. Dann versteinert ihr Gesicht aber gleich wieder zu dieser distanzierten Maske.

Ich mustere sie einen Augenblick und versuche abzuwägen, wie viel Sinn eine wahrhaftige Antwort just in diesem Moment ergibt. Dann beschließe ich, dass ihre Reaktion darauf zumindest aufschlussreich sein, im Idealfall sogar die Maske niedergerissen wird.

»Naja… also es gibt da so ein paar Frauen mit denen ich ganz lose was laufen hatte, die ich jetzt seit einer Weile nicht mehr kontaktiere«, starte ich und versuche dabei Annas funkelnden Blick zu deuten. »Die melden sich die letzte Woche aber andauernd und nerven mich ehrlich gesagt, weil ich gar kein Interesse mehr an denen habe.«

Okay, ich bin mir ziemlich sicher, dass Annas Emotionslosigkeit nun der Wut gewichen ist, bin mir allerdings nicht im Klaren darüber, ob das wirklich eine Verbesserung der Situation ist.

Einen Augenblick scheint sie nun mit sich selbst beschäftigt zu sein, ehe sie mich fragt: »Hast du diesen Frauen denn gesagt, dass du nicht mehr an ihnen interessiert bist?«

»Nein man, das würde doch nur mega Stress geben!«, rutscht es mir heraus, während die Gewissheit in mir wächst, dass die Wahrheit selten zielführend ist.

»Empfinden diese Frauen etwas für dich?«

»Ich denke schon«, grinse ich.

»Empfindest du etwas für sie oder hast du mal etwas für sie empfunden?«

»Nope.«

Anna überkreuzt ihre Beine und ich glaube, ein leichtes

Zittern an ihren Händen zu erkennen. Dann lehnt sie sich in ihrem Sessel zurück und fragt: »Hast du schon mal darüber nachgedacht, wie es sich für diese Frauen anfühlt, so von dir behandelt zu werden? Oder wie du dich fühlen würdest, würde eine Frau, für die du etwas empfindest, so mit dir umgehen?«

»Ich empfinde normalerweise nichts für Frauen«, entgegne ich achselzuckend.

»Dann empfindest du normalerweise nichts für dich«, schießt es zurück.

»Was soll das denn heißen?«

»Es bedeutet, dass du mit anderen so umgehst, wie du mit dir selbst umgehst«, sie lässt mir einen Augenblick Zeit, ehe sie fortfährt. »Es bedeutet auch, dass du für andere empfindest, wie du für dich selbst empfindest. Nur wer sich selbst liebt, ist auch fähig andere zu lieben.«

Ich weiß, dass sie so etwas Ähnliches schon einmal (nur bedeutend wütender) zu mir gesagt hat, aber dieses Mal steigen mir Tränen in die Augen. Vielleicht liegt es an der Ruhe, mit der sie spricht, vielleicht auch an der emotionalen Distanz, die währenddessen zu bröckeln beginnt. Beschämt wische ich mir die Tränen aus den Augenwinkeln, ohne mich daran erinnern zu können, wann mir so ein Durchbruch das letzte Mal widerfahren ist.

»Das erscheint mir ein bisschen zu einfach«, versuche ich mein Gesicht zu waren.

»Es ist einfach, Jasper«, erwidert sie. »Du fühlst dich schlecht, weil du dem Konflikt mit diesen Frauen aus dem Weg und respektlos mit ihnen umgehst. Zollst du ihnen Respekt, zollst du ihn auch dir und es wird dir wieder besser gehen.«

Ich schweige, während sich Annas Selbstsicherheit in Luft auflöst. Ihr Problem mit Stille ist mir schon beim letzten Mal aufgefallen und irgendwie brauche ich das jetzt, um mein Selbstbewusstsein zurückzugewinnen. Erst als sie schon beginnt an ihren Fingern herumzuspielen, antworte ich: »Okay, Anna. Ich werde deine These testen.«

Überrascht grinst sie und es fühlt sich an, als wäre ihre Tür wieder einen Spalt breit geöffnet. Risikobereit ergreife ich diese: »Ich habe wirklich lange Zeit nichts mehr für Frauen empfunden… Das verändert sich aber im Moment.«

Genüsslich beobachte ich die Röte, die sich in ihrem Gesicht ausbreitet und lediglich ein weißes Dreieck zwischen Nase und Mund hinterlässt.

Verlegen und vermutlich zeitschindend nimmt sie einen Schluck aus ihrem Wasserglas, zieht wieder diese ätzende Maske auf und reagiert mit ihr: »Das bedeutet, dass du beginnst, für dich selbst zu empfinden. Das ist toll!«

Enttäuscht lasse ich die Schultern sinken, während sie fortfährt: »Um diesen Prozess zu unterstützen, empfehle ich dir Autosuggestionen. Sagt dir das etwas?«

»Nope«, antworte ich gelangweilt.

»Autosuggestionen sind dafür da, dein Unterbewusstsein umzuprogrammieren. Du wählst dafür einen Satz aus, der deine Selbstliebe steigern soll und diesen Satz wiederholst du dann täglich so oft wie eben möglich. Erst wird sich das vermutlich komisch anfühlen, aber mit der Zeit gewöhnst du dich daran und dein Inneres wird mehr und mehr beginnen, zu glauben, was du da sagst. Irgendwann kommt der Satz in deinem Unterbewusstsein an. Dann muss er nicht länger bewusst ausgesprochen werden.«

»Was denn für ein Satz?«

»Ich liebe mich‹ zum Beispiel.«

Ich verdrehe die Augen.

Warum kann diese Anna Kant nicht einfach ein verschissener Fitness-Coach sein?

ANNA
Köln, 13. Juni 2019

Ein sanfter Sommerregen benetzt das Fensterglas, das ich nun schon seit einer geraumen Weile fixiere. Ich fühle mich leer und irgendwie kraftlos. Die Funkstille mit Sophie zehrt an meinem Nervenkostüm und der Termin vorhin mit Jasper trägt ebenso seinen Teil dazu bei. Vor allem, weil beides nicht unerheblich miteinander zusammenhängt. Sophies Vorwurf und Jasper… und jetzt, nach dieser total verkorksten Sitzung, in der ich wirklich versucht habe nur und ausschließlich professionell ihm gegenüber zu sein, wird mir eines klar: Sophie hat auf ganzer Linie recht. Ich verhalte mich absolut unprofessionell! Und obwohl ich das jetzt weiß, sträubt sich einfach alles in mir dagegen, Jasper meine Hilfe zu entziehen. Vor allem jetzt, wo wir anfangen Fortschritte zu machen und er sich langsam öffnet.

Am liebsten würde ich Sophie gleich anrufen und mit ihr darüber reden, aber meine immer noch präsente Wut hindert mich daran. Und als hätte meine Mutter tatsächlich einen Riecher für solche Situationen, klingelt genau in diesem Augenblick mein Handy.

»Hey Mama«, begrüße ich sie mit belegter Stimme.

»Oh, du klingst aber gar nicht gut, mein Schatz! Was ist

los?«

»Sophie und ich haben uns gestritten«, ich muss schlucken, während mich plötzlich eine einnehmende Traurigkeit erfasst.

Dass mir die Situation wirklich so nah geht, war mir bis gerade nicht vollumfänglich bewusst. Diesen tiefgehenden Effekt haben Telefonate mit meiner Mutter übrigens öfter.

»Och nein. Das tut mir leid!«, klingt diese betroffen. »Wegen ihrer Arbeitslosigkeit?«

»Auch«, ich überlege kurz, ob ich ihr wirklich die ganze Geschichte erzählen soll und fahre dann entschieden fort, »naja… also da ist so ein Mann in meinem Leben aufgetaucht. Und der ist jetzt in meinem Coaching, weil er an sich arbeiten will… und Sophie meinte eben zu mir, ich sei unprofessionell, weil ich ihn coache, obwohl…«

»… er dich reizt?«

Ich zucke mit den Schultern, als könnte sie das sehen und gebe frustriert zu: »Ja.«

»Findest du das denn professionell, mein Schatz?«, ich höre, dass sie mit einem breiten Grinsen am Hörer sitzt.

»Nein, natürlich nicht!«, ich rolle mit den Augen. »Wirklich sauer bin ich auch nur, weil Sophie mit Papa angefangen hat.«

Stille.

»Inwiefern hat sie das?«

»Sie meinte, dass ich immer alle retten will, weil ich das bei Papa nicht geschafft habe.«

Das Schweigen, das sich nun in unsere Leitung schleicht, kriecht mir zeitgleich unangenehm unter die Haut. Schnell füge ich hinzu: »Das hat sie doch nur gesagt, um mir weh zu tun. Sowas hätte ich echt nicht von ihr gedacht!«

»Schatz«, beginnt Mama und ich bin mir plötzlich sicher, dass ich nicht hören will, was sie zu sagen hat, »ist es möglich, dass da vielleicht etwas dran ist und du dich gerade deswegen so darüber aufregst?«

Mist.

Stimmt, da war ja was… Wir regen uns nur über etwas auf, das zumindest ein Teil von uns selbst glaubt. Daran hatte ich bislang noch gar nicht gedacht.

»Vielleicht?«, gebe ich daher verunsichert zurück.

»Denk mal wirklich an deine Beziehungen mit Jan, Peter, Julius oder die mit Tim. Stand da nicht bei allen irgendwie das Helfen im Vordergrund?«

Argghhh! Telefonate mit Mama sind manchmal unendlich frustrierend!

»Ja schon…«, gebe ich kleinlaut zu.

Besonders rückblickend fällt einem so etwas natürlich gleich auf. Komischerweise waren das alles Männer, bei denen ich von Beginn an über ihre Probleme Bescheid wusste. Probleme, die man eben nicht so einfach beheben kann - vor allem ich nicht.

Im Grunde war bei ihnen allen von Anfang an klar, dass ich mit ihnen niemals das Leben oder die Beziehung führen würde, die ich mir wünsche.

»Aber warum hat das denn etwas mit Papa zu tun?«, frage ich mit einem Klos im Hals, die Antwort bereits ahnend.

»Ach Schätzchen, wir alle wiederholen mit unserer Partnerwahl doch nur die Beziehung zu unseren Vätern oder Müttern. Das gibt uns die Chance alten Schmerz zu heilen.«

»Und deine Heilung war also, ihn zu verlassen?«, schieße ich los und überrasche mich selbst mit dem vorwurfsvollen Unterton.

Mama scheint sorgsam abzuwägen, ehe sie mir antwortet: »Ja. Manchmal ist der einzige Weg sich weiterzuentwickeln, die Muster und Menschen hinter sich zu lassen, die einem nicht guttun.«

Tränen treten mir in die Augen und ich bin unfähig etwas dazu zu sagen, das sie nicht tief verletzen würde. Denn insgeheim habe ich es ihr immer vorgeworfen, dass sie ihn aufgegeben hat.

Mama scheint die Schwere zu erspüren und versucht es erneut: »Ich habe deinen Papa auch geliebt, mein Schatz. Ich liebe ihn noch heute. Und glaub mir… ich habe lange Zeit gebraucht, um zu verstehen, dass man niemandem helfen kann, der keine Hilfe möchte. Weder ich, noch du sind daran schuld, was passiert ist. Ich hoffe, das weißt du…«

Ein paar Tränen verirren sich auf meiner Nasenspitze und gerinnen dort zu einem dicken, fallenden Tropfen, der dann vor mir auf dem Tisch zerschellt.

»Vielleicht… vielleicht wäre alles anders gekommen…«, schluchze ich schließlich unkontrolliert los.

»Och mein Schatz… quäl dich bitte nicht so! Nichts wäre anders. Alles kommt immer genau so, wie es kommen soll. Genau so hat es einen tieferen Sinn.«

Geräuschvoll ziehe ich die Nase hoch und versuche meine Fassung wiederzuerlangen.

»Und welchen?«, entgegne ich mit zittriger Stimme.

»Vielleicht den, dich zum Selbstliebe-Coach zu machen und so viele Menschen durch dich zu bereichern?«, schon wieder sehe ich ihr Lächeln vor mir und dieses Mal kann ich nicht umhin, mich ein kleines bisschen davon anstecken zu lassen.

Nervös kaue ich auf meinen Fingernägeln herum (eine verdammt miese Angewohnheit, die jede Nagelschere für mich überflüssig macht). ›Öffnungszeiten Montag bis Freitag 10 bis 18 Uhr‹, lese ich zum zigsten Mal die eingravierten Buchstaben in der Glasfront vor mir und bin immer noch nicht dazu fähig, endlich die Klingel zu betätigen. Irgendwie fühlt sich dieser Moment viel zu gewaltig an. So bedeutsam. Das bereitet mir Unbehagen!

Ich wische meine feuchten Handflächen an meiner Jeans ab. Die hat Lis mir spendiert. Sie meinte, dass ihr Onkel das lieber sehen würde als meine Jogginghosen.

Na gut.

Trotzdem ungemütlich.

Warum genau macht es eigentlich einen besseren Eindruck unbequeme Kleidung zu tragen?

Irgendwie kommt es mir so vor, als würde das ganze Erwachsenenleben nur daraus bestehen, so zu tun als sei man jemand anders. Das ist vermutlich auch der Grund, warum ich noch nie versucht habe, erwachsen zu werden - mir hat das Ich-Sein einfach besser gefallen! Aus meiner jetzigen Perspektive heraus, bin ich mir aber nicht mehr sicher, ob es da wirklich um mich oder doch mehr um meine Sucht ging…

Beinahe zaghaft hebe ich final meinen Finger zur Klingel, gebe mir einen Ruck und drücke den metallenen Noppen einmal kräftig. Ein fieser Gong ertönt im Inneren gleich drei Mal hintereinander als hätte ich sturmgeklingelt und ich kann sehen, wie sich jemand in meine Richtung bewegt. Das muss Norbert sein!

Er bleibt vor der Tür stehen, mustert mich mit kritischem Blick von oben bis unten und macht dann überhaupt keine Anstalten die Tür aufzumachen. Das war's dann wohl in Sachen erster Eindruck. War noch nie meine Stärke. Außer bei Lis, aber die war auch ganz schön verzweifelt. Das scheint Onkel Norbert nicht zu sein. Oder vielleicht doch?

Na zumindest nimmt er jetzt endlich den Schlüssel aus der Tasche, bewegt sich aber immer noch nicht vom Fleck. Stattdessen mustert er mich weiter. Ich mustere zurück. Ein zartes Lächeln huscht über seine Züge, ehe er mit den Fingern über seinen Schnauzer streicht und mir endlich die Tür öffnet.

»Worauf wartest du? Komm rein, Junge!«, begrüßt er mich harsch, wischt seine Hände an dem Shirt ab, das seinem prallen Bauch schmeichelt und streckt mir dann eine davon entgegen.

Ich frage mich, ob er wohl einer dieser Dauerschwitzer ist. Dann erst fällt mir auf, dass ich jetzt schon ganz schön lange nicht seine Hand ergriffen habe und sich Norberts Miene verdüstert. Schnell hole ich mein Versäumnis nach und würde am liebsten noch irgendetwas Intelligentes oder Charmantes sagen, aber mir fällt nichts ein. Das Reden war eigentlich immer Jaspers Sache. Komisch, dass ich ausgerechnet jetzt an ihn denke.

Norbert bedeutet mir, ihm zu folgen. Das tue ich auch. Er stapft hinter den Verkaufstresen, hantiert an einem grauen Kasten herum und mit einem Mal ist der Laden hellerleuchtet.

»Willkommen ›In der guten Stube!‹«, kommentiert er und macht eine ausladende Geste über die Regalreihen.

»Super Name!«, finde ich meine Sprache wieder.

»Komm, ich zeig dir alles!«, übergeht er mein Kompliment und geht mir voran in den hinteren Teil des Ladens. »Also das Wichtigste ist, dass du lernst, wo welche Bücher stehen. Das hier ist zwar kein großer Laden, aber trotzdem führen wir aktuell über zweitausend Exemplare.«

Hui. Das ist aber ganz schön viel zum Merken! Ich nicke und hoffe, dass er meinen verdatterten Gesichtsausdruck nicht bemerkt.

»Pass auf, hier hinten stehen die Kinderbücher, dort für Kinder unter zwei, da über zwei. Davon bieten wir nicht viele an und erst recht nicht so ne Kinderecke mit Spielsachen - dafür sind die mir viel zu laut!«, erklärt er mit einem Augenzwinkern. »So, hier geht's weiter mit religiösen und auf der Rückseite mit spirituellen Büchern.«

Ich frage mich, ob er wohl auch so gläubig ist wie Lis, verkneife mir die Frage aber. Stattdessen folge ich ihm zur Rückseite und lasse meinen Blick über die Bücherreihen wandern. Während Norbert nun weiter erklärt und ich sein Gerede irgendwie zum Hintergrundgeräusch degradiere, bemerke ich ein dünnes, beiges Buch mit einem bunten Herz auf dem Buchrücken. Interessiert nehme ich es heraus. ›Emmas Reise ins Unsichtbare‹ von Mareike Milz. Komischer Titel. Ich lese den Klappentext und stelle das

Buch dann gleich wieder an seinen Platz zurück. Ungewollt bleibt mein Blick nun an einem anderen Exemplar hängen. Ich nehme es ebenfalls aus dem Regal und betrachte den Einband ›Die vierzig Geheimnisse der Liebe‹ von Elif Shafak.

Hm. Klingt irgendwie nach so nem Kitschroman. Gleiches lässt der Klappentext vermuten. Warum steht das denn hier bei den spirituellen Büchern?

»Kennste Rumi?«, dringen Norberts Worte wie durch Zauberhand wieder zu mir durch.

»Äh… Ich hab mal ne Doku über den gesehen.«

»Um den und so einem Shamsizi oder so geht es in dem Buch«, erklärt Norbert.

»Laber? Echt?«, rutscht es mir raus.

»Ich laber nie.«

Unwillkürlich blättere ich durch die Seiten, halte inne und lese die Stelle (ohne darüber nachzudenken, wie komisch das rüberkommen muss) laut vor:

»*Das ganze Universum ist in*
einem einzigen Menschen enthalten - in dir.
Alles, was du um dich hersiehst,
auch das, was dir vielleicht nicht gefällt,
und selbst Menschen, die du verabscheust oder hasst,
ist in Abstufungen auch in dir zu finden.
Deshalb sollst du auch Schaitan
nicht außerhalb deiner selbst suchen.
Der Teufel ist keine außergewöhnliche Macht,
die von außen angreift,
sondern eine sehr gewöhnliche Stimme in dir.

Wenn du dich selbst gut kennenlernst und deine dunklen
wie deine hellen Seiten ehrlich und unerbittlich betrachtest,
erreichst du die höchste Form des Bewusstseins.
Ein Mensch, der sich selbst kennt, kennt Gott.«[3]

»Amen!«, kichert Norbert und ich erkenne erstens, dass Unsicherheit uns albern macht und zweitens, dass ich dringend dieses Buch lesen muss!

TOM

Ich genehmige mir einen großen Schluck von dem frischen, grünen Smoothie und blicke Sophie dann mit einem aufmunternden Lächeln an. Diese oder vielmehr der Schatten ihrer selbst (also das, was seit dem Streit mit Anna von ihr übrig geblieben ist) zuckt nur teilnahmslos mit den Schultern, ohne ihr Getränk auch nur anzurühren.

Langsam aber sicher bin ich echt mit meinem Latein am Ende. Es ist fast so, als hätte sich Sophie in sich selbst zurückgezogen wie in ein Schneckenhaus. Ich probiere zwar nonstop mit allen mir zur Verfügung stehenden Mitteln irgendwie zu ihr durchzudringen, allerdings ohne Erfolg. Das höchste aller Gefühle, die ich aus ihr hervorlocken kann, ist Wut und jetzt, da ich ihr wieder ein breites, aufmunterndes Lächeln zuwerfe, beginnt ihre teilnahmslose Fassade erneut zu bröckeln.

Mit verschränkten Armen und abschätzigem Blick spuckt sie mir entgegen: »Hör endlich auf mit diesem Shit!«

Ich merke, wie auch mir langsam der Kragen platzt: »Boa Sophie, wie wäre es, wenn DU zur Abwechslung endlich mal mit DEINER Scheiße aufhörst?«

Wow. Habe ich das wirklich laut gesagt?

Gleichermaßen schockiert starren wir uns an und wissen

scheinbar beide nicht so recht, wie wir jetzt mit meinem ersten und einzigen Akt der Rebellion umgehen sollen.

»Mit meiner Scheiße?«, murmelt Sophie und ich bin mir nicht sicher, ob die Frage wirklich an mich gerichtet ist oder sie sie nur wiederholt, um sich ganz sicher zu sein, dass ich das tatsächlich von mir gegeben habe.

»Ja!?«, ist meine unsichere Antwort.

Ich versuche, ihre Mimik zu deuten und meine darin sowohl Wut, Unglaube, Verwirrung als auch Schmerz erkennen zu können. Es tut mir weh, sie so zu sehen.

»Was genau ist denn mein Scheiß?«, durchbricht sie die Stille schließlich mit argwöhnischem Unterton.

Zum Glück sage ich nicht gleich, was ich denke, denn das würde dann in etwa so klingen: ›Du lässt deine scheiß Laune mal wieder nur an mir raus, dabei kann ich überhaupt nichts dafür. Das ist dir aber - wie immer - absolut egal. Deine grottige Stimmung muss ich einfach ertragen und dieses Mal ist der Grund dafür, dass Anna dir lediglich die Wahrheit gesagt hat, nämlich genau das: Ständig lässt du alle anderen unter deiner miesen Laune leiden und das ist unfair und egoistisch! Es mag dir vielleicht komisch vorkommen, Sophie, aber du bist nicht der Nabel der Welt!‹

Daher beschließe ich, mein Inneres nicht zur Gänze mitzuteilen und stattdessen ein paar Kommunikationstechniken anzuwenden, die ich in einem Seminar während der Uni gelernt habe: »Seit zwei Wochen versuche ich wirklich alles, damit es dir wieder besser geht. Ich versuche, dich aufzubauen und für dich da zu sein, aber ich habe das Gefühl, dass ich nicht zu dir durchdringe. Das ist unglaublich frustrierend für mich, Süße. Es kommt mir ein bisschen so vor, als würde ich dich nur noch nerven oder wütend machen und das ist echt schwer auszuhalten. Ich würde mir wirklich wünschen, dass du mit mir sprichst, Sophie. Ist das irgendwie möglich?«

Feuchte Augen blicken mir entgegen und ich bin froh, dass ich meine niederschmetternden Gedanken in eine bekömmlichere Formulierung übersetzen konnte. Ein hoch auf emotionale Ich-Botschaften! Danke Dr. Lauterbach!

»Hat Anna recht?«, knallt Sophie endlich das auf den Tisch, was sie die vergangenen Wochen innerlich aufgefressen haben muss.

Na toll.

»Wie genau meinst du das?«, versuche ich Zeit zu schinden.

»Stimmt es, dass ich meine Launen an anderen, nein warte, an dir auslasse?«

Ich schlucke.

»Mir kommt es schon manchmal so vor«, entscheide ich mich dann für meine Wahrheit in abgemilderter Form.

Jetzt schluckt Sophie.

»Und hat sie auch recht damit, dass ich ein faules Stück bin?«, flüstert sie nun nahezu.

Am liebsten würde ich ihr sagen, dass Anna das niemals gesagt hat, aber dann müsste ich ja erklären, woher ich das weiß.

Also entscheide ich mich für eine andere Variante: »Ich glaube nicht, dass Anna das wirklich von dir denkt, Sophie. Vielleicht hast du ja nur irgendetwas gesagt, das sie sauer gemacht hat oder so.«

Nachdenklich durchbohrt sie den Smoothie mit ihren Blicken, ehe sie mit der mir bereits bekannten Wahrheit herausrückt: »Ich habe mit ihrem Vater angefangen und gesagt, dass sie wegen ihm immer versucht Männern zu helfen.«

»Damit hast du sicher einen wunden Punkt getroffen. Auch wenn deine Intention eine freundschaftliche war.« Und weil sie mir so an den Lippen klebt und ich das genieße, setze ich noch einen drauf: »Vielleicht geht es ihr umgekehrt ja genauso. Vielleicht hat sie dir ja eigentlich auch etwas aus Freundschaft gesagt und sich dabei nur im Ton und Zeitpunkt vergriffen?«

Meine Worte arbeiten sichtlich.

»Hm… Ja, vielleicht«, murmelt Sophie nach einer langen nachdenklichen Weile. Dann greift sie nach dem Smoothie, nimmt einen großen Schluck und schenkt mir ihr breitestes Grinsen mit einem Stück Basilikum zwischen den Schneidezähnen: »Du bist mein Wunder, Tom. Sorry, dass ich meine Launen so an dir rausgelassen habe. Ich werde an mir arbeiten. Versprochen!«

Fassungslos überbrücke ich den Abstand zwischen uns, schließe sie in meine Arme.

»Ich liebe dich, meine Sophie.«

Nervös begleite ich mit der einen Hand einen Takt, den nur ich wahrnehmen kann, während ich in der anderen mein Handy halte und vermutlich mit einem nicht allzu intelligenten Gesichtsausdruck draufschaue.

Ich unterbreche mein Getrommel für einen ordentlichen Schluck Bier, tippe auf den Bildschirm, um den Schoner zu vertreiben und fühle mich dann immer noch gleichermaßen uninspiriert wie all die Male zuvor.

Emotionale Offenheit ist eben absolutes Neuland für mich. So neu, dass es eine einnehmende Unsicherheit in mir hervorruft.

Während meine Gedanken zu Anna schweifen, die ja nun mal schuld an dem Übel ist, tippe ich abwesend ein paar Worte in das leere Nachrichtenfeld. Als ich registriere, was ich da tue, folge ich den Buchstaben, bewerte das Geschriebene als weniger emotional offen, dafür aber kurz und klar, füge als Empfänger alle Bückstücknummern ein und schicke es ab.

Erleichtert ausatmend lehne ich mich auf dem Sofa zurück.

Für einen kurzen Moment wundert es mich, dass ich das wirklich getan habe. Ich hätte Anna gegenüber auch einfach nur behaupten können, mich aufrichtig verhalten zu haben. Aber irgendwie hat ein Teil von mir das Gefühl, sie würde meine Lügen sofort durchschauen und jede davon sie ein Stück weiter von mir entfernen. Und das möchte ich definitiv vermeiden!

Ich beschließe mich mit einer fetten Tüte für meine selbstlose Barmherzigkeit zu entlohnen.

Als ich aber gerade nach dem Karton greifen will, der sich allzeitbereit unter dem Couchtisch versteckt, landet mein Blick unwillkürlich auf dem zerknüllten Brief, der scheinbar ebenfalls einen Weg dorthin gefunden hat.

Auf Ex leere ich das Bier, widme mich währenddessen meinem inneren Kampf, wähle dann (warum auch immer) die anstrengendere Option und greife nach dem Papierball. Langsam entwirre ich ihn, streiche ihn glatt und überfliege seinen Inhalt erneut, obwohl ich ihn mittlerweile fast auswendig kenne.

Ralle,

es gibt keine Worte, die wiedergutmachen können, was ich getan habe.

Ich war dir ein miserabler Freund und du hast sicherlich das Recht auf deiner Seite, einen Menschen wie mich für immer aus deinem Leben zu streichen.

Für mich warst du immer selbstverständlich. Vielleicht weil ich mich an keine Zeit in meinem Leben erinnere, in der du nicht mein bester und einziger Freund warst. Vielleicht aber auch, weil ich einfach ein arrogantes Arschloch bin.

Mit so vielem, was du gesagt hast, hattest du recht.

Es tut mir leid! Alles davon!

Ich war es nie wert dein Freund zu sein, Ralf. Tief innen-
drin wusste ich das schon immer. Und trotzdem habe ich dir
damals ein Versprechen gegeben... Ich will, dass du weißt, dass
ich es niemals brechen werde.

Es ist leer ohne dich...

Eine Träne tropft auf das Papier, das schon bald darauf erneut zerknüllt und aus meinem Sichtfeld entfernt wird. Es ist Zeit einen zu rauchen!

Es ist das erste Mal, dass wir so lange keinen Kontakt haben. Vor allem aber das erste Mal, dass Anna sich nicht meldet. Für gewöhnlich bin ich die Nachtragende von uns beiden und irgendwie verunsichert mich diese neugewonnene Gemeinsamkeit.

Also genau genommen bin ich eigentlich bei KEINER Auseinandersetzung diejenige, die im Anschluss den ersten Schritt macht. Mein Ding ist mehr so das bockige Ausharren und dann gnädig die Arme ausbreiten für eine Versöhnung.

Jetzt, wo ich nach gefühlten Jahrzenten zum ersten Mal dabei bin meine langbewährte Schutzstrategie aufzugeben, wird mir auch wieder klar, warum ich sie mir überhaupt angeeignet hatte. Diese Position hier fühlt sich einfach fucking weak, ja unangenehm machtlos an und es kostet mich einiges an Mut, meinen Plan nicht wieder zu verwerfen - so wie die ganzen letzten Male.

»Ist es wieder soweit?«, ertönt Toms amüsierte Stimme hinter mir im Türrahmen.

Mein Blick wandert von dem bunten Kleid in meinen Händen zu ihm, seiner wiederum anerkennend zu dem Kleid: »Sie wird es lieben, Süße. Glaub mir, sie wird sich freuen, dich zu sehen!«

Schon ein paar Mal habe ich mich mit dem eigens für Anna genähten Kleid ins Auto gesetzt, tatsächlich bei ihr angekommen bin ich allerdings nie. Das Kleid habe ich übrigens nicht als Entschuldigung genäht. Der Stoff passt einfach zu ihr und es hat mir Spaß gemacht, daran herumzutüfteln. Mehr nicht.

Unsere Freundschaft bedeutet mir viel. Auch wenn ich ihr das die letzte Zeit nicht so oft gesagt oder gezeigt habe…

»Dieses Mal werde ich bei ihr ankommen!«, antworte ich, mehr zu mir selbst und stehe auf.

»Da bin ich mir sicher, Babe!«, grinst Tom, während ich wie in Trance an ihm vorbeistakse.

Auf der Treppe habe ich das Gefühl, dass irgendetwas anders ist. Mein Gang vielleicht oder der Abstand der Stufen. Auf jeden Fall fühlen sich die Schritte komisch an und ich komme mir plötzlich wie ein kleines Kind vor, das zum ersten Mal den Schulweg alleine laufen muss.

Erst im Auto hört dieses Gefühl auf, nur um einer intensiven Anspannung zu weichen, die mich die letzten Versuche bereits in die Knie und dann wieder aus dem Auto heraus gezwungen hat.

»Fuck you, Gewohnheit!«, fauche ich, drehe den Zündschlüssel um und trete das Gaspedal durch. Mein Plan: Je schneller ich bei Anna bin, desto schneller bin ich dieses unendliche Scheißgefühl los!

Hektisch lenke ich den Volvo aus der Tiefgarage, biege rechts auf die Venloer und dann wieder rechts auf die Innere Kanalstraße ab. Die Spur rechts von mir endet in nur hundert Metern wegen einer Baustelle. Das hält die fette

Proletenkarre da vorne aber nicht davon ab, mich rechts zu überholen und dann so knapp vor mir auf die Spur zu biegen, dass ich fast eine Vollbremsung hinlegen muss, um dem Wichser nicht reinzufahren.

»Ey, du beschissenes Arschloch!!! Fuck youuuuuuu!!!«, brülle ich dem schwarzen Familienvan aus dem offenen Fenster hinterher.

Dieser schlängelt sich einfach ungeachtet meines Manövers weiter wie eine gesenkte Sau durch den Verkehr, während ich meine Tirade mit einer Abfolge der aggressivsten Hupmelodien untermale, die mir eben in den Sinn kommen.

Fluchend und innerlich brodelnd setze auch ich mich wieder in Bewegung und fucke mich gleichzeitig darüber ab, wie missgünstig, egoistisch und ungeduldig die meisten Menschen sind. Insbesondere im Straßenverkehr denkt jeder nur an sich und ist bereit das Leben anderer zu riskieren, nur für eine minimale Sekundengutschrift auf dem persönlichen Zeitkonto.

Zehn Minuten später stehe ich bei Anna vor der Tür. Die Wut ist verraucht und mein Mut gleich mit ihr. Warum erfordert eigentlich etwas, das sich nach Schwäche anfühlt, so verdammt viel Stärke?

LEON
Köln, 01. Juli 2019

Atemlos hechte ich in einer Geschwindigkeit die Treppe herunter, bei der es schlicht ein glücklicher Zufall ist, dass ich unbeschadet am Treppenabsatz ankomme.

»Los, los, los!!!«, schreie ich die Stufen hinauf. »Beeil dich!«

Die Panik in meiner Stimme hallt in einem leisen Echo zu mir zurück, während mein Herz maschinengewehrartig Blut durch meinen Körper pumpt, als würde es um mein und nicht um Mamas Leben gehen.

Vielleicht hätte ich ihm meine Hilfe doch aufzwingen sollen. Immerhin geht es um Mama und unser ewig währender Wettstreit sollte zumindest hier eine Grenze haben… Hat er aber nicht. Und mal wieder bin ich es, dessen Plan verworfen wird, nur damit Kuno den Dicken markieren kann.

Als ich gerade wieder die Treppen hochsprinten will, erscheinen die Beiden endlich im Hausflur. Kuno der Koloss und Mama, die wie ein nasser Sack über seine Schultern geworfen wurde. Das ist ja mal wieder typisch!

»Na los!«, brülle ich vorwurfsvoll, hetze zu Mamas schwarzem SUV, der wie immer direkt vor der Tür auf seinem Privatparkplatz steht und schwinge mich hinters Steuer.

Kuno schmeißt Mama auf den Rücksitz als wäre sie nur irgendein lästiges Gepäckstück.

»Fahr endlich los, du Affe«, brüllt er mir in einer Lautstärke ins Ohr, die einen dröhnenden Widerhall in meinen Gehörgängen erzeugt und mit ihm das Bedürfnis, mir die Ohren zuzuhalten.

Stattdessen drehe ich den Zündschlüssel herum und drücke das Gaspedal durch.

»Und wehe, du hältst dich an die Verkehrsregeln!«, brüllt Kuno eine Spur leiser, dafür aber mit einem bedrohlichen Unterton, der mir einen kalten Schauer über den Rücken jagt.

ANNA
Köln, 1. Juli 2019

Die Eieruhr klingelt ihre Halbzeit. Ich wende das Hähnchenfilet mit einem flinken Handgriff in der Pfanne und schneide dann die Mango weiter, die als einzige Zutat noch in dem Mango-Rucola-Salat fehlt. Mit dem vorbereiteten Dressing übergieße ich mein Werk, vermische es mit dem türkisenen Salatbesteck, das mir meine Mutter letztes Jahr gemeinsam mit einem Kochkurs geschenkt hat und stelle alles zusammen auf dem Esstisch ab. Einen Moment betrachte ich die einsam brennende rote Kerze in dessen Mitte, ehe ich ein Flechtplatzdeckchen, Besteck, eine Serviette und das bereits geleerte Rotweinglas eindecke.

Mich selbst liebevoll zu bekochen, habe ich mir schon seit einer ganzen Weile angewöhnt und in der Regel tut mir das auch wirklich gut. Aber gerade heute versetzt mir der Anblick des nur für mich gedeckten Tisches einen unangenehmen Stich.

Das zweite Klingeln der Eieruhr reißt mich aus meiner Betrachtung. Schnell eile ich zum Herd, nehme das Filet aus der Pfanne, schneide es auf dem dafür vorgesehenen Bambusbrettchen in Streifen und stelle es dann ebenfalls auf den Tisch.

Nachdem ich mein Glas mit der angebrochenen Weinflasche befüllt und diese ebenfalls auf dem Tisch abgestellt habe, lasse ich mich gemächlich auf meinen Stuhl sinken.

Der Gedanke an Sophie durchfährt mich wie ein elektrischer, unaufhaltsamer Impuls.

Die letzte Zeit habe ich eigentlich kaum an sie gedacht, was wiederum total untypisch für mich ist. Ich habe zwar viel über das Telefonat mit Mama oder vielmehr dessen Inhalt gebrütet und bin mir mittlerweile vollkommen über meinen Anteil an dem Streit im Klaren, doch war mir irgendwie bislang nicht danach, diese Einsicht mit Sophie zu teilen. Vielmehr war mir daran gelegen, mir selbst Gutes zu tun und so war ich diese Woche gleich fünf Mal beim Sport, drei Mal in der Sauna und zwei Mal bei meinem Lieblingsspanier ›El Esquina‹ in der Severinsstraße.

Als ich mir gerade die erste Gabel Salat in den Mund schiebe, klingelt es. Ich halte inne und mache mich auf den Weg zur Wohnungstür. Den Summer betätige ich noch während ich die Tür öffne und warte dann gespannt, den energischen Schritten lauschend.

Als Sophies Kopf am Treppenabsatz erscheint, traue ich meinen Augen kaum. Das ist doch nicht möglich! Sophie bei mir? Sophie, die den ersten Schritt macht?

Außer Atem bleibt diese nun vor mir stehen.

»Hey«, begrüße ich sie verwirrt.

»Hey!«, verlegen schaut sie zu Boden.

Dann streckt sie mir plötzlich etwas Buntes, Stoffiges entgegen.

»Das ist für dich. Habe ich genäht«, kommentiert sie, ihren Blick noch immer dem Boden angeheftet, der plötzlich eine nie dagewesene Anziehung auf sie zu haben scheint.

Vollkommen überrumpelt nehme ich das Kleid in Empfang und registriere, dass sie mit der Stoffauswahl definitiv meinen Geschmack getroffen hat. Verblüfft präsentiere ich es mir in seiner vollen Pracht und bin schlicht begeistert.

»Das ist wunderschön, Sophie!«

»Danke!«

»Nein, wirklich! Das ist einfach fantastisch!! Vielen, vielen Dank!!!«, ich mache eine bewundernd musternde Pause und erfrage dann das Offensichtliche. »Du nähst also wieder?«

Sie nickt. Diese ausstrahlende Verlegenheit ist ihr völlig untypisch.

»Willst du reinkommen?«, frage ich dann und schenke ihr ein breites Lächeln, in der Hoffnung, es möge ihr etwas Sicherheit vermitteln.

Dankbar lächelt sie zurück, nickt abermals und folgt mir ins Innere. Im Flur bleibt sie kurz an meinen neuen Affirmationen stehen ›Ich lasse die Vergangenheit los‹, ›Achtsam pflege ich mich‹ und ›Alles was ist, ist gut‹, die ihr ein wohlwollendes Grinsen entlocken. Dann betreten wir die Küche und ich eile ein paar Mal hin und her, um Sophies Platz ebenfalls einzudecken.

»Wow, du gönnst dir ja richtig was!«, erkennt diese an und lässt sich auf ihrem Stuhl nieder.

Dankbar nimmt sie das Glas Wein entgegen, prostet mir rasch zu und trinkt beherzt ein paar Schlucke, die mir seltsamerweise nur verdeutlichen wie schwer ihr all das gefallen sein muss.

Meine Augen werden feucht. Und schon folgt Sophie meinem Beispiel. Sichtlich bemüht, nicht die Fassung zu verlieren, sagt sie mit belegter Stimme: »Lass uns essen!«

Während wir so dasitzen und essen und so tun, als wäre nie etwas gewesen, wird mir klar, dass eine tatkräftige Entschuldigung sämtlichen wörtlichen Alternativen überlegen ist.

Und trotzdem, als wäre ich es ihr irgendwie schuldig und weil ich will, dass sie auch weiß, dass es mir leidtut, setze ich an: »Sophie… wegen letztens…«

»Ist schon gut, Anna.«

JASPER
Köln, 11. Juli 2019

Fuck man. Also die Atmosphäre hier mit Anna läuft seit den letzten drei Sitzungen echt total aus dem Ruder. Oder vielmehr scheint ihr das Ruder fest in der Hand zu liegen und ich lasse mich wohl oder übel durch ganz schön trübe Gewässer leiten.

Ich bin ja wirklich zu vielem bereit, doch dieses ganze Gequatsche über das Lesen in meiner ›Außenwelt‹ klingt mir bedeutend zu esoterisch und macht mich mal so überhaupt nicht an! Distanzierte Anna + esoterisches Gelaber = totaler Abturn! Is echt so!

Dummerweise blockt sie jeden meiner mal hoch- mal minderwertigen Versuche, sie auf eine persönliche Ebene zu ziehen, unberührt ab und verdonnert mich dadurch zu einer Innenschau, die mir von Mal zu Mal unangenehmer wird. Das mag korrelieren mit der Unsicherheit, die dieser Kontrollverlust in mir auslöst. Mit anderen Worten ausgedrückt: Ich will wieder den Ton angeben!

»Warum verdrehst du die Augen?«, bricht Anna meinen Gedankengang und ich fühle mich irgendwie ertappt.

So ertappt, dass mir die Wahrheit herausrutscht, die die vorherrschende Distanz sicherlich eher verstärkt, als schwächt und dabei ist mein Anliegen genau entgegengesetzt. Oder?

»Das ist doch totaler Quatsch! Warum sollte das ›Außen‹«, ich schwenke theatralisch meinen Arm in einer ausladenden Geste durch den Raum, »irgendetwas mit dem zu tun haben, was in mir ist?«

Bei den letzten Worten haue ich mir etwas zu energisch und mit funkelnden Augen auf den Brustkorb. Komischerweise scheint Annas mangelnde emotionale Beteiligung bei mir zu einem Übermaß dargestellter Gefühle zu führen.

Anna huscht ein Grinsen über die Lippen, das sofort wieder versteinert. Dann nimmt ihr Blick etwas Überhebliches, Herausforderndes an: »Für dich sind Licht und Schatten, Tag und Nacht, Gut und Böse, Außen und Innen also vollkommen unzusammenhängende Bereiche?«

Ich lese in ihrem Blick, dass sie ihren Konter ohnehin schon parat hat, genieße das Knistern in der Atmosphäre ein paar langanhaltende Sekunden und korrigiere sie dann provozierend: »Also genaugenommen habe ich nur vom Außen und Innen gesprochen, den Rest hast du hinzugefügt.«

Wut funkelt in diesen wunderschönen blauen Augen auf und ich würde am liebsten den Abstand zwischen uns vernichten und sie einfach küssen.

Jetzt verdreht Anna die Augen, ehe sie rauslässt, was darauf gewartet hat: »Es sind alles nur scheinbare Dualitäten. Dabei ist Schatten nur, wo Licht, Nacht nur, wo keine Sonne ist und Böses nur, wo Liebe fehlt. Es sind keine gleichstarken Kräfte. Der Ursprung geht nur von einem aus. Vom Licht, der Sonne, der Liebe... und deinem Inneren.«

Vollkommen baff von dieser fast poetischen Wortgewalt wage ich nur ehrfürchtig zu schweigen und sie dabei unentwegt zu mustern.

Ihre sichtbar einsetzende Nervosität interpretiere ich als Unbehagen und obgleich ich jede ihrer emotionalen Reaktionen genieße, erlöse ich sie dieses Mal schneller als sonst: »Ganz schön große Worte, Anna Kant!«

Sie wird rot. Ich nutze die Zeit, um mir ihre Worte noch einmal durch und durch gehen zu lassen.

Wie auch eben schon kribbelt mein ganzer Körper - ein Effekt, den nur wundersame Worte in mir auslösen. Das Verständnis meines Körpers deckt sich allerdings nur selten mit dem meines Verstandes und so bleibt mir nichts anderes übrig als nachzuhaken: »Böses ist nur, wo Liebe fehlt? Ist das nicht ein bisschen zu simpel?«

Unverwandt und wieder ganz sie selbst blickt sie mich an: »Keinesfalls! Wir alle tragen einen Liebestank in uns, schon als Kinder. Unsere Eltern, aber auch unser Umfeld, können ihn mit Anerkennung, Wertschätzung, Aufmerksamkeit, Zuwendung, also mit Liebe füllen. Ist dieser Tank voll, entwickeln wir uns zu kooperativen, liebevollen, netten Menschen - ist er aber leer, versuchen wir mit abweichendem Verhalten auf diesen Mangel aufmerksam zu machen. Das führt dummerweise meistens nur zu noch weniger Liebe und so beginnt das Böse mehr und mehr zu wachsen. Täter sind Opfer.«

Während ich noch dabei bin, ihre Worte zu verdauen, fügt sie hinzu: »Daher weiß ich, dass auch du erst Opfer warst, bevor du angefangen hast, Frauen so abzuwerten.«

Mein Magen zieht sich schmerzlich zusammen.

Warum muss die mir eigentlich andauernd den Ball so in

die Fresse klatschen? Kann man sich nicht mal in Ruhe auf einer total objektiven Ebene über philosophische Betrachtungen unterhalten, ohne die Erkenntnisse direkt auf die Tiefen meiner Selbst anwenden zu müssen?

Ich übergehe ihren persönlichen Bezug einfach: »Das klingt alles ganz schön unfrei, findest du nicht? Machtvolle Eltern, machtlose Kinder? Das ist doch total veraltet.«

»Kindheit geht immer mit einer gewissen Machtlosigkeit einher«, ihre Worte erzeugen einen Klos in meinem Hals. »Wir können zwar nicht beeinflussen, welche Karten wir vom Leben bekommen, sehr wohl aber, wie wir sie spielen. Deswegen bist du doch hier oder? Du willst deine Strategie verändern.«

»Nein, wegen dir!«

Schockiert über meine Ehrlichkeit, beobachte ich fassungslos Annas Reaktion. Diese besteht aus geweiteten Augen, die alsbald einen entgleisten Ausdruck auf ihrem dunkelroten Untergrund annehmen. Schnell ersetze ich die Wahrheit durch eine Lüge: »Also wegen deinem anderen Blickwinkel!«

Ich kann spüren, wie sie sich entfernt, ohne dabei ihren Platz zu verlassen. Mir fröstelt es bei dem Anblick dieser unterkühlten Mimik.

»Jasper, willst du etwas verändern oder nicht?«

Und wie so oft, wenn Anna es fragt, entsteht auch dieses Mal in mir eine ehrliche Antwort, ganz unabhängig von meinen Versuchen, sie unterhalb der Oberfläche zu belassen: »Ja, ich will etwas ändern…«

Erst jetzt, während ich es ausspreche, spüre ich die Wahrheit meiner Worte und erkenne, dass mich vielleicht dieser innere Wunsch überhaupt erst hierher, in das Außen mit Anna, geführt hat.

Während mein Finger auf der Seite verweilt, die mich inhaltlich so überfordert, klappe ich das Buch zu. Nachdem Norbert mir eröffnet hat, dass ich jedes Buch im Laden zum halben Preis bekomme, hat es keine Minute gedauert, bis ich ihm ›Die 40 Geheimnisse der Liebe‹ auf die Verkaufstheke gelegt und den fünf Euro Schein gezückt habe, den Lis mir mitgegeben hat.

Seither gibt es keinen Tag, an dem ich nicht mindestens ein Kapitel lese. Gut, zugegeben, die Kapitel sind nur vier bis fünf Seiten lang. Kurze Abschnitte, die so mit tiefgründigem Inhalt überfüllt sind, dass ich sie meistens mehrmals lesen muss. Vor allem, wenn Schams e Tabrizi wieder eine seiner Liebesregeln preisgibt. Und scheiße man, die haben es echt in sich!

Die Religion der Liebe. Was für eine geniale Idee! Wenn ich da so an meine Kindheit und die harte Holzbank in der Kirche denke… An Mutter mit ihrem bedrohlichen Blick und diese schaurigen Melodien, der Gesang, der mich immer melancholisch gestimmt und irgendwie an die Vergänglichkeit erinnert hat.

Schon immer habe ich mich gefragt, warum die Kirche eigentlich kein Ort der Freude ist!? Warum keine fröhlichen

Lieder gesungen, gemütliche Sofas aufgestellt, Witze erzählt und ab und an mal einer durchgezogen wird? Die Religion, die ich kennengelernt habe, Mutters Gott ist kein Freund, sondern ein Richter. Das ist wohl auch der Grund, warum ich - sobald ich groß genug war, dass Mutters Drohungen keine Früchte mehr trugen - auch nicht mehr mit in die Kirche gegangen bin. Gott habe ich fortan ebenso gemieden. Mein eigenes vernichtendes Urteil reicht mir nämlich vollkommen aus.

Die Religion der Liebe hat eine ganz andere Natur. Und dieser Schams… Scheiße man, der ist echt mal richtig korrekt! So einen Freund könnte man gebrauchen. Also ICH, nicht man.

Noch gleichermaßen nachdenklich und der Erkenntnis fern klappe ich das Buch wieder auf und lese den Abschnitt erneut:

>*Du kannst Gott anhand von allem und jedem im Universum betrachten, denn Gott ist nicht auf eine Moschee, eine Synagoge oder eine Kirche begrenzt.*
Doch wenn du immer noch glaubst, wissen zu müssen, wo genau Er ist, kannst du Ihn nur an einem einzigen Ort finden: im Herzen eines wahrhaft Liebenden.
Niemand hat ihn gesehen und danach weitergelebt, so wie niemand gestorben ist, nachdem er Ihn gesehen hatte.
Wer ihn findet, bleibt für immer bei ihm.<[3]

Ein frustriertes Seufzen verlässt meine Lippen und ich lege das Buch erstmal zur Seite.

»Alles in Ordnung?«, ertönt Lisbeths Stimme hinter mir.

Ich wende mich ihr achselzuckend zu.

»Scheiße man. Das ist mir irgendwie zu hoch«, gebe ich nur einen Teil der Wahrheit preis.

»Sag nicht so oft Scheiße!«

Ich nicke reumütig. Wie immer.

»Was verstehst du denn nicht?«, fragt sie zufrieden, setzt sich auf meinen Schoß und strubbelt mir mit der Hand durchs Haar, als wäre ich ein kleiner Junge.

Ich bin mir nicht sicher, ob mir gefällt, dass Lisbeth mich oft wie einen kleinen Jungen behandelt. So lange ich mich nicht entschieden habe, lasse ich die Dinge aber einfach wie sie sind.

Mit dem Finger deute ich auf die Regel. Lisbeth liest sie, legt die Stirn in Falten und kommentiert dann: »Also das würden meine Eltern definitiv als Gotteslästerung abtun.«

»Und du?«, frage ich interessiert.

Keine Ahnung warum, aber irgendwie ist mir Lisbeths Meinung echt wichtig geworden und es hat wirklich Bedeutung für mich, ob sie etwas von dieser Regel hält oder nicht. Möglicherweise hängt damit dann auch zusammen, ob ich mich tiefer mit ihr beschäftige und weiterhin an dem Verständnis interessiert bin. Damit meine ich jetzt natürlich die Regel und nicht Lis.

»Ich finde, das klingt wunderschön! Als wäre einfach alles ein Instrument, um Gott zu betrachten. So steckt Gott in jedem von uns. Das gefällt mir. Dir nicht?«

»Äh. Ja doch, klar. Das gefällt mir.«

»Im Herzen eines wahrhaft Liebenden…«, sinniert sie weiter, »meint das wohl jemanden, der verliebt ist oder meint es die allesumfassende Liebe?«

Es ist nicht das erste Mal, dass Lisbeths Ausführungen

zu dem Buch nur noch mehr Fragen aufwerfen. Das mag ja alles reiner Zufall sein… aber Fakt ist, dass mit ihr eine Menge neuer Fragen in mein Leben getreten sind.

Um jetzt mal ganz ehrlich zu sein, sind meine Gedanken übrigens schon beim ersten Lesen an diesen drei Worten des Abschnitts hängengeblieben: ›eines wahrhaft Liebenden‹. Und zwar nicht, weil mich interessiert, wie das gemeint ist, sondern weil ich mich pausenlos frage, was dieses brennendheiße Zuhausegefühl ist, das ich jedes Mal spüre, wenn ich Lis ansehe.

Meine Finger fühlen sich wie Eiszapfen an. Ich reibe die Hände aneinander und erinnere mich, wie unser Methodenprofessor im ersten Semester immer mit erhobenem Zeigefinger ›Reibung erzeugt Wärme!‹ gepredigt hat.

Obgleich er eine vollkommen andere und zwischenmenschlichere Form der Wärme gemeint hatte, muss ich grinsen, während sich seine Worte an meinen Handinnenflächen bestätigen.

»Entschuldigung? Eine kleine Spende bitte?«, reißt mich der Stammobdachlose vor dem Kiosk neben der Fachhochschule aus meinen Gedanken.

Wie immer ignoriere ich ihn. Das ist meiner Ansicht nach die einzig effektive Möglichkeit, sich diese Menschen vom Leib zu halten. Die funktionieren genauso wie Hunde. Fütterst du sie einmal, werden sie immer und noch penetranter betteln.

»Einen Latte Macchiato to go«, bestelle ich stattdessen durch die Durchreiche beim Kioskbesitzer.

Als dieser den dampfenden Kaffee vor mich stellt, habe ich ihm schon mein Kleingeld auf dem Tresen zurechtgelegt und schnappe mir im Gehen noch einen Strohhalm.

Keine Ahnung, wer damit angefangen hat, aber seit kurzem trinken irgendwie alle ihren Kaffee mit Strohhalm. Noch weniger Ahnung habe ich, warum ich da mitmache. Vor allem, weil es gar nicht mal so leicht ist, den Strohhalm durch den dünnen Schlitz des Bechers zu schieben.

Als ich gerade über den Hof der Fakultät an der Bibliothek vorbeilaufe und genüsslich an dem Strohhalm nippe, beginnt mein Handy zu klingeln. Ich angele es aus der Tasche meines Parkas und schaue aufs Display.

Es ist Papa.

Schon wieder.

In den letzten Wochen hört mein Handy gar nicht mehr auf zu klingeln und die wenigen Male, wo ich es nicht schaffe, ihn zu ignorieren, jammert er mir nur pausenlos die Ohren voll. Das ist unendlich nervig!

Jeder hat sein Wohlbefinden selbst in der Hand - da bin ich fest von überzeugt. Ich mein, er ist ein erwachsener Mann. Wenn es ihm scheiße geht, soll er halt was ändern. Vielleicht mal Therapie machen oder so…

Mir würde es auch dreckig gehen, wenn ich mich nur noch einsam ins dunkle Zimmer setzen und mir selbst leidtun würde. Und Fakt ist, dass Papa sich schon verdammt lange so hängen lässt, unabhängig davon, was ich zu ihm sage oder was ich tue. Es ist fast so, als würde er gar nicht wollen, dass es anders ist. Als hätte er den Wunsch, glücklich zu sein, schon lange aufgegeben.

Naja, zumindest ist er offenbar nicht bereit, etwas dafür zu tun. Mir fällt es ehrlich gesagt schwer, davor Respekt zu haben.

Außerdem finde ich, wenn er schon keinen Bock hat irgendetwas zu verändern, dann soll er wenigstens aufhören, mich mit seinem Selbstmitleid zu belästigen. Ist ja wohl nicht meine Aufgabe, ihn wieder auf Kurs zu bringen.

Genervt lasse ich mein Handy wieder in den Parka sinken, ohne auch nur im Entferntesten zu ahnen, dass dies die letzte Chance gewesen wäre, noch einmal Papas Stimme zu hören und ich mir diesen Augenblick niemals verzeihen werde.

LUI
Köln, 11. Juli 2019

Gemächlich lasse ich meinen Blick über den Chlodwig-platz schweifen. Meine Muskeln sind wie ein Flitze-bogen gespannt. Das passiert irgendwie ganz unwillkürlich, immer dann, wenn ich mir das nächste Opfer suche.

Ich bin auf der Jagd und das spiegelt sich in meinem Körper wider: Flacher Atem, fokussierter Blick, erhöhter Adrenalinspiegel. Genauso müssen sich die Höhlenmen-schen früher gefühlt haben. Naja, so ähnlich zumindest. Ich riskiere im Gegensatz zu ihnen nicht mein Leben.

Im Zuge dessen habe ich oft schon darüber nachge-dacht, wie unnatürlich unser heutiges Leben eigentlich ist. Fressen und gefressen werden - DAS ist natürlich. Aber dieses Leben wie die Made im Speck, das Es-sich-vorne-und-hinten-reinschieben-lassen, die Konsumgeilheit und vor allem das Fehlen von Lebensgefahr - DAS ist ja wohl gar nicht mehr natürlich und ich frage mich, ob das der Grund dafür ist, dass die Welt so kaputt ist. Dass Men-schen ihren Konsum vor das Leben anderer stellen. Viel-leicht ist das nur so, weil das Leben an sich gar keinen Wert mehr hat. Vielleicht müssten wir alle wieder in Lebensge-fahr sein, damit es seinen Wert zurückerlangt.

Instinktiv richte ich meinen Blick zum Severinstor.

Bingo.

Auf meinen Instinkt ist immer Verlass!

Ein braunhaariges Mäuschen spaziert da gemächlich und geradewegs auf mich zu. Ein Mäuschen, das schwer nach einem Gutmenschen aussieht. Und Gutmenschen sind nun mal die besten Opfer!

Auch DAS ist ganz natürlich.

Mein Ziel nicht aus den Augen lassend spule ich die möglichen Strategien durch. Der Rempler, der Übergriffige, der Free-Hugs-Verteiler, der Bettler… Wie ein Geistesblitz durchfährt mich die Masche, die ich fahren werde. Bei dem naiven Mäuschen da ist sie einfach perfekt. Ich kann doch von hier aus sehen, dass sie mir unbedingt helfen will!

Erregt steuere ich auf sie zu und trete dann mit einer unschuldigen Miene in ihr Sichtfeld: »Entschuldigung? Darf ich dich kurz stören?«

Mein freundlichstes Lächeln wird erwidert, während sie vor mir stehen bleibt.

»Ich weiß, das muss sich jetzt total bescheuert anhören, aber ich war grade bei der Bank, um Geld abzuheben für mein Ticket nach Hause und ich habe keine Ahnung warum und wie, aber meine Bankkarte ist verschwunden. Das ist einfach richtig scheiße! Ich wollte heute zurück nach Hamburg und hab kein Bargeld mehr für das Ticket…«

Forschend mustert sie mich, viel kritischer, als ich es bei ihr vermutet hätte.

»Wärst du so lieb und würdest mir das Geld für das Zugticket leihen? Ich überweise dir das dann auch sofort, sobald ich zu Hause bin.«

Unter ihrem unschlüssigen Blick bin ich mir meines untrüglichen Instinktes plötzlich gar nicht mehr so sicher.

Dann nehmen ihre Augen auf einmal etwas Mitfühlendes an, sie zieht wortlos ihr Portemonnaie aus der Handtasche hervor und überreicht mir dann einen Zehneuroschein.

»Das ist leider zu wenig. Das Ticket kostet dreißig Euro«, versuche ich ihr noch mehr zu entlocken.

Sie lächelt milde, wendet sich zum Gehen und verabschiedet sich mit den Worten: »Jeder Enttäuschung liegt eine Selbsttäuschung zu Grunde!«

Kopfschüttelnd schaue ich ihr hinterher und frage mich dabei, wer hier eigentlich wen getäuscht hat.

Sämtliche Kontaktfelder sind ausgefüllt und mehrmals überprüft. Alles, ja wirklich alles ist bereit dafür, die Anfrage an die Deutsche POP loszuschicken. Alles, außer eine winzige Kleinigkeit: Ich! Traurig, aber wahr… Die Instanz, die zwischen mir und meinem Traum steht, bin ich alleine. Was für eine ernüchternde Erkenntnis!

Da ich ja nun mal einen nicht von der Hand zu weisenden und kaum zu übertreffenden Einfluss auf mein Verhalten habe, sitze ich jetzt also wie angewurzelt vor dem Rechner und versuche die Zeit dafür zu nutzen, meine inneren Blockaden zu ergründen.

Was genau hält mich denn gerade bzw. schon immer davon ab, das zu tun, wovon ich träume?

Dieser ganze Wirtschaftsbullshit war doch noch nie mein Ding und beim bloßen Gedanken daran, wieder in so einer versnobten Weltvernichtungsfirma zu arbeiten, könnte ich pausenlos kotzen.

Warum ist es eigentlich so easy sich GEGEN und so hart sich wirklich FÜR etwas zu entscheiden?

Keine meiner bisherigen beruflichen Entschlüsse haben mich auch nur im Entferntesten so emotional gefangen wie dieser jetzt.

Ob mir das als Zeichen hätte dienen sollen, dass ich den falschen Weg eingeschlagen hatte?

Zu tun, was mein Herz erfüllt, meinen Traum in die Realität zu verfrachten, stellt mich in jedem Falle vor eine kaum überwindbare Hürde.

Mehr und mehr wird mir derweil bewusst, dass so ein ungelebter Traum zwar nicht real, dafür aber durchaus sicher ist. Sicher und doch gleichzeitig in gewisser Weise leblos. Denn ab dem Moment, in dem ich beginne, ihn zu leben, besteht zwangsläufig die reelle Gefahr zu versagen und den Traum unwiderruflich zu verlieren.

Fuck man.

Dabei ist das Bild von mir als angesagte Modedesignerin so erfüllend und shice abgefahren! Na gut, vielleicht auch eine Spur illusorisch - aber wie war das doch gleich? Dream big!

Solange es nur beim Träumen bleibt…

Ein Gedanke, eine Idee, die niemals in die Tat umgesetzt, niemals in Gefahr geraten wird, wie eine Seifenblase schonungslos von einem Moment auf den anderen einfach zu zerplatzen.

Doch ist es wirklich besser weiterhin Dinge zu tun, die mich unerfüllt frustrieren?

Fuck, nein man!

Zitternd, furchtsam und gleichsam wagemutig überlasse ich mein Kontaktformular den Weiten der digitalen Welt und komme mir dabei wie die Heldin eines Schundromans vor. Meine Brust schwillt an, mein Herz rast freudig und ich bekomme eine Ahnung davon, wie schön es ist, zu leben, was man liebt.

Just in diesen Augenblick des Frohsinns, der epischen

Wagnis hinein, macht mich mein Facebook-Chatfenster mit Anna auf sich aufmerksam.

> *Schau mal, was ich gerade entdeckt hab…*
> *Passt irgendwie zu uns oder?*
> **Anna**

… Ich warte!? :D
Sophie

> *›Wie soll dein Spiegel glänzen, wenn du jedes Mal in Zorn*
> *gerätst über den, der ihn putzt?‹*
> *(Rumi)*
> **Anna**

Manchmal fühlt sich Annas Tiefgang ganz schön schwer an.

> *Noch da?*
> **Anna**

Glaubst du, das passiert mir häufiger?
Sophie

> *Wem nicht? :P*
> **Anna**

Hm… mich interessiert, wer
da im Spiegel zu sehen sein wird.
Sophie

> *Ich bin mir sicher, es wird eine*
> *glänzende Version von dir sein ;)*
> **Anna**

Anna?

Sophie

Sophie?
Anna

Danke!
Sophie

Wie von der Tarantel gestochen springe ich auf und eile durch den Flur Richtung Küche. Tom steht am Herd und wie immer, wenn er das tut, duftet es köstlich!

Einen Moment halte ich inne und beobachte ihn. Er hat mich nicht bemerkt und singt ungeniert und fröhlich (sowie krumm und schief) eine Melodie, von der ich mir nicht sicher bin, ob es sie überhaupt gibt.

Um für einen kurzen Augenblick meine niederen Impulse auszuleben, wage ich eine eingehende Betrachtung seines unfuckingfassbaren Knackarschs und schließe ihn im Anschluss in die Arme - Tom, nicht seinen Knackarsch.

»Oh, hey Süße«, säuselt dieser genüsslich.

»Danke fürs Putzen!«, murmele ich aufrichtig zurück und quittiere seinen darauffolgenden, über die Schulter geworfenen und vollkommen verwirrten Blick mit einem breiten Grinsen.

ANNA
Köln, 11. Juli 2019

Schon von Weitem habe ich bemerkt, dass ich beobachtet werde. Eigenartig, dass Blicke spürbar sind. Ich frage mich, was wir noch alles fühlen könnten, wenn wir uns nur darauf einlassen würden.

Meiner Intuition folgend, entdecke ich ihn: Ein attraktiver Mann, etwa mein Alter, mit Wanderrucksack und zerschlissenen Jeans, der mich quer über den Platz im Auge behält.

Gemächlich setze ich meinen Weg fort, tue, als würde mir sein prüfender Blick nicht auffallen und ahne, dass er mich nicht wortlos vorbeiziehen lassen wird.

»Entschuldigung? Darf ich dich kurz stören?«

Die Zuverlässigkeit meines Bauchgefühls zaubert mir ein breites Lächeln aufs Gesicht. Das scheint der Fremde als Aufforderung fehlzuinterpretieren.

»Ich weiß, das muss sich jetzt total bescheuert anhören, aber ich war grade bei der Bank, um Geld abzuheben für mein Ticket…«

Schon jetzt ist mir klar, worauf das hinausläuft. Während ich ihn weiterhin aufmerksam betrachte, blende ich den Inhalt seiner Worte weitestgehend aus und versuche mich stattdessen auf das dahinterliegende Bedürfnis dieses Mannes zu konzentrieren.

Meines Erachtens nach ist der gesellschaftliche Fokus auf Worte und Taten falsch angesetzt, da sie lediglich Ausdruck von dahinterliegenden Bedürfnissen sind. Würden wir uns alle mehr um die Befriedigung der Bedürfnisse kümmern, als um die Sanktionierung von Taten die sie auslösen, wäre unsere Welt eine bessere.

»Wärst du so lieb und würdest mir das Geld für das Zugticket leihen? Ich überweise dir das dann auch sofort, sobald ich zu Hause bin«, reißt mich der Bedürftige mit seinem Finale aus der Tiefe.

Ich betrachte ihn eine Weile forschend und versuche mir vorzustellen, welche Notlage ihn hierhergeführt hat. Anstatt der durchaus vorhandenen Wut über seinen Betrugsversuch weiter Aufmerksamkeit zu schenken, konzentriere ich mich darauf, Mitgefühl zu entwickeln und mir bewusst zu machen, dass der Betrug an anderen Menschen letztlich nur ein Selbstbetrug ist.

Dann angele ich mein Portemonnaie aus der Tasche, entscheide mich für einen Zehneuroschein und überreiche ihn beinahe feierlich.

Seinen anschließenden Versuch mir noch mehr Geld zu entlocken, quittiere ich bevor ich gehe mit den Worten: »Jeder Enttäuschung liegt eine Selbsttäuschung zu Grunde!«

Auf dem Weg zur Bahnstation bin ich mir nicht sicher, was gerade eigentlich mit mir passiert - dafür aber, dass irgendetwas im Gange ist. Das spüre ich ganz deutlich. Es ist fast so, als würde ich von einem brausenden Sog meines Inneren in dessen Tiefe gezogen. Verliere den Halt und gewinne gleichzeitig an Freiheit. Meine sonst so permanente Fassade, die kontrollierte Verantwortung bröckelt und ich ahne, dass etwas hinter ihr liegt, das mich für immer verändern oder mich zu meinem Ursprung zurückbringen wird. Vielleicht sogar beides.

Es handelt sich nicht um etwas Künftiges, es geschieht gegenwärtig und schon eine geraume Weile. Mitten in Veränderung begriffen, transformiert diese Energie selbst die banalsten Begebenheiten zu einer Entwicklungsgelegenheit.

Bleibt nur die Frage offen, ob dieser Wandel, dieser Sturm in mir ausgelöst oder nur zufällig von Jasper begleitet wird.

In jedem Falle ist mir mittlerweile bewusst, dass ich meine Professionalität in seiner Nähe nicht aufrechterhalte. Immer wieder schafft er es einen persönlichen Bezug herzustellen und noch viel schlimmer ist, dass ich genau das genieße. Und DAS… darf nicht sein.

Ich sollte das eigentlich beenden. Besser jetzt als später. Also warum kann ich nicht damit aufhören? Ist es wirklich seine Entwicklung, die ich beobachten kann? Der Erfolg, das Gute, das ich bewirke?

Natürlich weiß ich, dass er das alles nicht vordergründig für sich tut und doch tut er es zwangsläufig für sich - unabhängig der Intention. Ich bin mir sicher, dass dieser Weg ihn verändern wird und ich will ihm unbedingt helfen.

Auch wenn Jasper versucht das zu überspielen… Ich erkenne die Leere in seinem Blick. Es ist nicht das erste Mal, das ich ihr begegne.

Ist es denn wirklich so bedenklich, unprofessionell einem Menschen zu helfen, nicht von der Leere aufgefressen zu werden? Das würde ich doch auch für jeden Freund machen.

Nur ist Jasper kein Freund von mir…

Und meine Intention nur zum Teil selbstlos.

Die Kraft, die mich hauptsächlich innerlich antreibt, ist nämlich total untypisch egoistisch für mich:

Ich begehre Jasper. Aus tiefster Seele…

Zu gerne würde ich einen Zeitsprung in die Vergangenheit wagen und mir selbst ein unvoreingenommenes, untrügliches Bild von ihr machen. Felsenfest bin ich davon überzeugt, dass es eben nicht Gene und Umfeld gleichermaßen sind, die uns zu dem machen, wer wir sind, sondern unser Umfeld den Großteil ausmacht. Das weiß ich nicht, weil ich so viel dazu recherchiert habe (und das habe ich), das weiß ich vor allem, weil ich ICH bin und immer versucht habe zu verstehen, warum das so ist.

Natürlich haben unsere Gene Einfluss - keine Frage. Meine blonden Haare, die grauen Augen, meine schmale Figur auf gerade mal einhundertdreiundsechzig Zentimeter Körpergröße. Das alles mag genetisch vorbestimmt sein. Von mir aus auch meine Verschlossenheit, mein Intellekt und mein Hang zur Melancholie.

Doch das, was mich wirklich zu dem Menschen gemacht hat, der ich jetzt bin, sind meine Eltern. Die Welt, die sie um mich herum mit ihren Dogmen erschaffen haben und die Dominanz, mit der sie diese dann verteidigt und es mir dadurch verwehrt haben, meinen eigenen Weg zu finden.

All die jahrelang aufgetischten Lügen hallen immer noch tagtäglich in meinem Kopf umher, nur dass sie mit jeder

Wiederholung an Lautstärke gewinnen, statt zu verlieren. Lügen über Gott, über sie selbst, aber vor allem Lügen über mich. Und obwohl ich weiß, dass es Lügen sind, halten sie mich gefangen in einem Gerüst, dessen Falschheit mir erdrückend den Atem raubt.

Ich erinnere mich daran, als meine Mutter mir zum ersten Mal sagte, im Vergleich zu Gott sei ich wertlos. Damals war ich etwa vier Jahre alt. Es ist eine meiner ersten Erinnerungen. Womöglich, weil sie eine tiefe Narbe in meiner Seele hinterlassen hat, da mir Relationen noch nicht zugänglich waren und ich daher nur begriffen habe, wertlos zu sein - für meine Mutter.

Auch wenn mir später die Fähigkeit gegeben wurde, in Relation zu setzen, so habe ich diesen Satz zwar noch viele Male gehört, ihn jedoch stets auf die gleiche relationslose Weise in mir aufgenommen. Als wäre ich in der Wahrnehmung meines vierjährigen Ichs stagniert.

Wenn ich an diesen ersten Satz zurückdenke, bekomme ich das Bild von einem brüchigen, maroden Holztisch. Ein Tisch, der das Gleichgewicht auf gerade mal einem Bein zu halten versucht. Doch mit jeder erneuten Aussprache erhielt dieser Tisch ein weiteres Bein hinzu, sodass er schließlich nicht mehr wankte und mit den Jahren beinah überwuchert wurde von Beinen. Ein Tisch, der mit der Zeit und durch jede Wiederholung ebenso stabil und robust wie Stahl wurde.

Und so ist einer meiner Kernglaubenssätze geboren:

›Ich bin wertlos.‹

Ein Satz, dessen Beine ich nun Stück für Stück mit meinen Spiegelbekundungen (dank Ralf) wieder abmontiere. Ein ganz schöner Haufen Arbeit! Danke, Mama.

Zu gerne wüsste ich, welche Tische wohl Ralf in sich trägt, welche seine Mutter in ihm hinterlassen hat. Aber immer dann, wenn ich das Thema darauf lenke, zieht er sich wie eine Schnecke (nur bedeutend schneller) in sein inneres Häuschen zurück. So auch jetzt. Seine Augen nehmen etwas Glasiges, irgendwie Fernes an. So wie der Blick von frischen Säuglingen, deren Seele noch nicht vollkommen in unserer Welt angekommen ist.

Bei Ralf ist es genau umgekehrt. Ist die Rede von seiner Mutter, scheint ein Teil seiner Seele diese Welt kurzum wieder zu verlassen.

»Ralf?!«, versuche ich ihn zurückzuholen.

»Ich will nicht über sie reden, Lisbeth!«, zischt er und trifft mich damit bis ins Mark.

Gekränkt hole ich aus: »Ich habe dir alles erzählt. Jedes noch so kleinste Detail. Warum vertraust du mir nicht?«

Es ist mir unangenehm wie verletzlich und beleidigt das klingt. Seit Ralf da ist, benehmen sich meine Emotionen irgendwie häufiger extrem kindisch und entziehen sich dabei meiner Kontrolle.

»Ach Lis«, sein Blick wird sanft, »ich vertraue dir!«

Er macht eine bedeutsame Pause. Dann fügt er schroff hinzu: »Und ich will trotzdem nicht darüber reden.«

»Verdrängen hält den Schmerz in dir gefangen, Ralf«, versuche ich ihn zu erreichen.

»Na und? Es ist MEIN Schmerz und ich darf mit ihm machen, was ich will!«, schießt er zurück und klingt dabei nicht minder kindisch.

Wir müssen beide grinsen.

Ich strecke ihm schelmisch die Zunge raus. Das hat sich irgendwie zu unserem Zeichen entwickelt dafür, dass wir uns nichts Böses wollen und es gut miteinander meinen. Und da wir beide die Tendenz haben, uns schnell angegriffen zu fühlen, ist das auch ein absolut sinniges Zeichen für unsere Kommunikation. Insbesondere wenn ihr Inhalt so viel Schwere trägt.

Ralfs Grinsen verblasst, ehe er fragt: »Was lässt denn den Schmerz verschwinden?«

Ich greife nach seiner Hand, gucke ihm eindringlich in die Augen und antworte aufrichtig: »Vergebung.«

Er zieht seine Hand weg und funkelt mit leidverzerrtem Gesicht: »Diese Frau hat keine Vergebung verdient, Lisbeth.«

Wieder nehme ich seine Hand, dieses Mal etwas bestimmter, um ihm die Flucht zumindest zu erschweren und erkläre: »Aber DU, Ralf. Du hast Vergebung verdient. Du hast verdient, dich von diesem Schmerz zu befreien, anstatt ihn jeden Tag mit dir herumzutragen. Du solltest ihr vergeben, damit DU frei bist, nicht für sie!«

Es ist still um uns. So still, dass ich meine, die Stille auf meiner Haut zu spüren.

Schon wieder dieser gläserne Blick.

Ich warte einige Augenblicke. Lasse ihm Zeit, um von alleine zurückzukommen.

Das tut er dann auch. Mit einer überraschenden Frage: »Wie geht das?«

In Gedanken bei Anna laufe ich die Post-it's ab und lasse deren Inhalt kurzfristig meinen Kopf einnehmen. Die Betonung liegt hier definitiv auf dem Kopf, denn in mein Inneres schafft es bislang noch keine dieser (für meinen Geschmack viel zu weichgespülten) Autosuggestionen.

Warum ich mir mit denen überhaupt die Wände tapeziert habe und sie tatsächlich mindestens einmal pro Tag abspaziere, bleibt meinem Bewusstsein bislang verborgen und das akzeptiere ich.

In jedem Falle aber ahne ich, dass Anna für mich so eine Art Lügendetektor darstellt und ich es vielleicht auch deswegen nicht wage, lediglich vorzugeben, mich zu autosuggerieren.

Wirklich eigenartig ist das Gefühl, dass sich tatsächlich etwas in mir zu verändern beginnt. Denn die Verachtung, die ich noch bei meinem ersten Spaziergang empfunden habe, ist mittlerweile der Gleichgültigkeit und Toleranz gewichen und ich frage mich, welche innere Haltung mich wohl in ein paar Wochen begleiten wird.

›Ich liebe und achte mich‹, lese ich emotionslos die letzte Autosuggestion und genehmige mir als Belohnung eine erfüllende Inhalation des Tütchens, das mich natürlich aus

Motivationsgründen bei jedem Spaziergang begleitet.

Während ich mich wieder auf das Sofa sinken lasse, bekomme ich plötzlich das unangenehme Gefühl, etwas Wichtiges vergessen zu haben. Etwas, das Anna mir aufgetragen hat.

Ich durchforste mein Gedächtnis und verfluche alsbald die Intensität meines aktuellen Rausches. Wie im tiefsten Nebel versuche ich nicht nur ins Gestern, sondern gar in die letzte Woche zu blicken - ein scheinbar hoffnungsloses Unterfangen.

Doch plötzlich erscheinen auf wundersame Weise Buchstaben in diesem Nebel, die vor meinen Augen tanzen, sich mal so, mal so und schließlich zu dem Wort ›Spalt‹ formieren.

Ach ja! Das Doppelspaltexperiment, auf das mich Anna verwiesen hat - nachdem ich mal wieder den Wahrheitsgehalt ihrer Arbeitsweise in Frage gestellt habe.

Dieses Experiment sei aus der Quantenphysik und würde Annas Fokus auf Glaubenssätze erklären.

Also gut, schauen wir da mal rein!

Ich angele meinen Mac vom Tisch, öffne ihn und gebe ›Doppelspaltexperiment‹ bei Youtube ein - nach Lesen ist mir gerade nicht. Und weil mir eben genauso wenig nach zeitintensiven Erklärungen ist, klicke ich folgerichtig auf das kürzeste Video aus dem Kanal ›100 Sekunden Physik‹. In leider keinen hundert, sondern exakt zweihundertacht Sekunden, wird mir von einer sympathischen Nerdstimme das Doppelspaltexperiment erklärt, das derweil mit simplen Zeichnungen visualisiertwird und mich vollkommen fassungslos und mit geweiteten Augen auf meiner Couch zurücklässt.[2]

Abgefahrener Scheiß!!

Wie ist das denn bitte möglich?

Winzige Teilchen, die sich entgegen unserem physikalischen Verständnis und nur unter Beobachtung so verhalten wie wir es erwarten?! Das ist ja wohl ein absoluter und vollkommen unerklärlicher Mindblow, der Annas Überzeugung instant in ein völlig neues Licht rückt.

Ist es tatsächlich möglich, dass nicht die Realität unsere Überzeugungen schafft, sondern genau umgekehrt? Verhalten sich die kleinsten Teilchen so wie wir es erwarten, aber nur solange wir sie dabei beobachten? Also können wir mit dem, was wir erwarten und glauben, wirklich unsere Welt formen und gestalten?

Das fällt mir schwer zu glauben!

Ich versinke in einem tiefschürfenden, allesinfragestellenden Grübelanfall, während dem sich meine Gedanken mehrfach überschlagen, zerteilen, erneuern und schließlich auf einem trostlosen Buchstabenhaufen ihren Sinn verlieren.

Sollte das wirklich stimmen, dann ist die komplette heutige Wissenschaft auf einer Fehlannahme begründet. Dann ist der Ursprung von Allem ein vollkommen anderer.

Fuck!

Wenn das stimmt, wenn unsere Gedanken und unser Inneres wirklich unsere Welt formen... dann hat Anna recht. Dann gibt es niemanden mehr, den ich für mein Leben verantwortlich machen kann, außer mir selbst.

Meine Einsamkeit, meine Perspektivlosigkeit, meine Drogenaffinität... selbst Ralfs Worte... haben ihren Ursprung also in mir?

Hat Ralf wirklich nur ausgesprochen, was ich tief im Innern selbst von mir denke?

Eine stumme Träne löst sich aus meinen Augenwinkeln und bahnt sich schmerzlich einen Weg in die einzig ihr mögliche Richtung. Während sie fällt, falle auch ich.

Schwer, haltlos, leer.

Und erst am Boden dieser Schwere, die das Erkennen dieser allumfassenden Verantwortung nun mal mit sich bringt, realisiere ich das große Geschenk, das sie bereithält: Macht. Hier unten, am Grunde zusammengekauert, erkenne ich, dass ICH alleine jeden Faden meines Lebens in der Hand halte.

Das und dass es an der Zeit ist, meine Außenwelt umzuformen…

Ich schnappe mir ein paar neue Post-its und schreibe, ungeachtet der Einseitigkeit meiner Wünsche, drauf los:

Anna verliebt sich in mich.

Anna und ich kommen uns nahe.

Einen kurzen Augenblick halte ich inne, ehe ich einen weiteren Post-it beschrifte:

Ralf und ich finden wieder zueinander.

*L*ieber Ralf,
ich schreibe dir diesen Brief viel zu spät, das weiß ich. Und ich weiß nicht, wie ich diese Zeitverzögerung erklären soll… Ich habe solche Schuldgefühle und schäme mich unendlich. Gleichzeitig glaube ich, dass du ohnehin nichts von mir hören willst…

Ach Ralf… Du ahnst nicht, wie leid mir alles tut. Und mit alles, meine ich wirklich alles!

Ich hatte kein Recht dazu, dich so zu behandeln und es wundert mich nicht, dass du dich aus meinem Leben verabschiedet hast. Um ehrlich zu sein, bin ich sogar glücklich darüber, dass du diese Entscheidung für dich getroffen hast. Sie hat mir die Möglichkeit gegeben, über mich und mein Verhalten nachzudenken.

Du bist mein Sohn und es lag in meiner Verantwortung, dich zu beschützen. Scheiße man, das habe ich nicht geschafft… Ganz im Gegenteil war sogar ich diejenige, die dir so viel Schmerz zugefügt hat.

Ralf, es tut mir so unendlich leid und ich hoffe so sehr, dass du mir irgendwann vergeben kannst.

Du hattest von Beginn an eine bessere Mutter verdient, als ich dir je hätte sein könnte.

Du weißt selbst, wie kaputt ich bin. Du kennst die Geschichten aus meiner Kindheit und weißt, dass ich dir nur so weh getan habe, weil ich selbst total überfordert war und es nicht besser konnte. Ich wünschte, ich könnte die Zeit zurückdrehen. Ich wünschte, ich könnte alles ungeschehen machen.

Diese Schuld werde ich für immer mit mir herumtragen.

Bitte glaub mir, wie leid es mir tut.

Ich bereue jeden Schmerz, den du durch mich erlitten hast.

Bitte vergib mir.

Ich liebe dich

Deine Mama

Tränen laufen mir über die Wangen, während ich den Brief wieder und wieder lese. Obwohl es nicht Mutters Handschrift, sondern meine eigene ist, bewegen mich die dahingekritzelten Worte tief unter der Oberfläche.

Lisbeth muss das Zittern meiner Schultern richtig interpretiert haben, denn sie kommt zu mir und nimmt mich in den Arm. Die Tränen sind mir peinlich, daher vergrabe ich mein Gesicht sofort an ihre Brust, lasse mir sanft von ihr über den Kopf streicheln und komme mir dabei schon wieder extrem jungenhaft vor.

Ohne dass ich irgendeinen Laut von mir gebe, sickert die Tränenflüssigkeit unkontrolliert wie ein natürlicher Quell aus meinen Augen und Nase hervor. Es fühlt sich an, als wäre da irgendetwas in mir durchgebrochen. Irgendeine Schleuse, die sich geöffnet hat und das Wasser schwallartig hindurchlässt, sodass es kein Entkommen, kein Zurückdrängen mehr gibt.

Es fließt einfach.

Still und leise.

Erst nachdem ich alle Nässe von innen nach außen gekehrt, vor allem aber Lisbeths Pulli klatschnass und verschleimt habe, blicke ich wieder schüchtern zu ihr auf.

»Es ist gut zu weinen«, sagt sie.

Ich ziehe skeptisch die Augenbraue hoch.

»Es ist die einzige Möglichkeit uns innerlich reinzuwaschen«, führt sie mit ernstem Gesichtsausdruck aus.

Das leuchtet mir irgendwie ein.

Und so lasse ich die Nässe einfach, wo sie ist.

Nach einer Weile des Schweigens fragt Lis: »Wie hat es sich angefühlt?«

Ich muss ein paar Mal durchatmen, ehe ich die Erfahrung in Worte fassen kann: »Es war komisch aus ihrer Sicht zu schreiben. Aber irgendwie verstehe ich es jetzt besser.«

»Und… glaubst du, du kannst ihr vergeben?«

»Ich will es zumindest probieren…«

Sie schlendert zum Sofa, greift unser Buch und fragt grinsend: »Willst du wissen, was Schams mich gerade gelehrt hat?«

Ich nicke dankend für die willkommene Ablenkung und lausche dann konzentriert Lis Stimme, die so zart und fragil klingt, als könne sie jeden Augenblick von einem Luftzug davongetragen werden.

»Versuche den Veränderungen, die dir begegnen,
nicht auszuweichen,
sondern lass das Leben durch dich leben.
Und sei nicht in Sorge darüber, dass dein Leben
auf den Kopf gestellt werden könnte.
Denn woher willst du wissen,
dass die Seite, die du gewohnt bist,
besser ist als die neue?«[3]

Verunsichert mustere ich Jasper, dessen Ausstrahlung wie vollkommen ausgewechselt ist. Ein einnehmendes Lächeln erstreckt sich über den Großteil seines Gesichtes. Er wirkt euphorisch, man könnte beinahe behaupten glücklich und warum auch immer, irritiert mich genau das ungemein.

»Du siehst gut aus«, purzeln meine Gedanken einfach so zwischen uns und brechen die Stille.

Jaspers Lächeln wird noch breiter, während sich Röte in mein Gesicht schleicht und ich mich stammelnd korrigiere: »Du siehst glücklich aus, meine ich.«

»Du siehst auch gut aus, Anna.«

Verdammt.

Es sind noch keine fünf Minuten vergangen und ich ringe schon wieder um Distanz. Das kann ja heiter werden. Dabei kann ich ohnehin seit meinem inneren Eingeständnis auf dem Chlodwigplatz an nichts anderes mehr denken, als Jaspers Hände auf meinem Körper, seinen Lippen auf meinen…

So scheint mein Inneres das Anerkennen meiner Begierde als Startschuss für einen Marathonlauf der Phantasien interpretiert zu haben.

Tatsächlich verstreicht seither keine Nacht, in der ich nicht von Jasper träume. Ganz schön grotesk oder nicht?

Jedenfalls macht es mir dieser Kopfkinomarathon nun umso schwerer, meine professionelle Distanz wiederzufinden oder sagen wir besser, sie wenigstens vorzugaukeln.

Um meine Augen von Jaspers Lippen fernzuhalten, fixiere ich konzentriert das Klemmbrett in meinen Händen. Es zittert leicht. Dann frage ich, ohne aufzublicken: »Wie läuft es mit deinen Autosuggestionen?«

»Die laufen super. Vielleicht kommst du mich irgendwann mal besuchen, dann kann ich sie dir zeigen.«

»Jasper!«, klingt mein Tonfall empörter als beabsichtigt und lässt meinen Gegenüber postwendend zusammenzucken.

»Entschuldige«, nuschelt er und versucht dann das Thema zu wechseln. »Ich habe übrigens das Doppelspaltexperiment gesehen.«

»Und? Was hältst du davon?«, frage ich, mich wieder wohler fühlend.

»Scheiße, Anna. Das ist echt abgefahren, findest du nicht? Also, ich meine, wenn das wirklich stimmt, dann ist alles, was wir von der Welt glauben, schlichtweg falsch.«

»Genau genommen stimmt das so nicht«, korrigiere ich, »denn solange wir es GLAUBEN, ist es auch so. Dadurch liegen wir mit unserem Glauben immer richtig - unabhängig von dessen Inhalt.«

»Niemand mag Klugscheißer«, bekomme ich die feixende Retourkutsche.

Um nicht schon wieder Opfer des Jasperkontrollverlustes zu werden, schieße ich in eine andere Richtung, die (wie ich weiß) umgekehrt zu Verunsicherung führt: »Die einzig wichtige Frage ist: Wie genau willst du diese Erkenntnis für deine Welt nutzen?«

»Gute Frage«, stellt er fest.

»Ich finde, das wäre jetzt ein guter Zeitpunkt, sich mit dem Ursprung deiner Welt auseinanderzusetzen. Dem, was du glaubst und erwartest.«

»Du bist eine Spielverderberin. Hat dir das schon mal jemand gesagt, Anna Kant?«

»Du willst nicht wissen wie oft!«, lasse ich die Fassade intuitiv bröckeln und versuche diesen Fehler gleich wieder auszubügeln. »Welche Bereiche möchtest du in deinem Leben denn konkret verändern?«

Ich deute mit dem Finger auf das Plakat mit den Lebensbereichen ›Beruf‹, ›Familie‹, ›Freunde‹, ›Freizeit‹, ›Wohnen‹ und ›Partnerschaft‹.

Jasper begutachtet die Auswahl, setzt dann ein ambivalentes Lächeln auf und antwortet schulterzuckend: »Alle, außer Wohnen.«

Diese Offenlegung berührt mich irgendwie tiefer als erwartet und das Bedürfnis, ihm die Schwere, welche nun zwischen uns in der Luft liegt, zu nehmen, pocht intensiv in meiner Brust.

»Ich dachte du bist Single?«, versuche ich es mit Humor (was einfach nicht wirklich mein Ding ist).

Ein euphorisierendes Grinsen huscht Jasper über die Lippen, ehe er kontert: »Aber vielleicht gibt es ja jemanden in meinem Leben, mit der ich gerne zusammen wäre…«

Mein Atem und Herzschlag setzen gleichermaßen aus. Jaspers Blick brennt sich derweil in meine Netzhaut und ich bekomme das Gefühl, mich langsam in Luft aufzulösen. Die Momente vergehen, während die Welt um uns herum verschwimmt und es packt mich eine Begierde, die mir an Intensität vollkommen unbekannt ist und mich, würde ich ihr nachgeben, wohl im hohen Bogen auf seinen Schoß springen lassen würde.

»Anna. Atme.«

Ich folge seiner Anweisung ein paar Mal tief und weil mir einfach nichts einfällt, was ich jetzt noch sagen kann, ohne mich selbst zu offenbaren und vermutlich gleichwohl anzubieten, wechsele ich das Thema: »Was möchtest du denn an deinem Beruf verändern?«

Wenn ich mich nicht so über Sophies Wandel freuen würde, fände ich ihn unheimlich und viel zu plötzlich. Ist Veränderung noch gesund und vorteilhaft, wenn sie einen wie eine Welle mitreißt und nichts mehr von dem übriglässt, was war?

Gut, zumindest nichts mehr von dem, was ich mit der Zeit durchaus als extrem anstrengend erlebt habe. Okay, okay, ich gebe ja zu: Ich liebe die neue Sophie! Sie hat mich vorgestern Morgen tatsächlich mit einem Kaffee im Bett geweckt. Ist das zu fassen?

Und dann (ich wage es kaum laut auszusprechen) übernimmt sie plötzlich sogar Aufgaben im Haushalt! Erst gestern hat sie das Badezimmer geputzt. Ehrlich gesagt hat es mich verwundert, dass sie überhaupt wusste, wo sich die Putzmittel befinden.

Außerdem trägt sie jetzt jeden Tag neue, selbstgenähte Kleidungsstücke mit bunten, teilweise abstrakten Mustern, die entweder beim bloßen Ansehen gute Stimmung bereiten oder aber leichte Kopfschmerzen. Teilweise beides.

Begleitet wird die neue Mode von einem eingemeißelten Lächeln, das ich zumindest beim Frühstück ausgesprochen unheimlich finde. Wie versteinert prangt es da in ihrem

Gesicht mit den aalglatten Gesichtszügen und ich stelle mir vor, wie ich es zwischen zwei Fingern zu packen bekomme und wie ein Abziehbild herunterreiße.

Die sonst gekräuselte Stirn, die aufgeblähten Nasenflügel beim Lesen der Zeitung, die pikierten Äußerungen… nichts davon konnte dem Sturm der Veränderung, der in Sophie wütet, trotzen.

Dabei ist der Wandel so ausschließlich positiv, dass ich mich gelegentlich frage, ob ich mich vielleicht doch nur in einem eigens für mich geschriebenen Theaterstück befinde, das Sophie bis zur Perfektion und vollkommen überzeugend darstellt.

In jedem Fall trage ich eine Frage mit mir herum. Vielleicht ist es auch nur ein zeitlicher Zufall. Aber kann es sein, dass das alles von meiner Selbstoffenbarung ausgelöst wurde?

Habe ich etwa den Schlüssel entdeckt für die harte, robuste Schatzkiste namens Sophie?

Versonnen beobachte ich Ralf, seinen versenkten Blick in ›Die 40 Geheimnisse der Liebe‹ und seine stets leicht angezogenen Schultern.

Ich habe ihn darum gebeten, mir jede der vierzig Regeln vorzulesen, sobald er eine ausfindig macht. Der Romantext zwischen den Regeln ist für mich nicht so wichtig.

Das zusammengefaltete Blatt Papier, auf dem ich die bisherigen Regeln festgehalten habe, ziehe ich aus meiner Hosentasche und lese die letzte Notiz ein weiteres Mal.

›Gott arbeitet an der äußeren und inneren Vollendung
des Werks, das du darstellst.
Er ist unablässig mit dir beschäftigt.
Jeder Mensch ist eine in Ausführung befindliche Arbeit, die
sich langsam, aber unaufhaltsam ihrer Vollkommenheit nähert.
Jeder von uns ist ein unvollendetes Kunstwerk,
das darauf wartet und danach strebt, vollendet zu werden.
Gott widmet sich jedem Einzelnen von uns,
denn das Menschsein ist wie die höchste Schreibkunst,
und jeder einzelne Punkt
ist gleichermaßen wichtig für das Gesamtbild.‹[3]

Eine wärmende, wohltuende Welle des Friedens durch-strömt meine Adern. Dieser Gott, den Schams e Tabrizi be-schreibt, scheint ein gänzlich anderer zu sein, als jener, den mich meine Eltern lieben und fürchten lehrten.

Zwar habe ich immer schon eine enge Verbindung zu Gott, doch diese war bislang stets von Angst geprägt. Angst, ihm nicht zu genügen, zu sündigen und bestraft zu werden. Mir Gott nun als eine Instanz vorzustellen, die mich mit wohlwollendem, liebevollem Blick begleitet, stellt genau die Befreiung dar, nach der ich mich (ohne mir dessen bewusst zu sein) immer gesehnt habe.

Im Grunde hat die Vorstellung des Richter Gottes auch vorher schon einige Ungereimtheiten bei mir aufgeworfen. Immerhin wäre es ja reichlich fragwürdig die Menschen so zu erschaffen wie sie sind und dann am Ende genau dafür zu bestrafen. Im Besonderen all jene, die im Leid aufwach-sen, falsche Werte lernen oder deren Herz Stück für Stück geleert wurde, sodass sie selbst nur noch fähig sind Unheil in die Welt zu tragen.

Welcher Gott könnte sie für das, was sie tun, bestrafen, wenn er doch fähig ist, in ihre Herzen und somit in die darin befindliche Leere zu blicken? Der Gott, an den ich glauben will, erkennt und begleitet uns liebevoll, fern von Urteilen und Bestrafungen.

Nun befinde ich mich in einem allumfänglichen Prozess, in dem ich das, was ich glaubte über meinen Gott zu wis-sen, bereitwillig vergesse und gewillt bin, alles neu zu erler-nen. Wie ein Puzzle habe ich in der Vergangenheit meine Vorstellung von ihm nach und nach durch die Informatio-nen meiner Eltern, aber auch anhand meiner Erfahrungen zusammengesetzt. Damit habe ich mir, obwohl genau das ja untersagt ist, ein Bild von Gott gemacht. Schon eine geraume Weile rüttele ich nun an diesem Bild und stelle es zunehmend in Frage.

Schon damals habe ich im Grunde meines Herzens gespürt, dass einige dieser Gottesteile womöglich zu einem anderen, keinesfalls aber zu meinem Puzzle gehören können.

Nun, dank Ralf und Schams ist endlich die Zeit gekommen, diese Teile endgültig zu entfernen und jene hinzuzufügen deren Zugehörigkeit ich zwar immer ahnte, es mich aber nie gewagt habe, sie tatsächlich einzusetzen.

So wird mein Bild immer vollkommener. Als würde nicht nur Gott an dem Kunstwerk arbeiten, das ich darstelle, sondern auch ich an dem Seinen in mir.

Das Leben geht einher mit Unwissenheit.

Welch ein Paradoxon: Göttliche Gewissheit ist ausschließlich im tiefsten Glauben zu finden.

Und dieser Glaube wiederum ausschließlich in unseren Herzen.

So sehr ich an Gott Glaube, so intensiv habe ich bereits an ihm gezweifelt. Und auch, wenn ich froh bin, dass Ralf mich an der Schwelle, die absolute Wahrheit zu ergründen, gefunden und zurück ins Leben geleitet hat, so blicke ich doch sehnsüchtig zurück und bereue zu Teilen, nicht hinübergeglitten zu sein. Nicht herausgefunden zu haben, was hinter dieser Schwelle tatsächlich auf uns wartet.

Seit einer geraumen Weile gibt es da nämlich eine Theorie in mir, die während des Betrachtens eines enorm schwangeren Bauches entstanden ist, dessen Nabel sich mir frech entgegengestreckt hat und den innerlichen Gedankenfluss damit nahezu provozierte.

Bislang habe ich noch niemandem von dieser Theorie erzählt. So zerbrechlich würde sie bereits bei dem kleinsten kritischen Wort in Abermillionen filigrane Scherben zerbersten.

Ebenjene Gedankenströmung begann mit einem tiefen Einfühlen in das Baby, das dort in diesem prallen Bauch vor mir heranwuchs. Ich versuchte mir vorzustellen, wie ich selbst in wohliger Wärme, im Fruchtwasser treibend meine ersten Saltos im Bauch meiner Mutter vollführte. Wie ich zunächst mich selbst und dann meine Welt zu begreifen begann. Wie ich die Grenzen, die Gebärmutterwand erkundete und zum ersten Mal erahnte, woraus meine Welt beschaffen war, wie sie sich anfühlte, wie sie schmeckte. Immer mehr Eindrücke, die mein Verständnis nährten: Stimmen, die zu mir durchdrangen, Geräusche des Verdauens, sanfte Berührungen.

Ich stellte mir vor, wie ich zu spüren begann, dass ich zwar alleine dort und doch gleichzeitig etwas darüber hinaus präsent war. Dass ich umgeben war von Liebe. Dass dort etwas war, das mich liebte und mir gedämpfte Worte zusäuselte, deren Inhalt mir unbegreiflich, das Gefühl aber sehr wohl spürbar war.

Genau in diesem Moment, vollkommen von dieser Vorstellung eingenommen, stellte sich mir plötzlich eine Frage, die mir immer noch eine Gänsehaut über den Rücken jagt: Was, wenn Gott unsere Mutter und unsere Welt nur ihre Gebärmutter ist?

Ich muss Grinsen.

Das würde zumindest erklären, warum es uns unmöglich ist, Gott zu betrachten und wir doch ihre Präsenz spüren, ihre Worte fühlen, nicht aber verstehen können. So wäre der Tod nur ein Tor in eine noch viel größere, uns vollkommen unbegreifliche Dimension. Ein Tor in eine Welt, in der wir unter Schmerzen in Gottes Arme geboren und die wir durch unser Ankommen für immer verändern werden…

Und obgleich ich mich danach sehne endlich von ihren Armen gehalten, in ihr Angesicht sehen zu können, scheint es doch so, als wäre ich noch nicht bereit, wiedergeboren zu werden.

Viel zu lange schon hängt die Frage im luftleeren Raum. Noch viel länger durchzieht sie jede meiner Zellen und das Einzige, das sie hinterlässt, ist ein riesiges Fragezeichen.

»Was möchtest du an deinem Beruf verändern?«, wiederholt Anna vom Schweigen irritiert die Frage.

»Kaputte Schallplatte?«, witzele ich ablenkend, während ich abwäge, wie viel Wahrheit meine Antwort enthalten wird.

Anna verdreht die Augen, hält mitten in der Bewegung inne und durchbohrt mich dann interessiert, als hätte sie die Intention meines Witzes begriffen.

»Du möchtest dein Studium abbrechen?«, schießt sie ins Schwarze und erschwert mir durch ihre Direktheit eine Lüge.

Ich nicke.

»BWL passt auch nicht zu dir«, grinst sie aufmunternd und wartet, dass ich meine Überlegungen diesbezüglich ausführe. Nur gibt es keine Ausführungen oder weitergehenden Gedanken, die ich ihr mitteilen könnte.

»Was möchtest du stattdessen machen?«, bohrt sie also weiter und fühlt sich dabei sichtlich unwohl.

Achselzuckend blicke ich ihr ratlos entgegen - die ehrlichste Antwort, die sie von mir kriegen kann. Gut, ich hätte sie aussprechen können, doch all das, was so schwer in Worte zu fassen ist, lässt sich oft leichter wortlos transportieren.

Mitgefühl legt sich in Annas Augenblick und ebenso in ihre Worte: »In der Orientierungslosigkeit ist es leichter herauszufinden, was man nicht will, als das, was man will. ›Try and Error‹ ist ein Prinzip, dass ich sehr schätze.«

»Soweit ich weiß, beinhaltet das Prinzip nicht nur einen Versuch, sondern viele«, versuche ich meine Selbstunsicherheit zu überspielen.

»Soweit ich weiß, entscheidest du selbst, ob das hier der Anfang oder das Ende deiner Versuche ist.«

Ich liebe Annas Konter! Und ich liebe auch, dass sie sie mit bierernster Miene vorträgt, als würde sie dieses Spiel zwischen uns nicht genießen (und dabei weiß ich, dass sie das tut).

»Wahre Worte«, erkenne ich an.

Nach einer Weile des Schweigens, versucht sie mir auf die Schliche zu kommen: »Was kannst du den ganzen Tag lang machen, ohne dass es dir Energie nimmt, sondern dir sogar, ganz im Gegenteil, Energie gibt?«

Ich seufze angestrengt meine spontane innere Abwehr in den Raum hinein, ehe ich beginne über die Frage nachzudenken. Und da ich mir ziemlich sicher bin, dass der Konsum etwaiger Substanzen hier nicht Gegenstand der Befragung ist, antworte ich: »Wortkunst.«

Annas Augen weiten sich überrascht.

»Was genau ist Wortkunst?«

»Na Kunst mit Worten?«, feixe ich und zwinkere angeberisch zu ihr herüber.

»Gesprochen oder geschrieben?«

»Geschrieben.«

»Prosa, Gedichte, Geschichten?«

»Jede Form, Anna. Ich liebe Worte in ihrer Gesamtheit. Ohne Einschränkungen.«

Sie sieht irgendwie beeindruckt aus. Oder doch überrascht? Das eine würde mich freuen, das andere beleidigen. Eigenartig, dass die kleinsten Nuancen unsere Emotionen dirigieren und sich unserer Kontrolle entziehen.

Anna läuft rot an. Neugierig richte ich mich auf.

»Bringst du mir nächste Woche etwas zum Lesen mit?«, fragt sie so leise, als wäre es unser kleines Geheimnis.

Schon wieder stehe ich vor einer inneren Blockade. Eine, die über die Jahre immer fester und solider wurde. Noch nie habe ich jemanden etwas von mir lesen lassen. Das hat den einfachen Grund, dass meine Worte mein Inneres spiegeln. Als würde ich mit jedem Wort einen Teil meiner Seele zu Papier bringen… So nah wie auf meinem Papier, kann mir niemand kommen.

Alles in mir wehrt sich dagegen, Anna diesen Einblick zu gewähren. Doch war nicht genau das mein Wunsch? Annas Nähe?

»Okay«, presse ich, meine innere Abwehr niederringend, hervor.

Erleichterung huscht über ihre Gesichtszüge, ehe sie sich wieder mit Professionalität aufzufangen versucht: »Es gibt viele Berufe, in denen es um Worte geht. Vielleicht informierst du dich mal, welche Optionen du hast.«

Amüsiert ironisiere ich: »Wow. Danke für den tollen Tipp, auf die Idee wäre ich ohne dich nie gekommen!«

Schon wieder diese mir fast schon vertraute Röte. Warum auch immer, aber von Distanz ist heute fast gar nichts mehr zu spüren. Wenn ich es nicht besser wüsste, würde ich glatt behaupten, dass Anna verdammt emotional auf mich reagiert. Ist es möglich, dass die Autosuggestionen jetzt schon Früchte tragen?

Und falls ja… wie weit kann ich wohl gehen?

Wie viel lässt sie zu?

Ohne mich auf das langweilig berufliche Gespräch zu konzentrieren, richte ich meinen Blick auf Annas schmale Finger, die nervös an dem Klemmbrett herumspielen. Wie gerne ich einfach ihre Hand greifen, ihre Haut auf meiner spüren würde.

»Gut, dann informier du dich mal bis nächste Woche, unsere Zeit ist jetzt um«, werde ich unsanft aus meiner Sehnsucht gerissen.

Unterwürfig nickend richte ich mich auf, mache einen Schritt auf sie zu, sodass keine Armlänge mehr zwischen uns liegt und blicke ihr tief in die nervösen, grünen Augen.

Wie angewurzelt steht sie da und ich erahne eine Chance. Mitten in ihre Unschlüssigkeit hinein mache ich noch einen zaghaften Schritt nach vorne. Nur noch Zentimeter trennen unsere Gesichter voneinander.

Mein Herz hämmert in der Brust, als wolle es sich aus ihr befreien. Vorsichtig greife ich nach Annas zittrigen Fingern und streiche ihr sanft über den Handrücken.

Und dann, als ich sie gerade küssen will, dreht sie ihr Gesicht plötzlich weg und schließt mich in eine viel zu steife, abwehrende Umarmung.

Fuck!

»Bis nächste Woche!«, beschließt Anna bestimmt.

Ich lasse von ihr ab und entferne mich, obwohl sich jeder einzelne Schritt von ihr weg absolut und vollkommen falsch anfühlt.

Annas Gesicht nimmt einen verzweifelten Ausdruck an, sie ergreift meine Hand eine Spur zu feste und appelliert gespielt theatralisch: »Sophieeeee… ich brauche eine Lösung. Jetzt sofooooort!!!«

Ich spiele mit, indem ich ein entnervtes Stöhnen beisteuere: »Jaja, du armes Ding. Du willst einen Mann, der dich offensichtlich auch will. Was für ein Drama!!«

Mein breites Grinsen führt bei Anna zu einer leichten Glättung ihrer Sorgenfältchen. Ohne jegliche Dramatik, dafür aber mit ernstem Tonfall insistiert sie: »Du weißt genau, warum das ein Problem ist. Ich brauche eine Lösung. Und zwar schnell. Mir entgleitet nämlich die Kontrolle.«

»Das schadet dir nicht, du kleiner Kontrollfreak«, provoziere ich grinsend und schenke uns ein weiteres Glas von dem köstlichen Doppio Passo Primitivo ein.

Als ich ihre skeptisch zusammengekniffenen Augen registriere, versuche ich es anders: »Das Problem schaffst du selbst. Gut, alles bis hierher war unprofessionell. Ist doch egal. Der Typ ist ja eh nur bei dir aufgelaufen, weil er Interesse an dir und nicht an deinem Coaching hatte. Also fuck, shice doch einfach drauf und schnapp ihn dir. So wie ich das sehe, hast du verdient, es dir nochmal ordentlich besorgen zu lassen!«

»Sophie!«, werde ich gerügt.

Während ein großer Schluck Wein in mir verschwindet, kann ich allerdings beobachten, wie meine Plumpheit in Anna arbeitet.

»Nimm dir, was du willst, Süße«, ergänze ich zwinkernd.

Amüsiert beobachte ich wie sich Annas Wangen rot verfärben und ihre Gedankengänge entlarven.

»Meinst du echt?«, fragt sie verschüchtert.

»Sure. Wer nicht wagt, der nicht gewinnt«, mit erhobenem Zeigefinger unterstreiche ich meine Weisheit und entlocke Anna damit ein breites Lächeln.

Eine nicht unerhebliche Menge Wein später, berauschend nah, Hände haltend unsere Freundschaft beschwörend, wage ich endlich Anna von MEINEM Plan zu erzählen:
»Ich muss dir etwas erzählen!«

»Schieß los!«

»In zwei Wochen habe ich ein Informationsgespräch an der Deutschen POP.«

Annas Augen weiten sich.

»Für welchen Gang?«

»Modedesign.«

»Neiiiiiiin!??????«, ihre Gesichtszüge ziehen sich wie von Zauberhand freudig in die Höhe. »Oh Sophie, das ist ja großartig!!!!! Ich freu mich so sehr für dich!!!!«

Dann schiebt sie mit einem lauten Quietschen ihren Stuhl beiseite und stürzt leicht wankend zu mir herüber, um mich in ihre Arme zu schließen.

»Herzlichen Glückwunsch! Das ist ein wunderbares

Vorhaben! Du hast es wirklich drauf und ich bin mir sicher, dass du damit Erfolg haben wirst!«

»Ach jetzt übertreib nicht…«

»Das meine ich ernst! Es freut mich so sehr, dass du deine Leidenschaft wiedergefunden hast und ihr nachgehst. Ich bin unendlich stolz auf dich, Sophie!«

»Danke…«, murmele ich verlegen und bin überglücklich, eine Freundin wie Anna zu haben.

Versonnen, fast andächtig steuere ich den Buchwagen durch die Gänge und sortiere die neuen Bücher in die Regale. Auf dem Weg zur Arbeit hat mich ein plötzliches Bild innehalten lassen. Es war einfach auf einmal da, direkt vor meinem inneren Auge. Ein geteiltes Bild. Ein Vorher und ein Nachher. Ich vor drei Monaten und Ich jetzt.

Scheiße Alter, das ist doch kaum zu fassen!

Ausgelöst wurde dieses Bild glaube ich von der Regel, die ich kurz zuvor im Bus gelesen habe:

> *›Wahrer Schmutz ist innen.*
> *Alles andere lässt sich ganz einfach abwaschen.‹*[3]

Und ja man. In mir war es scheiße dreckig! Und das, was mich blank poliert, ist die Liebe. Sowohl die für mich selbst (die sich zwar noch recht zögerlich, aber immerhin entwickelt), als auch die zu Lisbeth bzw. ihre Liebe zu mir.

Ja, genau: Ich bin jetzt so weit, es so zu nennen: Liebe! Verrückt! Liebe, Liebe, Liebe!

Ich liebe Lis!

Gesagt habe ich ihr das bisher übrigens noch nicht. So inflationär ich diesen Begriff denke, so schwer kommt er mir über die Lippen. Aber das ist auch gar nicht nötig. Also umgekehrt muss ich es zumindest nicht von ihr hören, denn ich sehe es ja in ihrem Blick.

Liebe scheint so eine Sache zu sein, die man wirklich in den Augen lesen kann. Vielleicht, weil Liebe ja bekanntlich eine Sache der Seele und die Augen der Spiegel der Seele sind. Wer weiß.

»Bist du fertig?«, ruft Norbert da aus dem vorderen Teil des Buchladens.

»Noch nicht. Was gibt's?«

»Kannst du mich mal hier vorne ablösen? Ich muss mal!«, ruft er einfach quer durch den Laden und ich muss grinsen.

»Klar«, rufe ich zurück, schiebe den Wagen zurück in den Personalraum und mache mich auf den Weg zur Kasse.

Ohne sich zu bedanken (das scheint einfach nicht so Norberts Ding zu sein) überlässt er mir die Führung. Hätte man mir das vor einem Monat gesagt, ich hätte es nicht für möglich gehalten.

Ich habe einen Job, eine Freundin und aufgehört zu kiffen. Alter. Wenn man das in drei Monaten erreichen kann, was ist dann wohl in ein paar Jahren drin?

Vor allem hat das alles mit ein paar Affirmationen vorm Spiegel angefangen. DAS ist so dermaßen verrückt! Und genau das lehrt uns Schams. Nämlich dass wir, wenn wir anders behandelt werden wollen, erst anfangen müssen, uns selbst anders zu behandeln. Ja und manchmal bedeutet das eben, dass wir dafür einen Menschen, der uns nicht guttut, aus unserem Leben streichen müssen.

An Jasper habe ich irgendwie oft gedacht in der letzten Zeit. An unsere Freundschaft und welche Rolle ich in ihr gespielt habe. Auch über meinen Anteil an dem, wie es letztlich gekommen ist.

Seither bin ich ein anderer geworden. Man könnte sagen, dass ich mich von meinem inneren Schmutz befreit habe. Aber irgendwie frage ich mich seit ein paar Tagen, welche Art von Freundschaft Jas und ich JETZT wohl miteinander hätten.

Also rein hypothetisch, versteht sich…

Nach einer Vomex und drei Aspirin bin ich zwar wieder halbwegs ansprechbar, aber mal so gar nicht bereit, anderen Menschen bei der Entwicklung von mehr Selbstliebe zu helfen. Es gibt einfach katerfreundliche und eben katerunfreundliche Berufe. Verwaltungs- und Bürojobs zum Beispiel oder irgendwelche IT-Berufe gehören zur ersten Kategorie. Aber Jobs, in denen man dafür da ist, anderen Menschen zu helfen… Also wirklich, wer will sich denn bitte von jemandem helfen lassen, der einen mordsmäßigen Kater hat?

Speziell heute geht es mir eigentlich gar nicht um meinen katerunfreundlichen Job generell, sondern vielmehr fühle ich mich einfach nicht dazu bereit, Jasper gegenüberzutreten. Am liebsten würde ich ihm absagen, traue mich aber nicht, weil mir schon den ganzen Vormittag Mamas Stimme durch den Kopf geistert: ›Wer suffe kann, kann och abigge‹. Und zwar genau in diesem schlechten Dialekt (was meine Laune nicht wirklich verbessert).

Jetzt, da Jasper mit seinem schiefen Grinsen vor mir sitzt, bereue ich, mich an den Worten meiner Jugend orientiert zu haben, anstelle meiner eigenen Wahrheiten.

Während ich noch dabei bin, meine Einleitung in die Sitzung abzuwägen, platzt es aus Jasper heraus: »Ich hab dir nen Text mitgebracht!«

Jetzt erst bemerke ich, dass er seine Finger ineinander verschränkt hat, als müsse er sich selbst die Hand halten. Bei meinen ganzen Katergedanken ist mir seine Anspannung gar nicht aufgefallen, dabei ist sie vermutlich der einzige Grund, warum ihm noch kein Spruch zu meinem mitgenommenen Aussehen rausgerutscht ist. Klar, er ist mit sich selbst beschäftigt. Mit sich und seiner bevorstehenden Offenbarung.

Ich kann mir vorstellen, wie schwer es für ihn gewesen sein muss, etwas für mich rauszusuchen, herzubringen und das Thema dann auch noch von sich aus anzuschneiden. Irgendwie rührt mich diese Geste tief.

»Wow, Jasper. Das freut mich sehr!«, versuche ich seine angehende Offenbarung entsprechend zu würdigen.

Verlegen wirft er mir einen unschlüssigen Blick zu, ich nicke kaum merklich aber aufmunternd, dann scheint er sich einen Ruck zu geben, angelt einen zerknitterten, gefalteten Zettel aus seiner Hosentasche und wirft ihn mir dann auf den Schoß, als wäre nichts dabei. Wir wissen es besser. Viel zu deutlich ist die Emotionalität zu spüren und Jasper ungewohnt nervös, unsicher und verletzlich.

Das hier muss ein verdammt großer Schritt für ihn sein.

Als hätte er meine Gedanken gelesen, murmelt er: »Du bist der erste Mensch, der je etwas von mir liest.«

»Nein?«, entfährt es mir überrascht.

Er wendet den Blick ab und schenkt mir ein Achselzucken.

»Danke, Jasper«, hauche ich berührt und beginne den Zettel auseinander zu falten.

Abgründe

Hab ein Händchen für die Grenzen,
für die Schwächen, fürs Beenden,
Magisch zieht mich, was unmöglich,
träume lieblich, lebe töricht.

Fisch im Trüben, wenn ich anfang,
Maskier die Bühne selbstgefangn,
Zerbreche, die Teife liebend,
neubeginnend und berechnend
mich mir selbst bedienend.

Erfülle, was war und wird mit treuem Eifer,
worin ich kreise,
brülle Stille, schreie Ruhe, während dem Begreifen,
flüster leise, kindlich wartend,
um mir Wahrheit zu beweisen.
Beinahe nackt, reiße ich die Brücken ab,
Tanze auf dem Drahtseil. Zweiter Akt.
In Mustern verschleiernd gedacht,
wird es endlich Zeit, dass ich erwach.

Im Sein der Sinn, im Schein das Bin,
weil ich weinend find, was im Leid zerrinnt,
Im Verzicht gestorben, im Keim verdorben,
Was im Nichts geboren,
wird wieder verloren.

Maskenlos lese ich die Zeilen wieder und wieder, spüre Jaspers Blick auf mir ruhen und suche nach Worten, die dem gerecht werden, was ich fühle.

»Jasper… Wow! Ich… bin sprachlos«, stammele ich und bekomme seine Worte immer noch nicht mit dem Menschen zusammengebracht, der mir da gerade gegenüber sitzt.

»Du hast ein unglaubliches Talent. Wahnsinn! Ich bin echt beeindruckt!«, gebe ich zu, ohne meinen Blick von diesem berührend erschütternden Gedicht abwenden zu können.

Wieder und wieder lese ich die Zeilen.

»Deine Worte berühren mich sehr«, murmele ich dabei.

Dann erst erklingt Jaspers Stimme wie aus dem Off mit einer entwaffnenden Verletzlichkeit: »Wirklich?«

»Ja, wirklich! Absolut!«, entfährt es mir enthusiastisch.

Da lacht Jasper plötzlich laut auf.

Vielleicht weil Lachen einfach das beste Ventil zum Abbau von Anspannungen jeglicher Art ist. In jedem Fall klingt sein Lachen so echt und federleicht, so befreit, dass ich meinen Blick von seinen Worten ab und ihm wieder zu wende.

Wie ausgewechselt sitzt er da, ungehemmt lachend wie ein Schuljunge, irgendwie unschuldig und gelöst.

Und noch während ich ihn so betrachte, von der Tiefe seiner Worte erfüllt, wird mir bewusst, dass ich mich ungewollt, vollkommen unkontrollierbar und unwiderruflich in Jasper verliebt habe.

LISBETH
Köln, 15. August 2019

Seit Ralf mir die Regel zum ersten Mal vorgelesen hat, bekomme ich sie nicht mehr aus dem Kopf. Als hätte sich jedes einzelne Wort in mein Hirn gebrannt, geht nun ein einnehmender Schmerz von der Wunde aus.

> *›Ausnahmslos jeder von uns ist dazu bestimmt,*
> *ein Abgesandter Gottes auf der Welt zu sein.*
> *Nun frag dich selbst wie oft du dich wie ein Abgesandter*
> *benimmst und ob du es überhaupt je tust!*
> *Vergiss nicht, dass jedem von uns aufgegeben ist,*
> *den göttlichen Geist in sich selbst zu entdecken*
> *und danach zu leben.‹*[3]

Ich, eine Abgesandte Gottes?

»Neun fünfundneunzig«, lese ich, ohne aufzublicken, die leuchtend gelben Zahlen von der Kassenanzeige ab.

Nachdem ich mit geübten Griffen das Wechselgeld überreicht habe, wende ich mich dem nächsten Kunden zu und untermale den Ablauf mit einem einstudierten und doch monotonen: »Guten Tag.«

ICH bin also eine Abgesandte Gottes?

Das fällt mir schwer zu glauben! Dafür ist mir aber bewusst, dass ich mich keinesfalls so benehme. Und nun quäle ich mich damit herum, darüber nachzudenken, wie ich mich wohl als Abgesandte Gottes verhalten würde?

Was genau machen Abgesandte Gottes denn?

Was wünscht sich Gott von uns?

Soll ich jetzt sofort das Handtuch werfen, auf die Straße rennen und jemanden versuchen per Handauflegen zu heilen? Oder geht es darum, es in einer dezenteren, alltagstauglicheren Form umzusetzen?

Ach, bei manchen dieser Regeln hätte Schams ruhig ein paar Beispiele einfügen können, finde ich und entscheide, Verschiedenes auszuprobieren und dem großen Rätsel dadurch auf die Schliche zu kommen.

Da ich ein Mensch bin, in dem nicht ein Funken Spontanität zu finden ist und ich Veränderung lieber von langer Hand plane, dauert es noch ganze zwei Stunden, ehe ich mir ein Vorgehen für die Kassensituation zurechtgelegt habe und bereit bin, diese Abgesandtennummer an meinem nächsten Kunden auszuprobieren.

Mit meiner vollen Aufmerksamkeit und einem herzlichen: »Guten Tag!« begrüße ich also die nächste Kundin.

Mein Hauptaugenmerk liegt hier übrigens in der Herzlichkeit, die mir irgendwie ungewöhnlich schwerfällt (obwohl ich versucht habe, mir vorzustellen, Ralf würde vor mir stehen).

Nun folgt mein breitestes Grinsen, das aufrichtig und authentisch aussehen soll, sich allerdings eher wie eine eingemeißelte Fassade anfühlt und ich hoffe, dass meine Kundin davon nichts bemerkt. Der verschreckte Gesichtsausdruck lässt allerdings auf anderes schließen.

Anstatt, wie sonst immer, möglichst schnell die Einkäufe zu scannen, versuche ich ein Gespräch mit der Kundin anzufangen. Das liegt mir überhaupt nicht, ist aber bestimmt das, was eine Abgesandte Gottes tun würde oder?

»Wie geht es Ihnen?«, eröffne ich mit gedämpfter Stimme, als wäre mir die Frage peinlich und das ist sie mir auch irgendwie.

Die Dame schaut mich misstrauisch an. Jetzt erst registriere ich, dass sie eine Aktentasche unterm Arm und reichlich Bürobedarf auf dem Kassenband liegen hat. Ihre Mimik und Körpersprache drücken puren Stress und mal so gar keine Gesprächsbereitschaft aus.

»Ach, vergessen Sie's«, murmele ich und ziehe ihre Einkäufe stattdessen in Rekordgeschwindigkeit über den Scanner.

Erst als ich bereits das Wechselgeld rausgegeben habe und die Dame sich schon zum Gehen gewandt hat, dreht sie sich noch einmal um und antwortet ebenso gedämpft: »Ehrlich gesagt, ziemlich gestresst.«

Verblüfft reagiere ich: »Oh, das tut mir leid. Dann hoffe ich mal, dass der Tag ab jetzt entspannter für Sie verläuft.«

»Danke, das ist lieb. Ihnen noch einen schönen Tag!«, ernte ich ein echtes Lächeln.

»Danke, Ihnen auch!«

Verwirrt und wieder alleine mit meinen sich überschlagenden Gedanken, lässt mich die Kundin zurück.

Denn auch, wenn dieser erste Versuch nicht wie geplant verlaufen ist, so gefällt mir doch die Richtung, die er eingeschlagen hat.

Meinen Job auszuüben und gleichzeitig zu probieren meinen Kunden etwas zu geben, das ihnen den Tag versüßt oder sie einen Moment durchatmen lässt - das wäre doch das, was Gott an meiner Stelle tun würde oder nicht?

Ist es etwa jedem Menschen möglich, selbst im Alltäglichen eine größtmögliche Bereicherung für Mitmenschen und Umwelt zu sein?

Ich, eine abgesandte Kassiererin Gottes… kann mir ein Grinsen nicht verkneifen.

Mir ist vollkommen schleierhaft, warum ich nicht mehr aufhören kann zu lachen, geschweige denn, warum ich überhaupt damit angefangen habe. Dieses Lachen klingt irgendwie fremdartig. Und doch erfüllt es mich mit einer Leichtigkeit, die ich schon lange vergessen glaubte.

Eine Leichtigkeit fern ab des Ego-Drogen-Schauspiels, das ich sonst so bravourös beherrsche.

Echte, unschuldige Leichtigkeit. Fühlt sich verdammt gut an!

Erst als ich mich gänzlich und nach einer langen Weile beruhigt habe, richte ich meine Aufmerksamkeit wieder auf Anna, die mich mit einem seltsamen Ausdruck in den Augen mustert. Ich erkenne etwas Neues in ihrem Blick, vermag aber nicht zu bestimmen, was es ist. In jedem Falle lässt es mir einen warmen Schauer über den Rücken laufen und ihre Lippen sehnsüchtig fixieren.

»Woher kommt diese Schwere?«, stellt Anna eine Frage in den Raum, die überhaupt nicht zu ihrem Blick und dem Gefühl passt, den dieser in mir auslöst.

»Du hast schon gerade mitbekommen, dass ich einen Lachanfall hatte oder?«, feixe ich, meine Unsicherheit überspielend.

»Entschuldige«, murmelt Anna und fügt dann trotzdem etwas hinzu, das mir das Blut in den Adern gefrieren lässt, »Diese Schwere lässt mich auf deine Welt schließen.«

Sprachlos beginne ich zu bereuen, mein Innerstes mit ihr geteilt zu haben.

Aber warum eigentlich? Wegen dieser ehrlichen Klarheit, die jetzt herrscht? Will ich ihr etwa lieber weiter einen vormachen?

So viel leichter ist es, nur zu tun als ob. Als wären die Lügen eine Schutzmauer, die jeden Eindringling fernhält und mich in meiner Komfortzone ausharren lässt - absolut komfortabel und sicher. Dass Einsamkeit die Kehrseite der Medaille ist, erfährt man leider erst, wenn die Mauer schon viel zu dick und man selbst viel zu behäbig geworden ist.

Doch für jeden kommt irgendwann die Zeit zu entscheiden, ob man in seiner Festung sicher und alleine bleiben oder verletzlich hinauskommen und dafür die Einsamkeit hinter sich lassen möchte.

»Mir fällt es leichter über meine Gefühle zu schreiben«, gebe ich zu und keinem schützenden Impuls nach.

»Kein Wunder. Das hast du ja auch total drauf!«, grinst Anna aufmunternd.

Dann bekommen ihre Augen einen nachdenklichen Ausdruck und sie scheint unschlüssig, ob sie sich mir mitteilen soll oder nicht. Scheinbar entschieden, beginnt sie: »Weißt du, ich habe viel über Schwere nachgedacht und über den Sinn von Schmerz, von Leid. Dabei komme ich immer wieder zu dem Schluss, dass sie notwendig sind. Ohne sie haben Freude, Hoffnung oder Glück doch gar keinen Wert. Ohne sie entwickeln wir uns nicht weiter. Und so war jedes Leid - zumindest in meinem Leben - notwendig, um mich zu der Frau zu machen, die ich jetzt bin.«

Tränen funkeln in ihren Augenwinkeln.

Ohne meinen Impuls kontrollieren zu können, gleite ich von meinem Sessel, knie mich zu ihren Füßen und nehme sie in den Arm.

Erst zaghaft und vorsichtig, dann, als ich spüre, wie sie ihr Gesicht in meiner Schulter vergräbt, drücke ich sie fester an mich und streiche ihr mit meiner Hand sanft über den Rücken.

Diese mir vollkommen untypische trostspendende, gebende Nähe, ohne die Absicht des Koitus, reißt jeden noch übrig gebliebenen Stein meiner Schutzmauer nieder und flutet meinen Körper mit einem so intensiven Gefühl, dass ich mich nicht traue, es zu benennen.

Unsere Körper passen wie zwei Puzzleteile ineinander. Jede noch so kleine Rundung von Anna scheint wie dafür gemacht, von mir gehalten zu werden. Zum ersten Mal seit einer sehr, sehr langen Zeit fühle ich mich sicher.

»Wir… wir…«, stammelt Anna in meine Schulter hinein, sich langsam von mir lösend, »dürfen das nicht.«

Mit diesen Worten entzieht sie sich mir gänzlich. Unsicher nehme ich wieder auf meinem Sessel Platz.

»Wer bestimmt das?«, frage ich dann in meine Hilflosigkeit hinein.

»Wir sitzen in meiner Praxis, Jasper. Ich bin dein Coach.«

»Dann lass uns woanders hingehen«, schlage ich grinsend vor.

Doch Anna scheint keine Freundin von einfachen Lösungen zu sein.

»Ich möchte, dass DU jetzt woanders hingehst, Jasper.«

Einen Moment herrscht schweres Schweigen.

Ihr Spiel und Wut pulsieren in mir.

Und dann platzt plötzlich der Schmerz der Zurückweisung aus mir heraus: »Ach, fick dich doch! Schönes Leben noch!«

Mit wehenden Fahnen und hochgezogenen Mauern verlasse ich Annas beschissene Praxis mit der festen Überzeugung, sie nie wieder zu betreten.

RALF

Köln, 15. August 2019

Außer Atem und schweißnass betrete ich den Rudolfplatz. Norbert hat mich eine halbe Stunde länger dabehalten als sonst - so lange wartet Lisbeth also schon auf mich. Nervös versuche ich sie zwischen all den Menschen, die vom einen zum anderen Ende hetzen, auszumachen.

Da entdecke ich Lis etwa fünfzig Meter entfernt. Sie umarmt gerade jemanden, den ich nicht kenne. Wie durch Zauberhand richtet sie ihren Blick auf mich, winkt und kommt mir eiligen Schrittes entgegen.

»Wer war das?«, frage ich und versuche dabei nicht so eifersüchtig zu klingen wie ich bin.

Lisbeth schenkt mir ein breites Grinsen: »Ich bin eine Abgesandte Gottes, Ralf!«

»Äh, okay?!«, versuche ich den Kontext zu begreifen. »Kennst du den Typen, den du da umarmt hast?«

Sie schüttelt energisch den Kopf.

»Mit dem armen Kerl wurde gerade erst Schluss gemacht«, erklärt sie dann mitfühlend, als würde das mehr Sinn ergeben - tut es aber nicht.

»Hat das alles irgendwas mit einer der Regeln zu tun?«, frage ich misstrauisch.

»Natürlich! Ich verhalte mich wie eine Abgesandte Gottes. Und Ralf, es fühlt sich super an!!! Ich hatte heute ganz viele tolle Begegnungen auf der Arbeit und jetzt hier auf dem Platz. Schon drei Menschen habe ich etwas zu essen gekauft, eine trostspendende Unterhaltung geführt und eine super lustige. Ich komme richtig aus mir raus. Es ist unglaublich, wie viele Menschen tatsächlich mit einem reden, wenn man sie aufrichtig fragt wie es ihnen geht. Das hätte ich nicht gedacht!«, sprudelt es nur so aus ihr hervor und ich hebe unwillkürlich meine Hände zwischen uns, als könnte ich sie damit bremsen. Kann ich aber nicht.

»Ralf, es ist an der Zeit unser Leben zu verändern. Wir sind Abgesandte Gottes. Es gibt so viel Gutes zu tun. Ich verstehe jetzt ganz genau, was Schams gemeint hat. Du musst es auch probieren! Komm schon!!«

Sie greift meine Hand und zieht mich hinter sich her.

Mitten auf dem Platz bleiben wir stehen und sie beginnt sich umzusehen.

»Wie verhält man sich denn wie ein Abgesandter?«, frage ich und bin mir nicht sicher, ob mir Lisbeths Enthusiasmus gefällt oder Angst macht.

»Du wirst es schon sehen. Eine Chance hilfreich zu sein…«, erklärt sie geistesabwesend und als wäre es so geplant, taumelt auf einmal eine Frau mit einem gigantischen Haufen Klamotten in der Hand geradewegs auf die Straße zu. Weder die Straße, noch die fahrenden Autos vor ihr scheint sie über den Kleiderhaufen hinweg zu bemerken.

»Hey!«, rufe ich und sprinte ihr heldenhaft entgegen. »Stopp, die Straße!!!!«

Abrupt bleibt die Frau stehen, linst an ihrem Kleiderhaufen vorbei und lässt dann ihre Gesichtszüge entgleiten. Schockiert schaut sie erst den vorbeirasenden Autos hinterher, dann wieder zu mir.

Nur langsam verschwindet der Schrecken aus ihrem Gesicht und weicht einem Grinsen, mit dem sie mir nun, nachdem die Fußgängerampel auf Grün gesprungen ist, entgegenstakst.

Die Klamotten lässt sie einfach vor mir auf den Boden fallen, zieht sich die Stöpsel aus den Ohren und raunt mir mit einer ungewöhnlich rauchigen Stimme entgegen: »Das war ganz schön knapp oder?«

»Du hast wohl nicht die beste Sicht gehabt«, grinse ich und nicke auf den Klamottenhaufen.

»Von nichts kommt nichts!«, zwinkert sie.

Dann blickt sie erneut auf die fahrenden Autos und fügt hinzu: »Fuck, das war echt knapp oder? Danke, dass du mir deine Augen geliehen hast!«

»Immer gerne«, erkläre ich aufrichtig.

Sie winkt mir noch einmal zu, schnappt sich wieder den Klamottenhaufen und macht sich dann, sichtbar vorsichtiger auf den Weg.

Erst jetzt bemerke ich Lisbeth, die das Ganze beobachtet hat und auf mich zukommt.

»Das war toll!«, kommentiert sie lächelnd und streicht mir sanft mit der Hand über die Wange.

Ein eigenartiges Gefühl nimmt mich ein, während ich abwesend murmele: »Als hätte ich genau jetzt hier sein sollen… Als hätte das zu irgendeinem Plan gehört…«

»Das tut es doch auch«, bestätigt Lis.

»Warte«, fällt mir da ein.

Schnell angele ich das Buch aus meinem Rucksack, öffne es auf der Seite mit dem Eselsohr von heute Mittag und lese laut vor:

»Das Universum ist ein Wesen.
Alles und jeder ist durch ein unsichtbares Netz von Ge-
schichten miteinander verbunden.
Wir alle befinden uns in einem stummen Gespräch mitei-
nander, ob wir es wahrhaben oder nicht.
Füge niemandem Schaden zu. Sei mitfühlend. Und äußere
dich nicht hinter dem Rücken über andere - und sei es nur eine
harmlos scheinende Bemerkung!
Deine Worte, die deinen Mund verlassen,
verschwinden nicht, sondern sind für immer im endlosen
Raum aufbewahrt und werden zu gegebener Zeit zu uns zu-
rückkehren.
Der Schmerz eines einzigen Menschen quält uns alle.
Die Freude eines einzigen Menschen bringt uns alle zum
Lächeln.«[3]

Berührtes Schweigen und das Gefühl von wissender Hand geleitet zu werden, begleitet uns nach Hause.

SOPHIE
Köln, 17. August 2019

Es ist schon bezeichnend wie oft Anna in letzter Zeit mit Wein bei mir auftaucht und damit meine ich, dass es ein Zeichen dafür ist, wie sehr sie das Dilemma mit diesem Jasper mitnimmt. So aufgelöst und durch den Wind, so neben der Spur, kenne ich sie gar nicht - Wobei ich gestehen muss, dass mir diese Anna, die auch mal den Mantel der völligen Kontrolle und Perfektion ablegt, recht gut gefällt.

Genau genommen erinnert sie mich, an sich selbst - als wir uns vor zehn Jahren an der FH kennengelernt haben. Die Anna, deren Vater noch lebte und die sich selbst und anderen noch Unvollkommenheiten zugestand.

Fuck, sein Tod hat Anna echt verändert.

Kurios ist, dass sie und ich vermutlich gar keine Freunde mehr wären, wäre ihr Vater noch am Leben. Nachdem ich nämlich während dem ersten Semester aus Elterntrotz heraus von Sozialer Arbeit zu BWL gewechselt habe, hatten wir uns eigentlich aus den Augen verloren. Erst als ich über eine gemeinsame Freundin erfahren habe, dass sich Annas Vater umgebracht hat und ich (im Gegensatz zu allen ihren damaligen Freunden) keine Schönwetter-Version und tatsächlich für sie da war, entwickelte sich unsere Freundschaft zu dem, was sie jetzt ist.

Crazy, wie manchmal die schwersten Dominosteine beim Umstürzen sowohl Teile der Persönlichkeit mit sich reißen, als auch etwas so Wunderbares und Kostbares hervorbringen können wie unsere Freundschaft. So steckt zumindest in diesem Schlechten auch etwas Gutes.

»Ich glaube«, beendet Anna ihren schon verdammt lange anhaltenden Monolog und reißt mich damit zurück in die Gegenwart, »ich hab's vergeigt!«

Ein amüsiertes Grinsen kann ich mir leider nicht verkneifen: »Das hast du, Sweety!«

Hilflos schaut sie mich an, ihre Wangen sind leicht fleckig vom Wein, ihr Blick treudoof: »Was soll ich jetzt machen, Sophie?«

Und weil auch ich schon leicht drunk bin und dann immer zu vermeintlich einzig richtigen Ratschlägen neige, kläre ich sie auf: »Ruf ihn an und treff dich mit ihm!«

Eine Erklärung lasse ich aus, immerhin spricht die Güte des Ratschlags für sich selbst.

»Das kann ich doch nicht machen, Sophie!«

»Wieso nicht? Das Dilemma hat endlich ein Ende: Du bist nicht länger sein Coach!«, grinse ich über beide Backen.

Anna fällt alles aus dem Gesicht und die Erkenntnis wie Schuppen aus ihren Haaren.

»Du hast recht«, murmelt sie versunken, »ich bin nicht mehr sein Coach…«

»I know.«

»Gib mir mein Handy!«

»Dein Ernst?«, kann ich ihren plötzlichen Eifer kaum fassen.

Ich meine, mein Rat ist super, aber das ist doch immer

noch Anna, der liebenswerteste Kontrollfreak aller Zeiten.

»Ja los, her damit!«, faucht sie ungeduldig, als hätte sie Sorge, ihr angetrunkener Mut könne sich wieder verflüchtigen.

Schnell lasse ich das Handy über den Tisch zu ihr rüberschlittern.

»Du hast seine Nummer eingespeichert?«, frage ich verdutzt.

»Ich habe noch kein offizielles Diensthandy und alle Nummern meiner Klienten eingespeichert.«

»Wie praktisch«, grinse ich, während sich in Annas Mimik Zerrissenheit abzeichnet.

»Was soll ich denn schreiben?«

»Ich dachte du willst ihn anrufen?«, lache ich.

»Ich trau mich nicht…«

»Na dann frag ihn halt schriftlich, wo er grade ist.«

Annas Augen weiten sich verschreckt, ehe sie einen entschlossenen Ausdruck annehmen.

»Okay, das mache ich!«, kommentiert sie nun, genehmigt sich noch einen großen Schluck Wein und beginnt zu tippen.

Nicht mal eine Sekunde kommt mir der Gedanke, Anna mit diesem Ratschlag einen Ausflug in ganz andere Sphären beschert haben zu können.

Exakt einundfünfzig Minuten sind vergangen seit Jaspers Nachricht (›Odonien. Komm her!‹). Etwa drei Minuten habe ich wie gebannt auf die wenigen Buchstaben gestarrt, unfähig zu realisieren, was sie für den restlichen Abendverlauf bedeuten.

Mit Sophies Hilfe, ein bisschen Schminke und einem Kaffee konnten wir mich binnen weiterer fünfzehn Minuten wieder halbwegs vorzeigbar gestalten. Schließlich haben wir das Taxi gerufen, das fünf Minuten auf sich warten ließ und mich dann innerhalb einer viertel Stunde zum Odonien gefahren hat, vor dem ich jetzt seit geschlagenen dreizehn Minuten mit den Füßen scharrend verharre.

Noch könnte ich umdrehen…

Noch ist nichts passiert, das ich nachher bereuen könnte.

Je nüchterner ich werde, desto verlockender wirkt dieser flüchtige Gedanke auf mich und als meine Feigheit gerade ihren Höhepunkt erreichen will, durchbricht Jaspers Stimme vom Eingang her die Nacht: »Anna?«

»Hey!«, winke ich ihm verlegen zu.

Ein unermessliches Grinsen breitet sich auf seinem Gesicht aus, während er auf mich zugeht und mein Herz mit jedem seiner Schritte an Frequenz zunimmt.

»Du bist hier!«, strahlt er mich an und für einen kurzen Augenblick erinnern mich seine Züge an das losgelöste Lachen, das gerade mal zwei Tage zurückliegt.

Da es mir an Worten mangelt, nicke ich bloß.

»Komm mit!«

Er greift meine Hand und zieht mich, als wäre es das normalste der Welt, einfach hinter sich her. Als der Typ an der Kasse mit hochgezogener Augenbraue zu uns herübersieht, nickt Jasper ihm kurz zu, was scheinbar ausreicht, um diesen sich wieder seiner Arbeit zuwenden zu lassen.

»Willst du ein Bier?«, werde ich über die Schulter hinweg gefragt.

Wieder nicke ich nur schüchtern. Die Berührung unserer Hände bringt mich zu sehr aus dem Gleichgewicht.

»Warte kurz«, weist er mich an, drängelt sich an der Schlange am Getränkewagen vorbei und bestellt bei einem verschwitzten, dürren Typen mit Knopfaugen, der ihn zu kennen scheint.

Als er wiederkommt, hält er zwei Becks in der Hand und nickt in Richtung der Stufen: »Wollen wir uns erst mal setzen?«

Abermals nicke ich und folge ihm zu einer unbesetzten Stelle.

»So still kenne ich dich ja gar nicht, Anna«, grinst Jasper belustigt und hält mir ein Bier entgegen.

»Du kennst mich ja auch nicht«, zwinkere ich und komme mir sogleich total doof vor.

»Na zumindest habe ich nicht damit gerechnet, dich heute hier zu sehen… Ein Glück, dass du für Überraschungen gut bist.«

Wir prosten uns zu.

Ich nehme gleich ein paar Schlucke, in der Hoffnung, sie mögen meine Zunge wieder etwas lockern. Jasper sieht mir grinsend dabei zu: »Ist die korrekte Anna heute etwa bereit ein paar Regeln zu brechen?«

Dabei funkeln seine Augen gierig und mein Körper wird postwendend von einer Hitzewelle erfasst.

»Bist du bereit mir die dunkle Seite der Freiheit zu zeigen?«, kontere ich gespielt selbstbewusst.

Einen Moment blickt Jasper mich ernst an.

»Willst du das wirklich, Anna?«

Nur ein paar Sekunden muss ich in mich hineinhorchen, um die Antwort glasklar zu spüren.

»Ja, ich will das wirklich.«

»Achtung, ich nehme dich beim Wort!«, grinst Jasper, während er ein Tütchen mit kristallenem Inhalt aus seiner Hosentasche zieht.

»Was ist das?«, frage ich nur teilweise schockiert.

»MDMA.«

»Wie wirkt das?«

Er leckt seinen kleinen Finger an, steckt ihn dann in das Tütchen, sodass die Kristalle auf seiner Fingerkuppe kleben bleiben und leckt diese dann mit ekelverzerrtem Gesicht ab: »Mach dir ein eigenes Bild, wenn du willst.«

Das letzte Fünkchen Kontrolle in mir begehrt verzweifelt auf, ehe es gänzlich erlischt und ich meinen Finger ebenfalls in dem Tütchen versenke.

Wie eine Welle wird Anna von dem MDMA mitgerissen. Die zuvor herrschende Unsicherheit weicht urplötzlich und sichtlich dem wohligen Zugehörigkeitsgefühl der Droge, unter der keine Selbstzweifel mehr möglich sind.

Ich selbst bemerke den Schub ebenso, sehe die Wirkung aber vor allem in Annas tellergroßen Pupillen.

»Wow!«, staunt diese nun und beginnt sich an Ort und Stelle mit weit aufgerissenen Augen umzusehen, als würden wir nicht schon seit einer halben Stunde hier sitzen.

Mein erstes Mal ist mir noch sehr präsent, daher und wohl auch wegen meines Rausches fällt es mir leicht, mich in Anna einzufühlen und so lasse ich ihr etwas Zeit die Umwelt visuell zu erfassen.

»Wie wunderschön die Lichter sind! Ich glaube, ich war noch nie an einem so schönen Ort, Jasper«, haucht sie bewundernd, während ich ausschließlich Augen für ihre Silhouette habe.

»Wunderschön. Ja, da hast du recht«, lächele ich und streiche ihr behutsam über die Wange.

Ein leises Seufzen folgt, dann ein euphorischer Blick und Worte, die einen Geschwindigkeitsrekord erreichen könnten: »Wow, Jasper. Das fühlt sich total abgefahren an!!!! Mach das nochmal!«

Erneut streiche ich ihr sachte über die Wange und genieße die intensiv spürbare Berührung. Wusste ich doch, dass MDMA für heute eine gute Entscheidung war.

Behutsam nehme ich nun Annas Hand in meine und beginne meine Finger in kreisenden Bewegungen über ihre Handinnenfläche wandern zu lassen.

»Unglaublich!!!«, kommentiert sie fasziniert und schließt dabei genüsslich die Augen.

Langsam kreise ich auch ihren Arm hinauf, vorsichtig, zaghaft. Genieße es, sie so gelöst und frei zu erleben.

»Jasper?«, klingt ihre Stimme plötzlich schrecklich weit entfernt.

»Ja?«

»Ich würde so gerne glauben, dass diese Welt einen Sinn hat. Dass wir einen Ursprung haben, der einer höheren Natur dient.«

Alter, wie kommt die denn jetzt drauf?

Ehe ich etwas dazu sagen kann, fährt sie fort: »Aber was ist, wenn wir am Ende nur Informationen sind?«

»Was denn für Informationen?«, ich lasse ihre Hand los und mache mir stattdessen eine Kippe an.

Gott, schmeckt die gut!

»Ich weiß nicht. Vielleicht bestehen wir nur aus Informationen, sind Teil einer Illusion, eines Programms oder eines Spiels.«

Irgendwie zieht mich ihr Gedankengang heftig runter.

»Ach Jasper, manchmal habe ich das Gefühl, als wäre ich nur die Information eines Codes, bestehend aus Buchstaben oder Zahlen. Nur Teil eines Unterhaltungsprodukts oder Element einer Geschichte.«

Eine Weile Schweigen wir, ehe sie mehr zu sich selbst hinzufügt: »Irgendetwas muss doch mit all den Ideen passieren. Was, wenn jede Welt im Ursprung nur eine Idee war, ein Gedankengebilde, das Realität wurde?«

»Anna, hör auf damit! Das zieht mich runter!«, fällt mir nichts anderes als die Wahrheit zu sagen ein.

»Oh, das tut mir leid! Ich wollte dich nicht runterziehen. Echt nicht«, erklärt sie überschwänglich. Und nach einem kurzen Moment des Überlegens, schlägt sie vor: »Lass uns tanzen gehen! Das wird dich aufmuntern oder?«

Erleichtert ergreife ich die mir dargebotene Hand und folge Anna ins dumpf schallernde Innere.

Das komische Gefühl, das ihr Konstrukt in mir hinterlassen hat, begleitet mich aber wie ein stiller Beobachter auf Schritt und Tritt.

Acht Stunden und einige MDMA-Dips später betrachte ich Annas friedlich schlafendes Gesicht vor mir. Im Gegensatz zu ihr, bin ich hellwach. Zum einen, weil sie tatsächlich hier bei mir im Bett liegt und zum anderen, weil ich mir zwischendurch ein paar kleine Näschen auf der Toilette genehmigt habe.

Ehrlich gesagt, hat es mich ziemlich überrascht, wie steil Anna gegangen ist und als sie mir schon leicht desorientiert erschien, habe ich sie kurzerhand gepackt und zu mir nach Hause gebracht.

Die überschüssige, unnatürliche Energie verpuffte nahezu, sobald wir uns ins Bett gelegt haben (zumindest ihrerseits). Als hätte ich damit ihren Ausschalter betätigt, ist sie binnen weniger Minuten in meinem Arm eingeschlafen.

Unschuldig, kindlich wirkt die ganze Situation. Dabei kann ich mich wirklich nicht daran erinnern, je eine Frau ungeküsst und vor allem auch ungefickt mit nach Hause genommen zu haben.

Mit Anna ist alles anders... Ihren Rausch auszunutzen, wäre mir - wenn überhaupt - nur im Traum, keinesfalls aber in der Realität eingefallen. Als würde die Variable Anna alle meine höchstpersönlichen physikalischen Gesetze verändern.

Behutsam streiche ich ihr über die Wange und flüstere: »Du bist mehr als nur eine Information, du bist meine Rettung, Anna Kant.«

Laut und deutlich vernehme ich das Schnauben vom anderen Ende der Leitung.

»Lisbeth, wo zur Hölle bist du? Hast du überhaupt eine Ahnung, welche Sorgen sich Mama macht?«, Jakobs Stimme bebt vor Wut.

»Warum rufst DU dann an und nicht sie?«, schieße ich kühl zurück.

»Du weißt doch wie sie mit Handys ist…«

»Dann gib sie mir eben. Sie sitzt doch bestimmt neben dir oder?«

Stille.

Dann Murmeln.

Das ist wiedermal so typisch! Die Drecksarbeit lässt sie Jakob machen. Nur damit sie nicht die Stimme gegen mich erheben muss und weiter die selig Milde spielen kann.

Was für eine zum Himmel schreiende Heuchelei!

Ich höre, wie das Handy weitergegeben wird und dann Mamas gedämpfte Stimme am anderen Ende der Leitung: »Du bist doch nicht etwa bei einem Mann, Lisbeth Lojanda Reiderscheid?«

»Das geht dich überhaupt nichts an, Mutter!«

Der sitzt. Sie hasst es, wenn ich sie so nenne. Hat sie

nicht anders verdient, dieser heuchelnde, realitätsfremde Kontrollfreak!

»Ich verbitte mir diesen Ton, Lisbeth! Und ich verbitte, dass du bei einem Mann bist. Gott bewahre, er könnte dich beflecken. Niemand aus der Gemeinde würde dich noch heiraten wollen. So voller Sünde bist du wertlos! Auch für Gott.«

Man könnte meinen, dass ich mir mit den Jahren, in denen ich nun schon solche und ähnliche Dinge von meiner Mutter zu hören bekomme, ein dickeres Fell zugelegt habe - dem ist aber leider nicht so.

Nachdem ich mir die Tränen aus den Augenwinkeln gewischt habe, ziehe ich die Regeln aus meiner Hosentasche und lese monoton vor:

>*Nichts soll zwischen dir und Gott stehen.*
Keine Imame, keine Priester, keine Rabbis oder sonstigen Religionsführer und Wächter der Moral.
Keine spirituellen Meister, ja nicht einmal dein Glaube.
Sei überzeugt von deinen Werten und deinen Geboten,
aber zwinge sie nie einem anderen auf.
Eine religiöse Pflicht, mit deren Erfüllung man anderen das Herz bricht, ist unrecht.«[3]

Ohne eine Reaktion abzuwarten, lege ich auf und bemerke erst jetzt, dass Ralf aufgehört hat zu lesen und mich stattdessen forschend mustert.

Den einnehmenden Schmerz schlucke ich herunter, verdaue und transformiere ihn in mir und zwar in Wut, die ich dann wieder hinausspucke: »Diese dumme Otze!! Was meint die eigentlich, wer die ist? Mein ganzes scheiß Leben lang macht die mir Vorschreibungen, was für eine Art Mensch ich zu sein habe. DAS hat ja wohl gar nichts mit Liebe zu tun! Niemals, ja niemals werde ich eine so schreckliche Mutter. Diese Frau ist ein Gefängnis. Eine Wärterin. Eine selbstgerechte, heuchlerische Scheißkuh!!!«

Dieser Ausbruch hat mich so viel Atem und Energie gekostet, dass ich erst ein paar Mal tief Luft holen muss, ehe ich mich wieder Ralfs schockiertem Gesicht zuwenden kann.

»Lis?«

»Ja?«

»Darf ich dir auch eine Regel vorlesen?«

Mein Bauch krampft sich zusammen, während ich nicke und dann aufmerksam seinen Worten lausche, die mehr nach dem Vorlesen eines Grundschülers, denn eines erwachsenen Mannes klingen:

»Die Welt ist wie ein schneebedeckter Berg,
von dem das Echo deiner Stimme widerhallt.
Was immer du sagst,
es sei gut oder böse,
kommt irgendwann zu dir zurück.
Deshalb wird alles nur schlimmer,
wenn du über jemanden,
der schlechte Gedanken über dich hegt,
ähnliche Dinge verbreitest.
So kommt mehr und mehr Bosheit in die Welt.
Rede stattdessen vierzig Tage und Nächte lang nur gut
über diesen Menschen,

und am Ende der vierzig Tage
wird sich alles verändert haben,
denn du hast dich verändert.«[3]

»Ralf?«
»Ja?«
»Danke!«

GERDA
Köln, 21. August 2019

Mit dem Finger deute ich auf das Gebäude rechts von uns: »Das ist es!«

»Bist du dir sicher?«, fragt Malte mit nervösem Gesichtsausdruck.

Ich weiß, dass ihm das Ganze unangenehm ist. Er ist nicht so der Typ, der gerne fremde Menschen kennenlernt. Und ich weiß auch, dass er nur und ausschließlich diese Ausnahme macht, weil eben diese fremde Person, ihm das Leben gerettet hat. Und zwar, ohne es zu wissen und mit nur einer kleinen freundlichen Geste. Ein Akt der Nächstenliebe, der mich dorthin geführt hat, wo ich sein sollte, damit ich das tun konnte, was ich tun musste, um Malte das Leben zu retten.

»Komm schon!«, kommandiere ich, vielleicht eine Spur zu dominant und gehe ihm voran.

Malte folgt mir unauffällig mit dem riesigen Blumenstrauß, den wir in dem Laden hinten an der Ecke besorgt haben.

Lange haben wir überlegt, was für ein Geschenk wohl am ehesten ›Danke, dass du mein Leben gerettet hast!‹ ausdrückt. Sind aber zu dem Schluss gekommen, dass so ein Geschenk einfach nicht existiert und ein Strauß Blumen hoffentlich genügen wird.

Aus Versehen klingele ich Sturm. Gut, vielleicht auch, weil ich etwas nervös und ungeduldig bin seit wir clean sind.

Ohne dass uns etwas durch die Gegensprechanlage gesagt oder wir uns erklären müssen, wird der Summer betätigt und wir treten ins Treppenhaus.

Schnaubend kommen wir oben bei der Praxis an und für einen kurzen Augenblick bekomme ich Angst, ich könnte vielleicht die falsche Anna gefunden haben. Dabei ist das Wort ›gefunden‹ natürlich total unpassend, denn tatsächlich habe ich bei Youtube zufällig ein Video von ihr gesehen, in dem sie ihr Selbstliebe-Coaching vorstellt. Im ersten Moment habe ich sie gar nicht erkannt.

Genauso geht es mir jetzt, da sie in der geöffneten Tür mit einem fragenden Gesichtsausdruck erscheint. Sie erkennt mich auch nicht. Das macht nichts. Ich sehe tatsächlich vollkommen anders aus.

»Ja bitte?«, fragt sie verwirrt über die beiden Gestalten, die da so sprachlos und schnaubend vor ihr im Treppenhaus stehen.

Ich versuche Malte anzutupsen, aber er befindet sich außerhalb meiner Reichweite.

»Na los, Malte«, zische ich daher.

Und tatsächlich raschelt es hinter mir. Schüchtern stellt er sich neben mich und überreicht ihr den gigantischen Strauß Blumen: »Danke, dass du mein Leben gerettet hast!«

Noch verwirrter als zuvor blickt Anna nun unschlüssig von Malte zu mir.

»Ich glaube, ihr verwechselt mich«, stellt sie dann fest.

»Tun wir nicht«, entgegne ich und hole dann zur Erklä-

rung aus. »Am 22. April hast du mir, einer fremden Obdachlosen, aus dem Rewe einen Kaffee und etwas zu Essen
mitgebracht. Erinnerst du dich?«

Immer noch verwirrt, mustert sie mich von oben bis unten, dann blitzt eine Spur des Erkennens über ihre Züge.

»Dir scheint es besser zu gehen als bei unserem letzten
Treffen«, grinst sie nach einer Weile.

Auch ich setze ein breites Lächeln auf und fahre dann
mit meiner Ausführung fort: »Das ist Malte, mein Freund.
Wegen dem Frühstück, das du mir damals gegeben hast,
bin ich spontan los zu ihm. Und dadurch bin ich gerade
noch rechtzeitig gekommen, um einen Krankenwagen zu
rufen. Malte hatte eine Überdosis. Er wäre gestorben, hättest du mir nicht das Frühstück geschenkt…«

»Danke!«, ergänzt Malte für den Fall der Fälle, dass sie es
immer noch nicht geschnallt hat.

»Wow«, entfährt es Anna, »das macht mich jetzt aber
sprachlos.«

»Na los, nimm die Blumen endlich!«, bin ich schon wieder eine Spur zu harsch.

»Dankeschön! Das ist echt lieb von euch!«

»Wir haben zu danken! Dieses Frühstück, deine nette
Geste, hat Malte nicht nur gerettet, sondern unser Leben
verändert. Wir sind clean seitdem. Danke, Anna.«

Tränen der Rührung glitzern in ihren Augen.

Das wird mir unangenehm.

»Gut dann… Auf Wiedersehen!«, verabschiede ich uns,
mache kehrt und trotte gefolgt von Malte wieder aus Annas
Leben.

Bachs Kunstwerke beschallen den Raum, während der Kuli in meiner Hand wie besessen über das Papier rast. Keine Ahnung, warum das Schreiben mit klassischer Untermalung besser funktioniert.

Vielleicht liegt es an der Geschichte, die in jedem Stück steckt, an den greifbaren Emotionen, die nur so ineinander-fließen.

Warum auch immer.

Es funktioniert.

Und so blicke ich nun, einen Schweißfilm auf der Stirn auf meine Worte.

Der Scheideweg

Zitternd stehe ich am Scheideweg,
der kaum betretne Pfad, in dem Altes vergeht
und die breite Fahrbahn, die mir vertraut bekannt,
deren Richtung ich stets folgte, träumend vom Strand.

Ich blicke in die Dunkelheit vom schmalen Pfad,
knorrige Äste künden unbekannte Qualen an,
der Treibsand des Immergleichen mich in seine Tiefen saugt,
während mir die unbekannte Finsternis den Atem raubt.

Gezogen vom Bekannten, den immer gleichen Weg entlang,
hat nur noch das Kreisen in meinen Adern bestand.
Es ist Zeit zu entscheiden, der Wind weht sanft,
neige zum Vermeiden und warte gespannt.

Voller Liebe blicke ich nun auf die endlose Weite,
unzählige Spurn, die Orientierung vereiteln
und stets nur nach vorn, doch zeitgleich in Kreisen führn,
Wag ich in der Dunkelheit mich selbst zu verliern?

Erkenne, dass nur der Verlust das Neue bringen kann,
dass sich nun alles scheidet, mit Herz und Verstand,
Bleib ich hier und bei dem, was ich kenn,
hör ich niemals auf vorm Strand wegzurennen,
halte ihn in meinem Herzen, anstatt ihn zu leben,
und so scheidet der Weg nun mein künftiges Leben.

Die Fahrbahn optional als bliebe ich stehn,
düster lasse ich das Alte bestehn,
Küsse es zum Abschied, lass es hinter mir
und erkennend los, diesen Weg bis hierher.
Jede Faser gespannt, mein Herz das lacht,
die knorrigen Äste, umarmen mich sacht.

Wie sollte ich dieses Gefühl in mir noch besser beschreiben? Es ist, als würde ich vor einer Gabelung stehen. Als würde alles, was künftig passiert, nur von meiner Entscheidung im Hier und Jetzt abhängen.

Und diese Entscheidung ist bereits getroffen: Anna. Sie ist dieser neue Weg. Sie wird mich retten und mein Leben verändern. Ein für alle Mal!

Ich muss allerdings zugeben, dass Sonntag irgendwie verdammt komisch war. Gut, ich hatte verhältnismäßig lange nicht geschlafen und war selbst etwas durch den Wind und Anna eben zum ersten Mal drogenverkatert - das war wohl keine gute Mischung.

Jedenfalls wirkte sie irgendwie verschreckt, verletzlich und sogar leicht ängstlich, als sie sich umgesehen hat. Dann ist sie nur einmal kurz ins Bad gegangen und hat anschließend ein Taxi gerufen.

Seither habe ich sie nicht mehr gesehen.

Auf meine Nachrichten antwortet sie auch nicht.

Vielleicht gehört sie ja zu den Menschen, die direkt ein paar Tage depressiv werden nachdem sie Drogen genommen haben.

Ich trinke mein Bier aus und beschließe dann, mich mal ordentlich auszuschlafen. Morgen werde ich zu meiner Sitzung gehen und herausfinden, was der Grund für Annas Abtauchen ist.

Keine Ahnung warum, aber bei dem Gedanken daran packt mich eine unangenehme Ahnung.

DR. PATRO
Köln, 21. August 2019

Was genau hat Ihnen daran Unbehagen bereitet?«, frage ich und schiebe meine Brille auf der Nase zurecht.

»Alles!«, stöhnt Frau Kant mit einem verzweifelten Unterton.

»Können Sie das für mich ausführen?«

»Der stickige, beißende Geruch, der Teller mit irgendeinem weißen Pulver darauf, das gedimmte Licht, die bunten Glühbirnen...«, sie seufzt mitleidig, »Jaspers ausgezehrtes Gesicht, der Schweißfilm auf seiner Stirn, die hektischen Bewegungen...«

»Ist Ihnen so etwas zum ersten Mal bei ihm aufgefallen?«

Ein peinlich berührtes Schweigen leitet die resignierte Wahrheit ein: »Nein.«

»Was ist Ihre Einschätzung von diesem Jungen?«, wähle ich ganz bewusst die infantile Formulierung.

Nach einem Moment des Nachdenkens, folgt die gewissenhafte Antwort: »Er ist drogenabhängig und depressiv.«

Wie jeder wichtigen Wahrheit gebe ich auch dieser etwas Raum, um ihre Bedeutung zu entfalten.

»Und was reizt sie daran?«, frage ich dann gerade heraus.

»Mir wurde vor kurzem gesagt, dass ich sowas wie ein

Helfersyndrom habe.«

Solche endpersonalisierten Formulierungen sind typisch für den Erkenntnisprozess. Als wäre es leichter, die Wahrheit erst einmal aus Perspektive eines anderen Menschen zu betrachten.

»Und was glauben Sie?«

Frau Kants Achseln zucken: »Es scheint ja so.«

»Wissen Sie, was einem Helfersyndrom zugrunde liegt?«

»Ein Vater, der sich umgebracht hat, weil man ihm nicht helfen konnte?«, versucht Frau Kant die Situation mit Witz zu entschärfen. Das Lächeln, das sie dabei aufsetzt erreicht jedoch nicht ihre Augen.

»Sie glauben, dass Sie schuld sind an dem Suizid Ihres Vaters?«

»Das klingt aus ihrem Mund irgendwie sehr hart.«

»Jeder Mensch trägt die Verantwortung für sich selbst, Frau Kant. Wir können nur uns selbst verändern und jenen helfen, die unsere Hilfe bereitwillig annehmen. Machen Sie sich das bitte bewusst. Die Verantwortung für den Suizid Ihres Vaters trägt er selbst.«

Frau Kant nickt, ihre Züge verraten aber Gegenteiliges. Dennoch fahre ich fort: »Einem Helfersyndrom, wie ich eben ansprach, liegt oftmals der Glaube zugrunde, man werde nur geliebt, wenn man gebraucht wird.«

Ein paar Augenblicke ist es still. Stille ist gut. In der Stille arbeitet es.

»Oh…«, kommentiert Frau Kant nun, ihre Stirn in Falten gelegt.

Patientinnen wie Frau Kant sind ein Genuss für Therapeuten wie mich. Intelligent, reflektiert, effektiv.

»Die Frage ist, warum fischen Sie im Trüben?«

»Bitte was?«

»Sie angeln Männer im trüben Gewässer. In kleinen Teichen, im Moor. Wie wäre es, würden Sie mal auf offener See angeln gehen?«

Ein Grinsen breitet sich auf ihrem Gesicht aus.

Das ist gut. Dann kann ich Folgendes fragen: »Kann es sein, dass Sie Angst vor einem ebenbürtigen Partner haben, weil dieser Sie nicht braucht? Ist es möglich, dass Sie im Grunde Angst vor der Liebe haben? Jener, die uns wahrhaft verletzlich macht?«

Wieder umhüllt uns arbeitende Stille.

»Sie könnten Recht haben…«, murmelt Frau Kant schließlich traurig.

»Wissen Sie, natürlich haben wir alle einen Hang uns Partner zu suchen, die unseren Eltern gleichen - so rekonstruieren wir nun mal unsere ersten fundamentalen Beziehungen und versuchen sie zu heilen - doch wir können jederzeit aus diesem Kreislauf ausbrechen. Sie können ausbrechen.«

»Wie denn?«, presst sie gequält hervor.

»Wählen Sie Ihren Partner nicht nur mit dem Herzen, sondern auch mit Ihrem Verstand. Wählen Sie einen Partner, bei dem Beides im Einklang miteinander ist. Und suchen Sie vor allem einen Partner, der anders ist, als ihr Vater. Erstellen Sie eine Liste von ihrem Traummann. Eine Liste davon, wie ihr zukünftiger Partner sein WIRD. Und dann lassen Sie niemanden mehr zu, der diesen Attributen nicht entspricht.«

Mit geweiteten Augen mustert sie mich, ehe sie zugibt: »Klingt nach einem guten Plan…«

»Und Frau Kant?«

»Ja?«
»Angeln Sie im großen, weiten Meer!«

Kein Auge habe ich zugetan. Nicht aus innerer Unruhe oder Unlust heraus, sondern weil ich wirklich total hellwach bin. Mehrfach in der letzten Zeit hatte ich dieses Gefühl. Dieses Gefühl, aufgewacht zu sein. Aus dem Nebel meines alten Lebens. Als hätte ich es bislang mit geschlossenen Augen verbracht. Als könnte ich zum ersten Mal Farben sehen.

So wach bin ich.

So wach macht mich das Leben, weil ICH endlich aufwache.

Aufmerksam betrachte ich Lis Gesicht, das friedlich schlafend vor mir liegt. Die Konturen ihrer Nase, ihrer Augen, ihres Mundes, die im Dunkeln vor mir verschwimmen.

Wenn ich ein Künstler wäre, also einer, der die Dinge wirklich so malen kann, wie er sie sieht, dann würde ich genau das tun. Nachtbilder malen. Lis Gesicht, so nah vor mir, so verschwommen, so intim.

Das und dann würde ich noch Bilder malen, vom inneren meines Augenlids. Verschiedene rote, orange, gelbe Muster, die miteinander tanzen und ineinander verschwimmen, je nachdem wie hell es ist. Vertraute Muster.

Diese Welt ist voller Wunder. Oder etwa nicht?

Von einem Moment auf den anderen kann sich das ganze Leben für immer vollkommen verändern.

Alles, was du weißt, kannst du jeden Augenblick loslassen und ersetzen. Scheiße man, in meinem Fall war genau das die beste Entscheidung meines Lebens!

Sanft streiche ich mit der flachen Hand über Lis Wange. Lis, mein Gegensatz, meine Gläubige, der Teil von mir, der mir immer gefehlt hat. Der Teil, der alles verändert hat.

Und da schießen mir zum zigsten Mal diese Nacht die Worte durch den Kopf, die ich mittlerweile schon auswendig kenne.

›*Nicht die Ähnlichkeiten und Regelmäßigkeiten bringen uns*
in dieser Welt einen Schritt voran,
sondern die krassen Gegensätze.
Und die Gegensätze des Universums sind allesamt
in jedem von uns vorhanden.
Deshalb muss der Gläubige
seinen inneren Ungläubigen kennenlernen.
Und der Ungläubige
soll dem stillen Gläubigen in sich begegnen.‹[3]

»Ich liebe dich, Lis«, flüstere ich.

»Ich liebe dich auch, Ralf«, überrumpelt mich die schlaftrunkene Antwort.

Erst als wieder das leise Schnarchen zu hören ist, schleicht sich ein breites Grinsen in mein Gesicht.

Es fühlt sich an, als hätte jemand urplötzlich die Milchglasscheibe vor meinem Blickfeld eingeworfen. Noch während die Scherben wie Schnee im Sommer zu Boden rieseln, beginne ich zu verstehen. Die sonst verschwommenen Schatten weichen der Klarheit und damit einer Wahrheit, an der ich nicht mehr vorbeisehen kann.

Vielleicht war ich einfach noch nie bereit dazu, mich mir selbst wirklich zu stellen - ohne Schonung. Vielleicht war es auch einfach so, weil wir Menschen in Gewohnheiten leben und diese gar nicht bewusst wahrnehmen. Aber dann, von einer Sekunde zur nächsten, ändert sich alles.

Dieser Moment liegt im vergangenen Sonntag. Das Aufwachen in Jaspers Höhle, das alsbald auch mein inneres Erwachen heraufbeschworen hat. Das Gefühl, sich im Kreis zu drehen, wurde so übermächtig, dass ich es einfach nicht mehr ignorieren konnte.

Das Gefühl, dass alles hier schon einmal erlebt zu haben, nur zu einer anderen Zeit und mit anderer Besetzung. Als würde sich der Rahmen meiner Probleme nur neue Schauspieler und Plätze suchen, um mich dann wieder und wieder das Gleiche erleben zu lassen.

Und dann fielen mir meine Ex-Freunde ein… nur dieses

Mal habe ich das ganze aus einer übergeordneten Perspektive, einer emotionslosen, absolut sachlich erkennenden Ebene betrachtet und erkannt, dass die Beziehungsbedingungen, das Gefühl im Grunde doch immer ein und dasselbe war.

Eine kreisende Aneinanderreihung von gebraucht und dann verlassen werden, als würde ich die Beziehung oder zumindest das Gefühl, das ich mit meinem Vater hatte, wieder und wieder erleben wollen.

Das Klingeln reißt mich aus meinem Tiefgang.

Nein!?

Das ist doch nicht sein Ernst oder?

Ich habe ihm doch geschrieben, dass unsere Sitzungen nicht mehr stattfinden werden und ich Zeit für mich brauche…

Mit einem sich selbst potenzierenden Unbehagen durchquere ich den Flur, betätige den Summer und öffne die Tür schutzsuchend nur einen Spalt breit.

Da taucht auch schon Jasper in dem Spalt auf und scheint ihn mit seiner Präsenz gänzlich einzunehmen.

»Zeit für dich?«, raunt er mit aggressivem Unterton, der mir eine Gänsehaut bereitet.

»Komm rein«, gebe ich nach, wohlwissend, dass ich mich feige verhalten habe.

Schweigend folgt er mir ins Büro, bleibt aber mitten im Raum stehen, anstatt sich zu setzen.

»Zeit für dich?«, wiederholt er, noch kühler als zuvor.

»Es tut mir leid, Jasper. Ich hätte das alles nicht zulassen dürfen.«

»Willst du mich verarschen, Anna?«

»Nein«, murmele ich betreten und komme mir dabei wie

ein unbeholfenes Schulkind vor.

»Warum zur Hölle kommst du da auf einmal drauf? Herr Gott, du hast in meinem Bett geschlafen. Du empfindest etwas für mich. Das spüre ich doch!«

Er macht einen Schritt auf mich zu und versucht meine Hand zu greifen. Als wären wir ein paradoxes Spiegelbild, entferne ich mich gleichzeitig und ziehe meine Hand weg.

»Anna…«, klingt seine Stimme plötzlich brüchig, jeder Wut entledigt.

»Jasper… Es war ein Fehler. Ein Fehler, den ich immer wieder mache. Du brauchst Hilfe und zwar nicht meine!«, die überhebliche Kälte in meinen Worten erschreckt uns beide.

Verzweifelt, mit weit aufgerissen Augen, flüstert er: »Ich brauche dich, Anna!«

Es ist nahezu sichtbar, wie seine Milchglaswand nun vor mir zerbricht und sich die Ahnung in ihm ausbreitet, dass dies hier wirklich das Ende sein könnte.

Ein Ende vor einem wirklichen Anfang.

Mein Ausstieg aus dem Kreisen.

»Ich hoffe, dir ist klar, dass keine Beziehung auf der Grundlage von Abhängigkeit funktioniert«, behalte ich meinen abgeklärten Tonfall bei und kaschiere damit meine emotionale Betroffenheit wie ein riesiges Arschloch.

»Anna, hör auf damit. Du hast mein Leben verändert!«

»Nein Jasper, DU hast dein Leben verändert und das kannst du auch weiterhin tun… nur nicht mit mir!«

»Aber ich liebe dich, Anna!«, platzt es aus ihm heraus und reißt ein tiefes Loch in mein Inneres.

Unwillkürlich, nach Fassung ringend, halte ich mich an der Sessellehne fest. Den schwachen Moment nutzend, kommt Jasper wieder näher und mir fällt nichts Besseres ein, als mich mit einem Angriff aus der Situation zu befreien: »Du bist eine wandelnde Baustelle, Jasper. Mit dir kann man garantiert eine Menge Spaß haben, aber das, was ich mir von einer Beziehung wünsche, KANNST du mir gar nicht geben.«

»Eine wandelnde Baustelle...«, echot er. Dann huscht ihm ein Grinsen über die Lippen: »Schön formuliert, Anna Kant.«

Eine Weile schaut er mich mit seinem undurchdringlichen Blick an, setzt die ihm typische Fassade auf und fragt: »Warum ist Spaß haben eigentlich so verwerflich?«

»Ist es nicht«, gebe ich zu, »und ich weiß auch, dass es mir guttut, die Kontrolle mal abzugeben und mich mal egoistisch zu verhalten. Das ist ein schöner Urlaub von mir, aber nicht das, was ich dauerhaft will.«

Resigniert setzt er sich nun doch hin, einfach auf den Boden vor mir. Gedankenversunken verstreichen einige Augenblicke, als hätte er ganz vergessen, dass ich auch hier bin. Dann seufzt er: »Ich habe geahnt, dass du keine Lust auf wandelnde Baustellen hast. Ehrlich gesagt, habe ich vor dir gar nicht gewusst, dass ich eine bin...«

Die Pause, die entsteht, bricht mir das Herz.

Jasper schluckt lautstark, blickt plötzlich unverwandt zu mir auf und fragt: »Liebst du mich, Anna?«

Die Frage reißt mir den Boden unter den Füßen weg und tatsächlich sinke ich kraftlos neben Jasper auf die Holzdielen.

»Ich... Ich...«, stammele ich.

»Anna, liebst du mich?«, wiederholt er, ohne den Blick abzuwenden.

Nun bin ich es, die seufzt und dann flüstert, als wäre die Wahrheit zu vernichtend, um sie laut auszusprechen: »Ja.«

Hoffnung funkelt in Jaspers Augen auf. Entschlossen ergreift er meine schlaff in meinem Schoß gebettete Hand.

»Aber Liebe heilt doch alles?«, setzt er an.

Ich schüttele den Kopf: »Liebe verändert - Selbstliebe heilt alles.«

»Anna, das kann doch nicht sein, dass wir uns lieben und nicht zusammen sein können!?«

»Wir wären nicht glücklich miteinander, Jasper. Wir leben zwei vollkommen unterschiedliche Leben, sind an zwei vollkommen unterschiedlichen Punkten«, sachte, aber bestimmt drücke ich seine Hand und ahne, dass er es ebenso weiß.

»Ich glaube, dass nur die Entscheidungen uns glücklich machen, bei denen Kopf und Herz im Einklang sind. Wir beide… sind zwei Extreme«, erst während ich die Wahrheit ausspreche, erkenne ich sie, »und es gibt einen Grund, warum wir zusammengeführt wurden. Wir hatten uns gegenseitig etwas zu geben, etwas voneinander zu lernen. Eine Lektion fürs Leben. Unsere Liebe verändert uns, Jasper, aber sie führt uns nicht zusammen.«

JASPER

Köln, August bis Oktober 2019

Fachmännisch rücke ich die Tafel zurecht, immer davon überzeugt, dass sie einen Millimeter zu schief in die eine oder andere Richtung hängt. Erst als ihre Ausrichtung meinem kritischen Blick standhält, mache ich einen Schritt zurück und betrachte das Zitat, das ich für diese Woche darauf notiert habe.

> ›*Die Liebe ist der Beweggrund.*
> *Die Liebe ist das Ziel.*
> *Und wenn man Gott so liebt, wenn man jedes einzelne Seiner Geschöpfe Seinetwegen und dank Seiner liebt, dann lösen sich die unwichtigen Einteilungen auf.*
> *Von da an kann es kein* ›*Ich*‹ *mehr geben.*
> *Dann kommt man nur mehr einer*
> *Null gleich, die so groß ist, dass sie das ganze Sein bedeckt.*
> *(Elif Shafak)*‹[3]

Zufrieden greife ich nach meiner Kaffeetasse und trinke einen genüsslichen Schluck.

Wenn ich heute so darüber nachdenke, glaube ich zu wissen, dass die eigentliche Hölle hier auf Erden und zwar in der Selbstisolation zu finden ist.

Vor Ralf, all das Leid lag hauptsächlich darin begründet, dass ich mich selbst getrennt von allem und jedem verstanden habe. Das Gefühl, sich niemandem mitteilen zu können, mit seinem Schmerz alleine zu sein, ist wahrlich ein teuflisches und doch selbstabwählbar. Denn die Verbundenheit insbesondere mit Fremden lässt sich erlernen und steigern.

Allein.

All-Ein.

Alles ist Eins.

Eigenartig, dass gerade dieses Wort die absolute Wahrheit beinhaltet. Vielleicht ist das allein Sein notwendig, um genau das zu begreifen.

Gut, ich bin sicherlich noch keine allumfängliche Null geworden, doch mein Kreis ist in Weitung begriffen. Vielleicht mag das auch ein lebenslanger Prozess sein, an dessen Anfang ich gerade erst stehe.

Es klingelt an der Tür und mich ins Jetzt. Der Ton ist mir fremd und jagt mir postwendend einen Schauer über den Rücken. Fragend blicke ich zu Ralf, der eben noch in ›Hallo Mr. Gott, hier spricht Anna‹ versunken war und mich jetzt so verwundert ansieht wie ich mich fühle.

Zum ersten Mal seit ich ungefragt hier eingezogen bin, klingelt es an der Tür und ich bin mir nicht sicher, ob das ein gutes oder ein schlechtes Zeichen ist. Misstrauisch nähere ich mich dem winzigen Flur und der davon abgehenden Wohnungstür. Zucke zusammen, als der fremde Laut erneut erklingt und öffne schließlich und angespannt die Tür.

Vor mir steht ein junger Mann, etwa unser Alter, dunkelbraunes Haar, braune, rot geschwollene Augen und mit einem Gesichtsausdruck, der meine blanke Verwunderung zutreffend spiegelt.

»Wo ist Ralf?«, entfährt es ihm baff.

Jetzt erst erkenne ich ihn von einem Foto: »Jasper?«

Es folgt ein zaghaftes Nicken.

»Komm rein!«, mein Herz macht einen freudigen Hüpfer, während ich ihm die Tür zurück in Ralfs Leben öffne.

Es ist unglaublich, wie sich ein Raum von einem Moment zum anderen energetisch so verändern kann. Aufgestaute, intensive Emotionen bereichern die Atmosphäre, während ich ein paar Schritte zurückmache und den Jungs Zeit lasse, sich abwägend zu mustern.

Wirklich verrückt, dass dieses stumpfe, hilflose Anblicken schon vollkommen genügt, um deutlich zu machen, dass diese beiden Männer sich lieben und dass ein erheblicher Klärungsbedarf zwischen ihnen besteht.

Wie sehr Jasper von Ralfs Beschreibung abweicht, finde ich allerdings erstaunlich. Nichts ist zu erkennen von der von ihm beschriebenen Arroganz und Überheblichkeit. Keine Spur von Selbstverliebtheit. Ganz im Gegenteil sogar, wirkt er eher hilflos, unterwürfig und verzweifelt. Wobei das natürlich auch mit der Situation zusammenhängen kann und im Grunde genommen ein verdammt gutes Zeichen ist - denn es bezeichnet Reue.

Und da, mitten in der bedeutungsschweren Stille, sackt Jasper einfach vor Ralf auf die Knie: »Es tut mir leid, Ralle. Es tut mir so unendlich leid…«

Dann beginnt er zu schluchzen wie ein kleines Kind - voller Inbrunst und herzzerreißend.

Jede Skepsis weicht aus Ralf, wird von einem tiefen,

sichtbaren Mitgefühl ersetzt und lässt ihn binnen Sekunden die Distanz zwischen ihnen überbrücken und seinen Freund in eine feste, bedeutungsvolle Umarmung schließen.

Ich weiß, dass ich besser gehen sollte, doch die emotionale Schönheit dieses Augenblicks hält mich bewegungslos bewundernd davon ab.

»Ich war dir immer ein scheiß Freund! Das tut mir so leid, Ralf. Ich habe das alles begriffen. Wirklich!! Ich weiß jetzt, dass ich der Anfang von allem bin. Bitte, bitte, vergib mir. Ich kann nicht mehr. Ich brauche dich. Ich brauche dich als meinen einzigen Freund«, tönt seine brüchige, verzweifelte Stimme durch den Raum.

Endlich ergreift Ralf das Wort und unterbricht damit Jaspers Ausbruch: »Alles ist gut, mein Freund. Ich bin doch hier. Alles ist gut. Ich habe dir doch längst vergeben.«

Dann schaukelt er mit Jasper hin und her, wie man es mit einem Kind machen würde. Ich frage mich, ob Bewegung generell tröstlich ist, verschiebe die Beantwortung jedoch auf einen späteren Zeitpunkt.

Und dann, als es gerade so scheint, dass Jasper sich wieder fängt, richtet er seinen Blick plötzlich auf, mit einem so tiefen Schmerz darin, dass es mir die Eingeweide zusammenziehen lässt und flüstert nahezu tonlos: »Sie ist weg…«

RALF
Köln, 14. November 2019

Zugegeben, die Geschichte mit dieser Anna klingt ganz schön abgedreht. Abgedreht und verdammt traurig. Kein Wunder, dass Jas so aufgelöst und plötzlich vor meiner Tür steht.

Ich will mir gar nicht vorstellen, wie sich das anfühlen muss. Denn bereits der bloße Gedanke daran, Lis nicht mehr um mich zu haben, schnürt mir die Kehle zu.

Tja, so scheint das zu sein mit der Liebe…

Je größer das Geschenk, umso größer der Verlust.

Was für eine Kunst, die die Sufis draufhaben: Nicht nur für das dankbar sein, was man erhält, sondern ebenso dankbar für das zu sein, was einem genommen wird. Für sie steckt in allem, selbst im schlimmsten Verlust, etwas Bereicherndes. Zumindest wenn man danach sucht.

Dass Jas so plötzlich und reumütig vor meiner Tür steht ist aber doch auf jeden Fall schon mal eine positive Folge von seinem Verlust oder etwa nicht?

Ich bin nämlich fest davon überzeugt, dass manche Menschen einfach zusammengehören und für immer miteinander verbunden sind. Jas und ich gehören zu dieser Rubrik. Auch wenn ich das streckenweise angezweifelt habe. Jetzt, wo er wieder bei mir ist, spüre ich erst, wie dringend ich ihn wieder in meinem Leben haben will.

Nachdem Jas nun seine sehr, sehr, sehr ausführlichen Schilderungen abgeschlossen hat, frage ich schlicht: »Hat sie recht?«

Resigniert schüttelt er den Kopf, als würde er sich körperlich gegen seine Antwort wehren: »Ich habe das millionenfach durchdacht, alle Alternativen durchgespielt und ich glaube, Alter, ja ich glaube, dass sie recht hat. Ich hätte sie nicht glücklich gemacht, egal wie sehr ich es probiert hätte.«

»Hm«, mache ich, »das macht es aber auch nicht leichter oder?«

»Nein«, huscht ihm zum ersten Mal seit er hier ist ein Grinsen übers Gesicht.

»Lis«, rufe ich in Richtung des Badezimmers, »bringst du mir mal die Regeln?«

Verwundert beobachtet Jasper, wie Lis herübergeschlichen kommt und mir den ramponierten Zettel aus ihrer Hosentasche überreicht.

»Welche Regeln?«, fragt Jas skeptisch, während ich den Zettel auffalte und nach der richtigen suche.

»Die Regeln der Liebe«, antworte ich beiläufig, als würde das als Erklärung ausreichen.

Jasper weiß offensichtlich nicht, was er dazu sagen soll und wartet stattdessen brav, bis ich fündig werde:

»Gott ist ein sorgfältiger Uhrmacher.
Seine Ordnung ist so vollkommen,
dass alles auf der Welt
genau zu Seiner Zeit geschieht,
keine Minute zu spät und keine Minute zu früh.
Und Seine Uhr geht

für ausnahmslos jeden Menschen
ganz genau.
Für jeden gibt es eine Zeit zu lieben
und eine Zeit zu sterben.«[3]

»Gott? Wirklich Ralle?«

»Ja, Jas. Ein Problem damit?«

Nach einer zögernden Sekunde antwortet er grinsend: »Nein. Von mir aus auch Gott.«

Und dann, nach einer weiteren: »Du meinst also, dass die Zeit mit Anna gottgeplant vorbei ist?«

»Gut möglich oder?«

Ich zucke mit den Achseln.

»Gut möglich…«

Köln, 18. Januar 2021

Liebe Anna,

ich kann nur ahnen, wie verrückt es für dich sein muss, nach all der Zeit von mir zu lesen und doch kann ich es mir nicht verkneifen.

Es ist jetzt eineinhalb Jahre her, dass wir uns begegnet sind. Nur für wenige Monate berührten sich unsere Leben. Und doch sind es manchmal die kleinsten Fußabdrücke, die die größten Spuren in uns hinterlassen.

Ich würde lügen, würde ich behaupten, du hättest mir nicht das Herz gebrochen und ebenso, würde ich dir sagen, ich wäre schnell darüber hinweggekommen…

Dafür aber, habe ich etwas sehr Wichtiges von dir gelernt. Und zwar, dass Liebe uns wie ein unerwarteter Komet trifft und unser Leben in ein Davor und ein Danach teilt. Berührt uns die Liebe, verändert sie uns für immer.

Du, Anna, warst mein Komet. Du hast mir die Augen geöffnet und wie wir beide wissen: das war auch dringend nötig! Dich zu lieben, hat mich und mein Leben unwiederbringlich verändert.

Zum Beispiel habe ich meinen besten Freund Ralf zurückgewonnen (ich weiß, ich habe nie von ihm erzählt, was aber nichts *an seinem Wert für mich ändert).*

Außerdem habe ich meine Studienfächer letztes Jahr gewechselt. Ich studiere jetzt Deutsche Sprache und Literatur kombiniert mit Linguistik und Phonetik. Hättest du gedacht, dass es solche Fächer überhaupt an der Uni gibt? Ich nicht! :D

Das sind natürlich jetzt nur äußere Umstände, die ich benenne und das mache ich vermutlich, weil es mir schwerer fällt, die innere Veränderung in Worte zu fassen, dabei ist diese doch viel entscheidender.

Weißt du Anna, vor dir, habe ich mich noch nie mit dem Thema Selbstliebe auseinandergesetzt und ich gebe zu, dass ich es zuerst auch nur getan habe, weil ich dich ins Bett bekommen wollte (Was ja irgendwie auch geklappt hat, aber eben nicht so, wie ich mir das vorgestellt habe :P)… aber diese komische Nummer mit den Autosuggestionen…

Also… es gab einen Moment, nachdem du weg warst, da war ich wirklich kurz davor die Zettel wegzuschmeißen - habe es aber nicht gemacht. Im Gegenteil habe ich sogar wieder begonnen meine kleinen Spaziergänge zu machen und mein Hirn mit neuem Scheiß zu füllen.

Was soll ich sagen, Anna? Das hat mein Inneres Schritt für Schritt aber allumfänglich verändert und die ganzen äußeren Folgen waren letztlich (wie wir beide wissen) nur eine materialisierende Konsequenz davon.

Ich will jetzt nicht behaupten, dass ich am Ende der Fahnenstange angelangt bin und mich vollumfänglich liebe, aber auf dem Weg bin ich allemal und das fühlt sich gut an! Zum ersten Mal seit einer langen, langen Zeit, geht es mir wirklich gut.

Anna, von Herzen danke ich dir für deine Rolle in meinem Leben. Es ist das einzige Wort, auf das ich mein Empfinden reduzie-

ren kann, wenn ich über die letzten eineinhalb Jahre sinniere: Danke.

Der Grund, warum ich dir das alles schreibe ist, weil Ralf meinte, es könnte mir helfen, Frieden zu schließen und dir ebenso (also falls unsere Geschichte überhaupt irgendetwas ist, woran du manchmal noch denkst).

Naja und für den Fall, dass du (und das kann ich mir bei so einer Hammerfrau wie dir, eigentlich nicht vorstellen) gerade Single bist und vielleicht mal mit Abstand Lust auf einen Kaffee hast - dann würde mich das echt freuen.

Oder vielleicht schaltest du dich wenigstens mal in meinen Lyrik-Livestream (LyrJas bei Youtube)? Da lese ich einmal im Monat Gedichte vor und philosophiere übers Leben.

Okay, ich merke selbst, dass ich vom Thema abweiche.

Also, in diesem Sinne: Ich würde mich über eine Antwort von dir freuen, vielleicht ein paar Zeilen wie es dir geht und sich dein Leben so entwickelt hat!?

Ich werde niemals aufhören, mich zu fragen, wie es dir geht, Anna.

In Liebe

Jasper Wickert
Schönhauser Straße 40
50935 Köln

Köln, 27. Februar 2021

Lieber Jasper,

wow… Danke für deinen Brief und die offenen Worte. Sie haben mich sehr berührt und an mancher Stelle zum Lachen, an mancher gar zum Weinen gebracht.

In gewisser Weise kann ich deinen Dank nur zurückgeben. Tatsächlich stellst auch du einen ziemlichen Wendepunkt für mich und mein Leben dar. Erst durch dich wurde mir bewusst, dass ich mich in den immer gleichen Kreisen drehe und ich selbst entscheide, wann ich diese verlasse und neugestalte.

Du hast mir meine leichte, kontrolllose Seite gezeigt, die ich vor langer Zeit in mir verschlossen hatte. Das war für meine persönliche Entwicklung bitter nötig und hat mich ein Stück vollständiger gemacht.

Einen noch viel größeren Dank bin ich dir jedoch schuldig, weil du der letzte Mann warst vor der Liebe meines Lebens. Verzeih mir meine Ehrlichkeit. Doch meinen Hang zum Helfersyndrom habe ich durch dich erkannt und hinter mir gelassen. Das war notwendig, um die Tür aufzumachen für meinen Ben.

Ich bin wirklich sehr, sehr glücklich und hoffe, dass auch, wenn dein Brief zu keinem Treffen führt, du das große Glück sehen *kannst, dass du letztlich in meinem Leben ausgelöst hast. Für diesen Part kann ich dir gar nicht genug danken!*

Jasper, ich habe mich wirklich oft gefragt, wie es dir wohl geht und ergangen ist und ich freue mich so sehr über deinen Brief oder vielmehr dessen Inhalt.

Während ich ihn gelesen habe, kam mir immer wieder ein bestimmtes Zitat vom Dalai Lama in den Sinn. Ich weiß nicht mehr wie es wortwörtlich ging, aber irgendwas in die Richtung, dass es manchmal ein großes Glück ist, nicht das zu bekommen, was man will.

In diesem Sinne,
  wünsche ich dir alles Glück dieser Welt.

In Liebe

Anna Kant
Alte Marktgasse 54
50966 Köln

EPILOG

W as ist das?«, fragt Frau Breitner und beäugt den immensen Papierstapel, den ich soeben auf dem Tisch vor ihr so sorgsam und sachte abgelegt habe, als wäre er ein verletztes Vögelchen.

»Ihr Auftrag«, grinse ich.

»Ich verstehe nicht ganz«, sie mustert mich mit hochgezogener Augenbraue.

Einen Moment genieße ich ihre Irritation, ehe ich sie erlöse: »Das ist mein innerer Konferenzraum.«

»Nein?!«, entfährt es ihr überrascht, während sie sich den Stapel auf den Schoß hebt und ihn ehrfürchtig durchblättert. »Dreihundertachtzehn Seiten? Frau Milz, was haben Sie da bitte mit Ihren Persönlichkeitsanteilen angestellt?«

Ein anerkennendes Grinsen schleicht sich in ihr Gesicht.

»Ich habe Ihnen nicht nur einen Raum gegeben, zu Wort zu kommen, Frau Breitner. Ich habe Ihnen ein Leben geschenkt.«

Wieder durchblättert sie den Stapel, der mir und meinem Inneren so viel abverlangt und gleichsam gegeben hat.

»Frau Milz, ich bin wirklich beeindruckt! Natürlich werde ich es lesen. Doch eine Sache interessiert mich vorab… Konnten Sie Ihre inneren Gegensätze miteinander versöhnen?«

»Viel mehr als das«, antworte ich stolz, »ich habe sie durch Liebe heilen lassen!«

QUELLENVERZEICHNIS

[1] **Profilerin Suzanne Grieger-Lange**
»Die Menschen langweilen aus.«
https://www.facebook.com/ProfilerSuzanne/videos/die-menschen-langweilen-aus/536750626679568/
abgerufen am 02. Juli 2021

[2] **100 Sekunden Physik**
»Das Geheimnis der Quanten - Doppelspaltexperiment«
https://www.youtube.com/watch?v=lKZaHgNmQ_o
abgerufen am 02. Juli 2021

[3] **Elif Shafak**
»Die vierzig Geheimnisse der Liebe«
Erscheinungsjahr 2014
ISBN: 978-3-0369-5912-2

[4] **Louise L. Hay**
»Gesundheit für Körper & Seele«
Erscheinungsjahr 2016
ISBN: 978-3-548-74600-5

DANKSAGUNG

Danke mein Ben,
für deine großzügige Einladung zu dem
Wellnesswochenende, an dem mir die Idee für dieses
Buch kam.

Danke Johanna, Mama, Kerstin und Natalie,
dass ihr als Erstleser fungiert und mir wertvolle Rück-
meldungen gegeben habt.

Danke dir, liebe/r Leser/in,
dass Du Dir die Zeit und Herz für mein Buch genommen hast.

Danke T.,
dass du der Letzte vor dem Richtigen warst.

ÜBER MICH

Ich bin gebürtige Eiflerin mit einem Kölner-Herzen, 31 Jahre alt und BA Sozialarbeiterin/Sozialpädagogin. Die Geburt meines Sohnes im Januar 2021 hat mich zu einer Dreifachmutter in einer bereichernden und ebenso herausfordernden Patchworkfamilie befördert, die mir insbesondere für meine Kinderbücher als Inspirationsquelle dient.

Mit Haut und Haar Liebe ich das Schreiben, in der festen Überzeugung, dass es meine Bestimmung ist.

Ich bin eine Träumerin, Optimistin und eine Weltverbesserin mit einem unerschütterlichen Glauben daran, dass der Sinn unserer Existenz die Liebe ist.

Liebe beginnt in SELBSTLIEBE! Wer liebevoll zu sich selbst ist, ist auch liebevoll zu anderen.

So einfach ist das!

Wenn ich Dir, liebe/r Leser/in, also etwas mit auf den Weg geben darf, dann ist es: LIEBE DICH SELBST!

In diesem Sinne schicke ich Dir auch von mir ganz viel Liebe und Wertschätzung. Mögest Du Dir immer Gewiss darüber sein, dass Du ein wunderbar einzigartiger, herrlich bereichernder Mensch bist und alleine deine Anwesenheit auf dieser Welt einen riesigen Unterschied macht!

YOU MATTER!

Mareike
www.mareike-milz.de

UNTERSÜTZE MICH

Dir gefällt meine Arbeit und Du möchtest mich unterstützen?
Das freut mich sehr! Da ich meine Bücher selbst publiziere, ist Deine Unterstützung eine enorme Bereicherung für die Vermarktung und Verbreitung meiner Werke!

Wie wäre es, wenn Du mein Buch positiv bei Amazon, BOD oder Thalia bewertest? Vielleicht kannst Du es in einem Buchladen Deiner Wahl bestellen und ein nettes Feedback dalassen?
Empfehle es Freunden und Bekannten oder verschenke es zu Geburtstagen!

Wenn Dich meine Neuerscheinungen interessieren, kannst Du Dich übrigens in den Newsletter auf meiner Internetseite eintragen: www.mareike-milz.de
Oder folge mir auf Facebook.

Ich danke Dir von ganzem Herzen!

Alles Liebe

Mareike

WEITERE ERSCHEINUNGEN VON

MAREIKE MILZ

Emmas Reise ins Unsichtbare
Ein Märchenroman für Erwachsene
ISBN: 978-3-752-86105-3

Über Mädchen und Jungs
Kinderbilderbuch ab 4 Jahre
ISBN: 978-3-754-33315-0

Ein Stück von Gott
Kinderbilderbuch ab 4 Jahre
ISBN: 978-3-751-99905-2

Ich liebe meine Regenbogenfamilie!
Kinderbilderbuch ab 4 Jahre
ISBN: 978-3-752-64536-1